中華章法學會主編

辭章章法學體系建構叢書

第七冊

章法結構論

陳滿銘 著

萬卷樓圖書股份有限公司出版

目次

自序

　　早在四十年多年前，為了講授「國文教材教法」這門課程之需要，不得不接觸「章法」或「章法結構」；而由於「章法」或「章法結構」所研討的乃「篇章內容材料的邏輯關係」，因此對後來「多 ⟷ 二 ⟷ 一 0」螺旋結構之發現，就有直接之關連。開始時，先以捕捉到的有限「章法」或「章法結構」，切入各類文章，作一檢視；再就所發現的「章法」或「章法結構」現象，加以分析、統整，以求得其通則。這樣一步一步走來，才逐漸地集樹而成林，深入了「章法」或「章法結構」的領域，確認了「章法」或「章法結構」是「客觀存在」，而「語文（含章法）能力」是來自「先天」的事實，如此一再地分析、歸納，終於理清整個系統，而成為一門新學科。

　　數一數近四十多年來所發表的有關「章法」或「章法結構」的論文，有兩百多篇。其中最早涉及「章法」類型及其結構的，是〈常見於稼軒詞裡的幾種辭章作法〉（原題〈稼軒詞作法舉隅〉）一文，一九七四年六月發表於臺灣師大國文系《文風》25 期，所涉及的章（篇）法有「今昔」、「遠近」、「大小」、「虛實」（情、景）、對照（「正反」）、演繹（「先凡後目」）、歸納（「先目後凡」）等類型及其結構，很湊巧地對應了《文心雕龍・鎔裁》「情經辭緯」之論，結合縱、橫向作說明，這可算是「清醒、自覺」[1] 的初步嘗試。

　　就在這樣尋找「章法」類型及其結構的同時，也沒有忽略「章法規律」。而最早以「章法規律」來梳理的是〈章法教學〉一文，一九八三

---

[1]　鄭頤壽：〈臺灣辭章學研究述評〉，《國文天地》17 卷 10 期（2001 年 3 月），頁 99。

年十二月發表於《中等教育》33 卷 5、6 期。它首度以「秩序」、「聯貫」、「統一」等三大規律來規範「章法」類型及其結構,而所涉及的,除「遠近」、「大小」、「今昔」、「本末」、「輕重」、「虛實」與「凡目」外,還兼及詞句、節段的聯貫與主旨的安置(篇首、篇腹、篇末、篇外)等,完全以「章法」類型及其結構為軸心,結合中學之教學來進行探討。這對章法學之研究而言,雖可算是向前推動了一大步,但將「變化律」併入「秩序律」裡,沒有特別加以凸顯,因此仍是有缺憾的。

這種缺憾,一直到一九九四年,由臺灣師大國文研究所第一個以「章法」為研究主題的碩士班導生仇小屏加入研究行列,才作了彌補。她在指導下以「中國辭章章法析論」為題,第一次用「秩序」、「變化」、「聯貫」(銜接)、「統一」四大律來統合二十幾種「章法」類型及其相關結構,並從古今詩文評點論著中去爬羅剔抉,異中求同、同中求異,尋出它們的理論依據與批評實例,首度呈現了「章法」類型及其結構的大致範圍與內容,成為第一篇研究「章法學」的學位論文。又一九九九年在她於博一升博二那一暑假,撰寫《篇章結構類型論》,在進一層的指導與催促下,將原有「章法」的內容加以充實,由二十幾種增至三十五種,並針對它所形成的約一百四十五種「結構」類型,一一舉實例,附以結構系統分析表,作相當完整的論述;此外,也顧到各種章法間的分界,並涉及其心理基礎與美感效果,予以扼要的說明。這對文章篇章結構的研究與分析而言,無疑地提供了一把精緻實用的鑰匙。

有了這種助力,攻堅的努力自然就更為加緊,以周邊論著而言,先後出版《國文教學論叢》(萬卷樓圖書公司,1991 年 7 月)、《文章的體裁》(圖文出版事業公司,1993 年 8 月)、《作文教學指導》(萬卷樓圖書公司,1994 年 10 月)、《國文教學論叢續編》(萬卷樓圖書公司,1998 年 3 月)、《文章結構分析》(萬卷樓圖書公司,1999 年 5 月)、《詞林散步——唐宋詞結構分析》(萬卷樓圖書公司,2000 年 1 月)等,而

　　以核心專著之出版而言，在萬卷樓圖書公司於二〇〇一年一月出版《章法學新裁》、於二〇〇二年七月出版《章法學論粹》，又於二〇〇三年六月以「陰陽二元對待」為基礎，貫通「章法哲學」、「章法結構」、「章法美學」、「比較章法」等內容，先出版《章法學綜論》，再於二〇〇五年二月出版《篇章結構學》（萬卷樓圖書公司）、二〇〇六年出版《辭章學十論》（里仁書局，5月）與《意象學廣論》（萬卷樓圖書公司，11月），然後於二〇〇七年繼續推出《多二一0螺旋結構論——以哲學、文學、美學為研究範圍》（文津出版社，1月）、《章法結構原理與教學》（萬卷樓圖書公司，4月）與《新編作文教學指導》（萬卷樓圖書公司，7月），從多角度與層面嚴密地為辭章章法學與意象學建構了一個完整的體系。不但以「多 ⟷ 二 ⟷ 一（0）」的螺旋結構將哲學、文學（章法、意象）與美學「一以貫之」，也運用此結構，理清了辭章與章法、內容與章法、章法與主旨、意象、韻律（節奏）和風格之間的關係，以證明章法及意象規律、結構與自然規律的一體性。

　　這樣，為辭章章法學之研究，打造了相當堅實的基礎，而由此逐步進行拓展，到了近幾年，則特別注意如下兩個層面：

　　首先是兼顧直觀與模式：大體說來，語文能力是出自於先天（先驗）的，而章法的研究是成之於後天（後驗）的；前者涉及「直觀」，表現有優有劣，因人而異；後者涉及「模式」，研究有偏有全，又與時俱進。其中直觀表現優異，形成「正偏離」之最高境界者，為數極少，是屬簡中天才，往往成為辭章名家，使「模式」之研究有他們的作品作為分析之依據，尋求其通則，自然其成果能「由偏而全」地日趨成熟；而直觀表現尚可、平庸或拙劣，形成「負偏離」或「零度」者，則佔絕大多數，適合借助模式研究之成果加以指引，使他們「取法乎上」，脫離「負偏離」、「零度」，而接近「正偏離」。如此將天然之「直觀表現」與人為之「模式研究」融而為一，才能使「直觀」有「模式」之自覺、

「模式」有「直觀」之提升，永遠推陳出新，繼續拓展出章法學研究及其應用在語文教育上之無線空間。

　　由於「章法」或「章法結構」所呈現的為「篇章邏輯」，而「篇章邏輯」又與「篇章風格」息息相關，因此，個人特以「篇章風格論——以直觀表現與模式探索作對應考察」為題[2]，對這「直觀」與「模式」問題作初步之探討，認為：篇章是建立在二元（陰柔、陽剛）互動之基礎上，以呈現其「多、二、一（0）」結構的；而其風格之形成，便與這種由二元（陰柔、陽剛）互動所組織而成之「多、二、一（0）」結構與其「移位」、「轉位」、「調和」、「對比」，息息相關。為此，特以唐詩、宋詞為語料，用這種由二元（陰柔、陽剛）互動所組織成之「多、二、一（0）」的篇章結構系統與其「移位」（順、逆）、「轉位」（拗）、「調和」、「對比」為依據，對整體結構之陽剛與陰柔消長的情形，進行探討，試予量化，並將這種模式探索之結果對應於傳統直觀表現之結晶作進一步的觀察。結果發現：在篇章風格之審辨上，既要重視後天「模式探索」的成果，也不可忽略先天「直觀表現」的累積。雖然受限於時間與篇幅，只舉幾首詩、詞為例加以說明而已，卻所謂「以個別表現一般，以單純表現豐富，以有限表現無限」[3]，尚可藉以看出兩者之互動關係。如此在「直觀」之外開拓「模式」之空間，以求「有理可說」，相信是大有必要，而且將是大有可為的。

　　其次是建構方法論原則或系統：任何一門學術，必定有其方法論原則或系統。而辭章章法學，也不能例外。由於章法學之研究是由「章法

2　陳滿銘：〈篇章風格教學之新嘗試——以剛柔成分之多寡與比例切入作探討〉，《漢學研究與華語文教學》（臺北市：萬卷樓圖書公司，2009 年 9 月初版），頁 41-54。又，陳滿銘：〈篇章風格論——以直觀表現與模式探索作對應考察〉，臺灣師大《中國學術年刊》32 期春季號（2010 年 3 月），頁 129-166。

3　葉朗：《中國美學史大綱》（臺北市：滄浪出版社，1986 年 9 月初版），頁 26。

現象」切入，先從「現象」（應用）中找出「規律」（原理），再從「求異」提升為「求同」，融貫文學、哲學與美學為一的。因此過程是極其緩慢而複雜的。就在此過程中，關於二元「移位」與「轉位」、「調和」與「對比」理論之提出，對「多 ⟷ 二 ⟷ 一（0）」螺旋結構系統的確認，是佔有相當重要地位的。而這個問題也在指導下，由仇小屏博士處理，先在「第四屆中國修辭學國際學術研討會」（2002 年 5 月）發表了〈論章法的對比與調和之美〉，然後在福州海潮攝影藝術出版社出版的《辭章學論文集》中發表〈論章法的移位、轉位及其美感〉（2002 年 12 月）；而且又在其博士論文《古典詩詞時空設計之研究》（2001 年 3 月）中作了相當深化與拓展之論述。這對於由「二」徹下以統合「多」、徹上以歸根於「一（0）」，從而掌握「章法結構」中因「移位」與「轉位」造成陰陽的流動與力度的變化，甚而試圖破天荒地作辭章剛柔成分之量化，無疑地提供了有力的切入點[4]。就這樣，催生了個人〈章法的「移位」、「轉位」結構論〉一文，於二〇〇四年十月發表於臺灣師大《師大學報・人文與社會類》，而且又在「移位」、「轉位」之外，尋得「包孕」性質之「二元互動」：即「陰中有陽」、「陽中有陰」，而先後撰成〈章法包孕式結構論——以多二一（0）螺旋結構切入作考察〉一文，於二〇〇六年八月發表於無錫《江南大學學報・人文社會科學版》、〈意象包孕式結構論——以多二一（0）螺旋結構切入作考察〉，於二〇〇九年八月發表於郴州《湘南學院學報》。

有了此一橋樑，自然地就提升到從「方法論」這一層面，對「章法結構」作了兼顧「求異」與「求同」的探討，寫成〈論章法結構之方法論系統——歸本於《周易》與《老子》作考察〉與〈論章法四大律之方

---

[4] 陳滿銘：〈論東坡清俊詞中剛柔成分之量化〉，《貴州畢節師範高等專科學校學報》22 卷 1 期（2004 年 9 月），頁 11-18。又，陳滿銘：〈章法風格論——以「多、二、一（0）」結構作考察〉，《成大中文學報》12 期（2005 年 7 月），頁 147-164。

法論原則——以多二一（0）螺旋結構作系統探討〉二文[5]，結果發現：
這種以「陰陽二元」之互動為基礎，經「移位」、「轉位」與「包孕」
之作用，在「秩序、變化、聯貫、統一」之統攝下，終於形成「多
⟷ 二 ⟷ 一（0）」螺旋結構之一貫歷程，都可一一超越「辭章」、「章
法結構」，歸本於《周易》與《老子》兩部哲學經典，而提升至「普遍
性存在」之高度，亦即方法論原則或系統加以確認。如此更足以確定
「二元互動」（移位、轉位、包孕）在辭章「章法結構系統」與「多
⟷ 二 ⟷ 一（0）」螺旋結構中所佔之重要地位。其中「二元」之「移
位」與「轉位」所推拓的是各層之「章法結構」，而「二元」之「包孕」
所連鎖的是上下層以至於整體之「章法結構」系統，它們功能雖不同，
卻都是構成「多 ⟷ 二 ⟷ 一（0）」螺旋結構系統之主要內容，缺
一不可。

　　回顧四十多年來所走的路，在基本方法上，前半期乃以「歸納」為
主、「演繹」為輔，後半期則以「演繹」為主、「歸納」為輔。王希杰
在評論「章法學的方法論原則」時說：「滿銘教授有一篇論文，題目叫
做〈談詞章學的兩種基本作法：歸納與演繹〉（《中等教育》27 卷 3、4
期〔1976 年 6 月〕），歸納法和演繹法其實也就是章法學的基本方法。
滿銘教授的章法學的成功，是歸納法的成功，這近四十種章法規則是他
和弟子們從大量的文章中歸納出來的，一律具有巨大的解釋力，覆蓋面
很強。同時也是演繹法的成功的運用，例如《章法學綜論》中的變化律
的十五種結構，很明顯是邏輯演繹出來的，當然也是得到許多文章的驗
證的。……值得一提的是，滿銘教授和弟子們大量運用模式化手法。這

5　陳滿銘：〈論章法結構之方法論系統——歸本於《周易》與《老子》作考察〉，臺灣
　　師大《國文學報》46 期（2009 年 12 月），頁 61-94。又，陳滿銘：〈論章法四大律之
　　方法論原則——以多二一（0）螺旋結構作系統探討〉，臺灣師大《中國學術年刊》
　　33 期春季號（2011 年 3 月），頁 87-118。

本是很好的方法,但是我恐怕有些讀者會有不耐煩的感覺,可能產生反感,指責說,把生動活潑形象的文章格式化、公式化、簡單化。我想這可能是一些人不喜歡章法學的原因吧?法則太多,可能顯得繁瑣、瑣碎,使人難以把握的。可貴的是,陳滿銘教授和他的弟子並不滿足於單純地『歸納法則』,他們力圖建立統率這些比較具體的法則的更高的原則。」[6] 要「建立統率這些比較具體的法則的更高的原則」就非靠「演繹法則」不可,而且「歸納」與「演繹」往往是互動的,亦即「歸納」中有「演繹」、「演繹」中有「歸納」,是不能完全切割的。

這次推出《章法結構系統論》,就是「演繹」(主)中有「歸納」(輔)的著作。其第一至第四章,純粹鎖定「章法結構」本身,採「先因(凡:總提)後果(目:分應)」的結構,先總提「方法論系統」,在「陰陽二元」之基礎下,分「移位」、「轉位」、「包孕」、「多 ←→ 二 ←→ 一(0)」螺旋結構加以論述,再依次以第二章分論「移位」與「轉位」,以第三章分論「包孕」,以第四章分論「多 ←→ 二 ←→ 一(0)」螺旋結構;這是本書的核心部分。而第五、六兩章,則凸顯在形成「多 ←→ 二 ←→ 一(0)」螺旋結構系統時所不可少的「一(0)」,即「篇章義旨」(「一」)與「篇章風格」(「0」)來討論與「章法結構系統」的關係。它們的關係是:

6　王希杰:〈陳滿銘教授和章法學〉,《畢節學院學報》總 76 期(2008 年 2 月),頁 4-5。

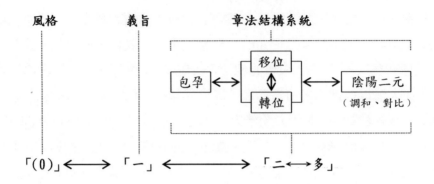

這樣看來，這本書是用兩個層次來呈現「多、二、一（0）」螺旋結構系統的，那就是：

```
┌─ 因（凡）：第一章（多、二、一（0））
│                ┌─ 果（目一）：第二、三章（多、二）
└─ 果（目）─┼─ 因（凡）：第四章（多、二、一（0））
                 └─ 果（目二）：第五、六章（一（0））
```

單單以此而論，這本著作顯然是用「演繹」（主）中有「歸納」（輔）的互動方式來呈現的。

　　此外，必須一提的是：作家之創作，是由「無法（自然而然、文無定法）」（無極）到「有法（知所以然、文成法立）」（太極生兩儀……）的過程。其中「章法結構」，凸顯的是辭章內容（含材料）之邏輯關係，乃作者運用先天的語文能力，經由篇章邏輯之思維而形成。由於這所謂的「法」，反映的雖是宇宙規律與條理，為「客觀存在」，作家通常卻「不知」而「能用」，直接由「無法」作「直觀」的表現，而成為「有法」；但這個「法」不經過「模式」的科學定位，是無法認知、確認的。因此本書的「緒言」，便以「章法結構與語文能力──以科學研究與客觀存在作對應觀察」為重心加以探討，特為本書舉行「開幕式」。還有，由

於「多 ⟷ 二 ⟷ 一（0）」之螺旋結構，乃先賢探尋宇宙創生、含容萬物的規律，由「有象而無象」，再由「無象而有象」，往復研討所得到的智慧結晶。它如對應於「真」、「善」、「美」來看，則其中「一（0）」為「真」、「二」的規律作用與過程為「善」、「多」為「美」。因此本書的「結語」即著眼於此，以「章法結構與真、善、美——以多、二、一（0）螺旋結構切入作對應探討」為重心進行研析，特為本書舉行「結幕式」。如此安排，相信能增進讀者對「章法結構」及其系統的了解。

「章法結構」不是片面、主觀的「模式定位」，而是對應於「客觀存在」，反覆地就「有法」（知所以然、文成法立）歸根於「無法」（自然而然、文無定法）、由「無法」（自然而然、文無定法）下徹於「有法」（知所以然、文成法立），逐漸加以認定的。藉此所呈現的「章法結構」系統，懇切地盼望能受到普遍的肯定與重視。

陳滿銘

序於國文天地雜誌社

二〇一一年九月十五日

緒言
章法結構與語文能力
——以科學研究與客觀存在作對應觀察

　　章法能力是語文能力的一種，而語文能力是先驗的，與思維系統息息相關。通常，它含「一般能力」、「特殊能力」與「綜合能力」等三層，以辭章而言，都會表現在其創作上。如限於辭章之內涵來說，又直接與語文能力中的「特殊能力」：意象（狹義）、詞彙、修辭、文（語）法、章法、主題、文體、風格等相對應[1]。這樣，思維系統、語文能力、辭章內涵與創作，便形成本末相應、融貫為一的體系。在此特從中抽離出「章法能力」，先辨明語文能力（含章法能力）與篇章邏輯思維之關係，再舉例說明篇章邏輯思維在辭章創作中所呈現的章法結構，然後略作相關探討，以見語文能力與章法結構間互動之梗概，並凸顯經「科學研究」所呈現的章法結構，乃源自於自然之規律，藉以反映「客觀存在」，由此為章法學的研究續開扇扇大門，以贏得應有之重視。

一　語文能力與篇章邏輯思維

　　語文能力的重心在「一般能力」，而所謂的「一般能力」，正如彭聃齡主編《普通心理學》所言：「指在不同種類的活動中表現出來的能力。」[2]也就是說，不只是寫作、閱讀時所必須具備，就是從事其他學

1　仇小屏：《限制式寫作之理論與應用》（臺北市：萬卷樓圖書公司，2005 年 10 月初版），頁 12-48。

2　彭聃齡主編：《普通心理學》（北京市：北京師範大學出版社，2001 年 5 月二版，

科的學習或活動時也一樣需要，因此是相當基礎而廣泛的能力，其中包括思維力、觀察力、記憶力、聯想力、想像力等，而由此衍生出特殊能力與綜合能力，形成思維系統。

這種「一般能力」，是以「思維力」為其重心的。其中的「觀察力」是為「思維力」而服務；「記憶力」乃藉記憶「觀察」來累積「思維」之所得；「聯想力」是「思維力」的初步表現；而「想像力」則是「思維力」的更進一步呈顯，以主導「形象」、「邏輯」與「綜合」三種思維。其中比較偏於主觀聯想、想像的，屬「形象思維」；作比較偏於客觀聯想、想像的，屬「邏輯思維」；而兩者是兩相對待的。至於合「形象」、「邏輯」兩種思維為一的，則為「綜合思維」，用於進一步表現「綜合力」，以發揮「創造力」[3]。

而「特殊能力」如用於辭章，則是結合「形象思維」、「邏輯思維」與「綜合思維」而形成的。這三種思維，各有所主。如果是將一篇辭章所要表達之「情」或「理」，訴諸各種偏於主觀之聯想、想像，和所選取之「景（物）」或「事」接合在一起，或者是專就個別之「情」、「理」、「景」（物）、「事」等材料本身設計其表現技巧的，皆屬「形象思維」（運用典型的藝術形象來顯示各種事物的特質）；這涉及了「取材」與「措詞」等問題，而主要以此為研究對象的，就是意象學、詞彙學與修辭學等。如果是專就「景（物）」或「事」等各種材料，對應於自然規律，結合「情」與「理」，訴諸偏於客觀之聯想、想像，按秩序、變化、聯貫與統一之原則，前後加以安排、布置，以成條理的，皆屬「邏輯思維」（用抽象概念來顯示各種事物的組織）；這涉及了「布局」與「構詞」等問題，而主要以此為研究對象的，就字句言，即文（語）法學；就篇章

2003 年 1 月十五刷），頁 392。

3　陳滿銘：〈論語文能力與辭章研究——以「多」、「二」、「一（0）」螺旋結構作考察〉，臺灣師大《國文學報》36 期（2004 年 12 月），頁 67-102。

言，就是章法學。至於合「形象思維」與「邏輯思維」而為一，探討其「主題」與「體性」的，則為「綜合思維」，這涉及了「立意」、「確立體性」等問題，而主要以此為研究對象的，為主題學、文體學、風格學等。而以此整體或個別為對象加以研究的，則統稱為辭章學或文章學。

至於「綜合能力」，是初由「一般能力」發展為「特殊能力」，再由「特殊能力」發展而成，然後又由「綜合能力」又回歸到「一般能力」，而將「一般能力」推進一層，形成層層互動、循環而提升之螺旋結構[4]。這種結構既凸顯了思維系統之螺旋性，也由此看出辭章（意象）內涵與文學創作一而二、二而一的關係。它可用下圖來表示：

---

4 陳滿銘：〈論思維力與語文螺旋結構之形成——以「多」、「二」、「一（0）」螺旋結構加以考察〉，《肇慶學院學報》總 79 期（2006 年 6 月），頁 34-38。

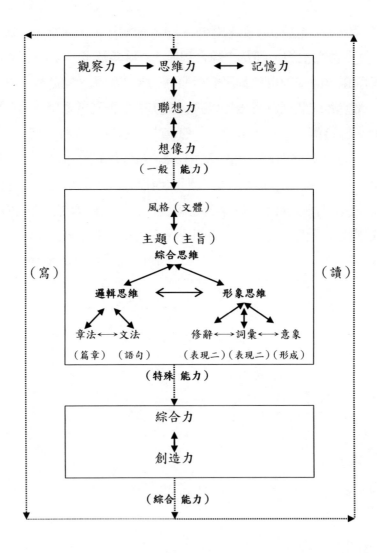

這種內含於螺旋性思維系統的語文能力，是可用「鑑賞」（讀）與「創作」（寫）來印證的。由於「創作」（寫）之過程，靠的是先天（先驗）自然而然的能力，是由「無法（文無定法）」而「有法（文成法立）」，這多半是不自覺的；而「鑑賞」（讀）之過程，則靠的是後天研究所推得的結果，是由「有法（文成法立）」而「無法（文無定法）」，自覺

地將先天自然而然的能力予以確定。因此「創作」（寫）是先天語文能力的順向發揮、「鑑賞」（讀）是後天辭章研究的逆向（歸根）努力，兩者可說不能分割，是互動、循環而提升的。

　　對這種體系之形成，孟建安在〈陳滿銘與漢語辭章章法學研究〉[5]中認為這是為章法學在「高屋建瓴」，並評論臺灣的章法學研究說：「在論述章法及與章法密切相關的學科門類時，往往不是就事論事，而是把它們有機地聯繫在一起，緊緊結合形象思維和邏輯思維來比較相互之間的差異和共性，而且最為重要的是把它們統一於『辭章學』這個上位屬概念或者屬學科，把它們看作是『辭章學』屬概念下的種概念、辭章學屬學科下的種學科。這一點從……關係圖可以得到進一步的驗證與檢視，……該圖十分明晰地向讀者傳遞了章法學與相關學科的關係資訊，以及它們之間的連接紐帶和屬性關係資訊。」由此看來，語文能力與辭章內涵及其創作、「章法能力」與「篇章邏輯思維」不可分割的關係，就十分清楚；而「無法（文無定法）」與「有法（文成法立）」的互動過程，也隨之一目了然了。

二　篇章邏輯思維與章法結構

　　一般說來，文學家往往都不自覺地運用先天的三層語文能力來從事辭章創作。就單以「特殊能力」來說，在形成「意象」（含個別、整體）後，就自然啟動「詞彙」、「修辭」、「文（語）法」、「章法」、「主題」、「風格」等的語文能力。其中的「章法能力」，帶動篇章邏輯思維的運作，用於一篇辭章創作中，便呈現其章法結構。在此，專以東坡詞為例，觀察東坡由「無法（文無定法）」（語文能力←→邏輯思維）到「有

5　《陳滿銘與辭章章法學》（臺北市：文津出版社，2007 年 12 月一版一刷），頁 100-102。

法（文成法立）」（章法結構）之表現。如＜浣溪沙＞組詞五首，有總題序云：「徐門石潭謝雨，道上作五首。潭在城東二十里，常與泗水增減，清濁相應。」知此全是為徐門石潭謝雨而寫，都作於元豐元年（1078），東坡知徐州時。

其第一首為：

> 照日深紅暖見魚，連村綠暗晚藏烏。黃童白叟聚睢盱。　　麋鹿逢人雖未慣，猿猱聞鼓不須呼。歸來說與采桑姑。

此詞寫藉潭邊村野風光，以襯托作者與村民的歡樂情緒。乃採「先景後事」（上層）的全實結構寫成：首先就「景」，由「水」（石潭）寫到陸上的「烏」、「人」（黃童、叟）、「麋鹿」和「猿猱」；再就「事」，寫村人謝神歸來和采桑姑閒話的情形，呈現出農村的一片生機。其章法結構分析表為：

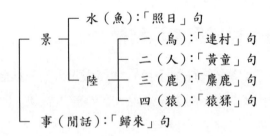

在此，作者經由篇章邏輯思維之運作，用了「景事」、「水（低）陸（高）」與「並列」等章法形成其篇章結構。

其第二首為：

> 旋抹紅妝看使君，三三五五棘籬門。相排踏破舊羅裙。　　老幼扶攜收麥社，烏鳶翔舞賽神村。道逢醉叟臥黃昏。

　　此詞寫村途所見歡樂景觀，是按時間展演的先後寫成的。它先在上片，寫「賽神」前村婦為爭看「使君」（作者自稱）而擠在籬門、踏破羅裙的景象；再在下片，以「老幼」二句，寫「賽神」時之熱鬧景象；然後以結句，寫「賽神」後老叟醉臥道旁的景象。這些景象組合在一起，便洋溢著濃濃的泥土氣息。如著眼於其上層結構，則起句為「點」，以敘事作為引子；後五句為「染」，用二、三層寫景以呈現內容。這樣「先點後染」，使全篇成為一整體。其章法結構分析表為：

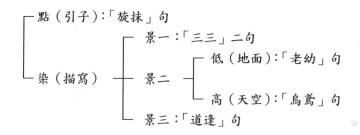

在此，作者經由篇章邏輯思維之運作，用了「點染」、「並列」與「高低」等章法形成其篇章結構。

　　其第三首為：

　　麻葉層層檾葉光，誰家煮繭一村香。隔籬嬌語絡絲娘。　　垂白杖藜擡醉眼，捋青擣麨軟飢腸。問言豆葉幾時黃。

　　此詞寫村民衣食無憂景象，用「景一、景二」（上層）的並列結構寫成。其上片為「景一」，由村外（麻葉）寫到村內（煮繭），採知覺變換（視、嗅、聽）法寫村民「衣」無憂的情景；下片為「景二」，由青麥寫到新豆，採時間的「先實後虛」法寫村民「食」無憂的情景。就這樣，襯托出了作者之喜悅心情。其章法結構分析表為：

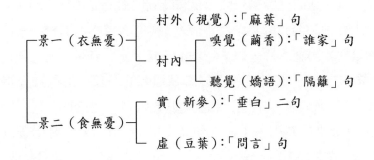

在此，作者經由篇章邏輯思維之運作，用了「並列（景一、景二）」、「內外」、「虛實」與「知覺轉換（視、嗅、聽）」等章法形成其篇章結構。

其第四首為：

> 簌簌衣巾落棗花，村南村北響繰車。牛衣古柳賣黃瓜。　　酒困路長惟欲睡，日高人渴漫思茶。敲門試問野人家。

此詞藉初夏在途中之所見（景）所為（事），寫作者的盎然情趣，是用「先景後事」（上層）的結構寫成的。它在上片寫「景」，先用視覺寫「棗花」之落，再用聽覺寫「繰車」之響，然後再用視覺寫「賣瓜」之老人；將衣食無憂之意隱藏在內，寫得極為清新而生動。到了下片，則用以敘事，敘自己由於「欲睡」、「思茶」而「試問人家」的情事，形成「先因後果」之結構，將「自身內在的感受」與「野趣橫生的形象」[6]描繪得淋漓盡致。其章法結構分析表為：

6　朱靖華評析，葉嘉瑩主編：《蘇軾詞新釋輯評》（北京市：中國書局，2007年1月一版一刷），頁444。

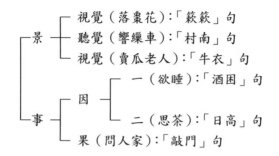

在此，作者經由篇章邏輯思維之運作，用了「景事」、「知覺轉換」（視、聽、視）、「因果」與「並列」（一、二）等章法形成其篇章結構。

其第五首為：

> 軟草平莎過雨新，輕沙走馬路無塵。何時收拾耦耕身。　　日暖
> 桑麻光似潑，風來蒿艾氣如薰。使君元是此中人。

這是這套組詞的最後一首，藉村道上雨後景物之美好，抒發喜悅之餘的隱退情思。它一開篇就由實空間切入，以「軟草」二句，特別著眼於「道旁」（遠）的莎草與道中的輕沙，寫走在「道上」（近）所見道旁雨後的清新景象，預為下句敘隱逸之思鋪路。接著由實轉虛，將時間推向未來，以「何時」句，即景抒情，抒發了隱退的強烈意願。繼而以「日暖」二句，又回到實空間，特別著眼於「桑麻」的光澤與「蒿艾」的香氣，應起寫走在道上所見雨後的另一清新景象，以強化隱逸之思；最後以結句，主要著眼於實時間，寫此時所以會有強烈的隱退意願，是由於自己原本就來自於田野的緣故。這樣用「實（空）、虛（時）、實（空、時）」的上層結構來組合材料，將隱逸之旨表達得極為明白。就在兩個「實」（空）的部分裡，則採「遠、近、遠」的次層結構來寫。先在上片，就「遠、近」，藉路中之所見（實），以引發感觸（虛）；在

下片，就「遠」，藉路旁之所見（實），以引發感觸（虛）；使人強烈地感受到農村蓬勃之生氣，而作者因來自農村，歸隱田園的念頭也因而帶了出來。其章法結構分析表為：

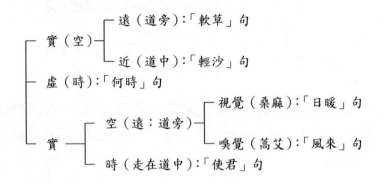

在此，作者經由篇章邏輯思維之運作，用了「虛實」、「遠近」、「時空交錯」與「知覺轉換（視覺、嗅覺）」等章法形成其篇章結構。

　　如將這一組詞視作完整之一篇，則無論寫景或敘事，都可聚焦於村民之「衣食無憂」加以統一，以寫村民喜樂與作者（使君）歡慰之情。其中第一首主要藉「采桑姑」以凸顯「衣無憂」，第二首主要藉「賽神」與「醉叟」以凸顯「食無憂」，第三首主要藉「麻葉」、「繭香」、「醉眼」、「豆葉」以凸顯「衣食皆無憂」，第四首主要藉「落棗花」、「響車」、「賣黃瓜」以凸顯「衣食皆無憂」，第五首主要藉「桑麻」、「氣如薰」呼應前四首以凸顯「衣食皆無憂」作結。據此，可用下圖表示其組詞結構：

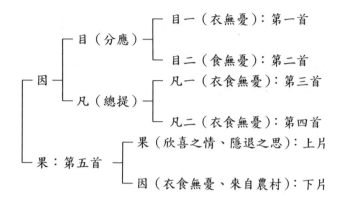

這樣統一起來看東坡這組詞，對其核心情意，是會看得比較清楚的。

　　如果由此擴大到全面來看，則這組詞藉農村雨後的初夏風光，襯托出作者強烈的喜悅心情，甚至一時引動歸隱的念頭，乃東坡用語文之三層能力創作的成果，是令人驚奇的，是以前的詞裡所未嘗見到的。龍沐勛認為：「數闋寫農村生活，為詞壇別開生面。」[7]而傅經順也讚美說：「這組詞文風樸實，格調清新，不取香豔字眼，不用華麗詞藻，不採生僻典故，以生動活潑的語言，爽朗明快的調子來歌詠農村新鮮淳樸、生機盎然的景象。這些藝術特色，對後來辛棄疾的農家詞，曾產生過重大影響。」[8]可見東坡這幾首農家詞所受到的重視。它們寫的是一樣的主題，卻都維持同樣特色，雖來自多方面的影響，但和他靈活運用語文能力與篇章邏輯思維，形成多種章法結構，呈現各自謀篇布局之巧妙，可以說是有相當關聯的。

7　《東坡樂府講疏》卷一（臺北市：廣文書局，1972 年 9 月初版），頁 86。
8　〈太守與民同樂圖〉，《閱讀和欣賞》，《蘇軾詞新釋輯評》引，頁 437。

三　章法結構與語文能力的相關探討

　　章法結構與語文能力的相關問題頗多，在此特從擇出比較常見的四點加以探討，以見一斑：

（一）無法與有法互動

　　「無法（文無定法）」與「有法（文成法立）」是天人互動的關係。即以東坡為例，於創作之初，靠的多是先天能力之運作，屬於「無法（文無定法）」（相當於「無極」）之階段；而在創作完成時，卻已「有法（文成法立）」（相當於「太極生兩儀……」）在內。而這個「法」，就是宇宙規律與條理，作家通常是「不知」卻「能用」的，就像最近一個著名詩人說：「我雖不懂章法，但所寫出來的詩卻完全合乎章法」，東坡和其他作家的情形，大致就是這個樣子。對作家這種「直觀」的表現，辭章研究者便要引以為探索的主要對象，來尋出通貫「你、我、他」的共同「模式」，以呈現「有法」，並歸根於「無法（無定法）」來加以確認，努力使「直觀表現」與「模式探索」能天人互動相應為一[9]。王希杰針對著「章法」的這種天人關係說：「『章法』一詞是多義的。『章法』，是文章之法，但是，有兩種『章法』：一種是客觀存在的『章法』，它顯然是與文章同時出現的。有文章就有章法，不同的文章有不同的章法，但是沒有完全沒有章法的文章，不過是章法的好和壞罷了。另一種『章法』是研究者的認識和主張，是知識和理論，是文章的研究者的辛勤勞動的成果，它當然是文章出現之後的事情。」[10] 所謂「客觀存在的章法」，說的相當於「無法（文無定法）」，為「直觀表現」

9　陳滿銘：〈篇章風格論──以直觀表現與模式探索作對應考察〉，臺灣師大《中國學術年刊》32 期春季號（2010 年 3 月），頁 129-166。

10　〈章法學門外閒談〉，《國文天地》18 卷 5 期（2002 年 10 月），頁 92。

的依憑：所謂「文章出現後的章法」，說的相當於「有法（文成法立）」，是「模式定位」的成果。兩者應該是一而二、二而一的天人互動關係。

（二）多角度切入分析

分析一篇辭章的篇章結構，由「無法（文無定法）」這一層面來看，是沒有絕對的是非可言的，而必須從不同角度切入，看看哪一種角度最足以呈現它內容與形式的特色，所以掌握切入的多種角度，便成為分析篇章結構成敗的關鍵所在，這就涉及了「有法（文成法立）」這一層面了。上引東坡五首詞的分析就是很好的例子，這五首詞就「有法（文成法立）」一面來著眼，它們的上層，依次從「景事」、「點染」與「虛實」、「並列」的不同角度呈現，而形成其各自之特色。關於這點，黎運漢肯定「章法分析」說：「『章法』是因體而異的，不同的文體有不同的章法。……文章篇章結構特色的角度切入，例如，從『敘論』和『凡目』的角度切入分析劉禹錫〈陋室銘〉以見其「何陋之有」的意思和「惟吾德馨」的主旨；從『虛實』的角度切入分析岳飛的〈滿江紅〉，籍『插敘』的方式帶出主旨，以窺詞之特色；從『立破』的角度分析歐陽修的〈縱囚論〉，以觀其首尾照應的特點；對王安石〈讀孟嘗君傳〉從『立破』角度來看，以見其文精約而說服力強；對蘇軾〈念奴嬌〉從『今昔』、『虛實』、『正反』、『內外』等多角度去分析，以見其章法之變化多姿。如此妙用這種研究法，很有助於增強章法分析之廣度與實用性。」[11] 可見在目前這個階段，關注「無法（文無定法）」與「有法（文成法立）」之互動，而採用多角度的分析，是相當切當的。

---

11 〈陳滿銘對辭章章法學的貢獻〉，《陳滿銘與辭章章法學》，頁 65。

（三）繪製結構分析表

　　章法所處理的既然是篇章內容組織的條理，為了將此種條理用最為清晰易懂的方式呈現出來，便必須繪製結構分析表，一目了然地將篇章內容組織的條理，與分析文字搭配起來，以「有法（文成法立）」呼應「無法（文無定法）」，收得良好的效果。上引五首東坡詞，都附上結構分析表作參考之目的，就在於此。張春榮說：「善於配合『結構分析表』，自不同角度切入，以見『章法』之靈動活用，絕非機械固定之反應。」[12] 胡習之也說：「這種結構分析表的運用簡潔明瞭地概括了辭章分析的內容，令人一目了然，值得大陸辭章學研究好好借鑒。」[13] 而鍾玖英則說：「臺灣的辭章研究具有明顯的形式化趨向，不但研究者的語言表述簡明扼要，易於領會接受，同時還指研究者用大量的各種文體的文章實例加以佐證檢驗，接著用形象直觀的圖表與文字——章法結構分析表，加以概括，……使章法學成為一門易於操作的實用之學。」[14] 這樣以「實用」的觀點來看待「結構分析表」，該是十分合理的。

（四）結合內容與形式

　　內容（情、理、景〔物〕、事）與形式（含章法）是縱（情、理、景〔物〕、事）橫向（章法）的關係，這可在上附東坡詞的結構分析表裡看得很清楚。鄭頤壽指出：「把『情』、『理』、『景』、『物』、『事』為『縱向』，『章法』為『橫向』，這與劉勰的『情經辭緯』說是一脈相承的，即把『章法』定位在『辭』——『形式』上。明白這些，是……

12　〈拓殖與深化——陳滿銘《章法學新裁》〉，《文訊》188 期（2001 年 6 月），頁 26。
13　〈章法學研究的重要篇章——讀陳滿銘先生的《章法學新裁》〉，《陳滿銘與辭章章法學》，頁 270-271。
14　〈臺灣章法研究對大陸修辭學研究的啟示〉，《渤海大學學報・哲學社會科學版》27 卷 6 期，（2005 年 11 月），頁 9-10。

評述辭章章法論的基礎；是闡釋臺灣學者清醒、自覺的辭章學意識的根據。」[15]而王曉娜也說：「從章法體系的建構方面來看，以縱橫兩種結構搭建章法學體系的框架是……章法研究的一個最突出的特點。這種構建是在三個層面進行的。首先，從整體上確立篇章結構的兩大構成，縱向的語義結構（即內容結構）和橫向的形式結構。然後，確定這兩種結構的構成成分。縱向的語義結構包含有具體的結構成分，即情語和理語、事語和景語。橫向的形式結構，包含有各種章法，即遠近、大小、本末、深淺、賓主、虛實、正反、平側、縱收、因果……等等。第三，梳理這兩種結構之間的交織關係。縱橫結構既有各自相對的獨立性同時有密不可分。一篇辭章從頭到尾，都離不開『情』、『理』、『景』（物）、『事』，照理說，單靠它們，便可形成嚴密的結構。不過這種結構，由於只顧到縱向的內容，而忽略了橫向的形式，自然是不夠精善的。如果單就章法，如遠近、大小、本末、深淺、賓主、虛實、正反、平側、縱收、因果……等著眼，則所呈現的，大都只是橫向的關係。一個完整的結構，是非縱、橫交織不可的。無論是哪一類辭章，由章法切入，辨明其篇章結構，都要涉及縱、橫向的問題。……章法體系釐清了這種縱向的語義成分和橫向的結構成分之間的對應關係的，進而呈現出了兩種結構縱橫交織的架構和規則。」[16]可見章法離不開內容與形式，探討的是「內容的形式」[17]，所以章法學研究者一直強調：「辭章章法學是用科學方法研究辭章內容（含材料）之邏輯關係（有法），以反映客觀存在（無法）的一門學問」，原因就在這裡。

---

15 〈臺灣辭章學研究述評及其與大陸的異同比較〉，《福建省社會主義學院學報》總 43 期（2002 年 4 月），頁 29。

16 〈章法研究的新天地——試論陳滿銘先生的《章法學新裁》〉，《陳滿銘與辭章章法學》，頁 261。

17 陳滿銘：〈篇章內容、形式包孕關係探論——以多二一（0）螺旋結構切入作探討〉，臺灣師大《中國學術年刊》32 期秋季號（2010 年 9 月），頁 283-319。

　　綜上所述，作家之創作，是由「無法（文無定法）」（無極）到「有法（文成法立）」（太極生兩儀……）的過程。其中「章法結構」，凸顯的是辭章內容（含材料）之邏輯關係，乃作者運用先天的語文能力，經由篇章邏輯之思維而形成。由於這所謂的「法」，反映的雖是宇宙規律與條理，為「客觀存在」，作家通常卻「不知」而「能用」，直接由「無法」作「直觀」的表現，而成為「有法」；但這個「法」不經過「模式」的科學定位，是無法認知、確認的。王希杰指出：「陳滿銘教授成功地建立一個比較科學的章法學體系，他和他的弟子們在章法學成為獨立的學科方面做出了獨特的貢獻。……其奮鬥的目標是追求和建立文章的關系模式系統，這是科學的研究。」[18] 這種「模式」的科學研究之重要，由此可知；這就和蘋果落下是自然現象，不經由科學的模式研究，就無法確知是由於「萬有（地心）引力」（客觀存在）的緣故，是同樣的道理。因此透過科學化的章法學研究，認知辭章的「章法」與「章法結構」，並歸本於篇章邏輯思維與語文能力來作仔細之確認，以反映「客觀存在」，是必要的努力，不然就等同於反科學了。當然，一味侷限於「自然而然」卻「不知所以然」，對少數天才的作家而言，是沒有什麼關係的，但對「直觀表現」或語文能力較為薄弱的多數人來說，則無論其讀（鑑賞）或寫（創作），非經由科學化的「模式定位」之成果加以適當指引，是都不容易明顯地收到逐步提升之改進效果的。因此一直以來，都努力借用各種語料，深入其內容（情、理、景〔物〕、事），理清其內在邏輯關係，採多角度對它們進行章法結構分析，並附以結構分析表，從「有法」（文成法立）歸根「無法」（文無定法），以增進「讀」（鑑賞）、「寫」（創作）之能力與效果；懇切地希望這種努力，能受到普遍的肯定與重視。

18　〈陳滿銘教授和章法學〉，頁 1-3。

第一章
章法結構之方法論系統

摘要

「章法結構」是以「陰陽二元」之互動為基礎，經其「移位」、「轉位」與「包孕」之作用，而形成整體之「多 ←→ 二 ←→ 一（0）」之螺旋系統的。其中「陰陽二元」為起始，「移位、轉位、包孕」為過程，而「多 ←→ 二 ←→ 一（0）」螺旋結構為終點，回抱整個歷程，形成一個嚴密之系統。而此「陰陽二元」、「移位、轉位、包孕」與「多 ←→ 二 ←→ 一（0）」螺旋系統，初看起來，好像只為「辭章」或「章法結構」服務，但實際上，卻可超越「辭章」、「章法結構」，提升至「普遍性存在」之高度，亦即方法論原則或系統加以確認。為此，本章特從中國古代的哲學經典《周易》與《老子》兩書裡，予以抽絲剝繭地探尋，由「潛」而「顯」地分別找出它們相關的論述，以見這方法論原則或系統之究竟。

關鍵詞：章法結構、方法論系統、《周易》、《老子》、陰陽二元、移位、轉位、包孕、「多二一（0）」螺旋系統

　　章法學是科學化的，有其完整之理論體系[1]，方光燾指出：「真正的科學研究，必須是從一定的原則、原理出發，佔有一定數量的可靠的語料，運用科學的方法和方法論原則來加以分析，然後抽象概括為理論，最後建立自己的理論體系。」[2] 這凸顯了方法論原則對建構理論體系的重要作用。就單單以「章法」或「章法結構」本身而言，其主要的方法論原則，即涉及「陰陽二元」、「移位、轉位、包孕」與「多 ⟷ 二 ⟷ 一（0）」螺旋結構；並且由此層層組合，形成一個完整之層次邏輯系統[3]。本章有鑑於此，特歸本於《周易》與《老子》兩部哲學經典，由「潛」而「顯」、「個別」而「整體」地分別尋出它們相關的論述，以凸顯出這種方法論原則或系統之普遍性。

第一節　陰陽二元（含調和、對比）

　　在哲學上，對「對立的統一」之概念，都非常重視，一向被目為自然中最重要的變化規律。而這所謂的「對立」，指的雖是偏於對比性的「二元對待」，但也涵蓋了調和性的「二元對待」，因為兩者往往是互為包孕的，亦即對比中有調和、調和中有對比。底下就分開來探討。

1　王希杰：「陳滿銘教授初步建立了科學的章法學體系。……如果說唐鉞、王易、陳望道等人轉變了中國修辭學，建立了學科的中國現代修辭學，我們也可以說，陳滿銘及其弟子轉變了中國章法學的研究大方向，建立了科學的章法學，把漢語章法學的研究轉向科學的道路。」見〈章法學門外閒談〉，《平頂山師專學報》18 卷 3 期（2003 年 6 月），頁 53-57。又孟建安：「陳滿銘先生具有非常鮮明的方法論意識，在章法學研究的過程中堅定不移地引入並堅持了科學的方法論原則，……所建構的漢語辭章章法學體系是完備的、成熟的、科學的，達到了前所未有的高度，因而也便具有極強的生命力。」見〈陳滿銘與漢語辭章章法學研究〉，《陳滿銘與辭章章法學》（臺北市：文津出版社，2007 年 12 月初版一刷），頁 115-133。

2　引自胡裕樹為王希杰所寫《修辭學新論・序言》（北京市：北京語言學院出版社，1993 年 8 月一版一刷），頁 2。

3　陳滿銘：〈層次邏輯系統論——以哲學與章法作對應考察〉，《渤海大學學報・哲學社會科學版》27 卷 6 期（2005 年 11 月），頁 1-7。

　　在我國的哲學古籍裡，很容易尋出頗多含「二元對待」觀念的論述，其中以《周易》（含《易傳》）與《老子》二書，最為明顯。

　　以《周易》（《易傳》）來看，它以陰陽為其一對基本概念，是由此陰陽二爻而衍為四象，再由四象而衍為八卦、六十四卦的。而八卦之取象，是兩相對待的，即乾（天）為「三連」而坤（地）為「六斷」、震（雷）為「仰盂」而艮（山）為「覆碗」、離（火）為「中虛」而坎（水）為「中滿」、兌（澤）為「上缺」而巽（風）為「下斷」，而所謂「三連」與「六斷」、「仰盂」與「覆碗」、「中虛」與「中滿」、「上缺」與「下斷」，正好形成四組兩相對待之關係，以呈現其簡單的「二元對待」之邏輯結構。後來將此八卦重疊，推演為六十四卦，雖更趨複雜，卻依然存有這種「二元對待」的關係，以象徵或反映宇宙人生之種種，也為人生行為找出準則，來適應宇宙自然之規律[4]。

　　以六十四卦而言，所形成之「二元對待」關係是這樣子的：

屯（坎上震下）和解（震上坎下）　　蒙（艮上坎下）和蹇（坎上艮下）

需（坎上乾下）和訟（乾上坎下）　　師（坤上坎下）和比（坎上坤下）

小畜（巽上乾下）和姤（乾上巽下）　　履（乾上兌下）和夬（兌上乾下）

泰（坤上乾下）和否（乾上坤下）　　同仁（乾上離下）和大有（離上乾下）

謙（坤上艮下）和剝（艮上坤下）　　豫（震上坤下）和復（坤上震下）

隨（兌上震下）和歸妹（震上兌下）　　蠱（艮上巽下）和漸（巽上艮下）

臨（坤上兌下）和萃（兌上坤下）　　觀（巽上坤下）和升（坤上巽下）

噬嗑（離上震下）和豐（震上離下）　　賁（艮上離下）和旅（離上艮下）

4　徐復觀：「古人大概是以這六十四卦，三百八十四爻的相互衍變，來象徵甚至反映宇宙人生的變化；在這種變化中，找出一種規律，以成立吉凶悔吝的判斷，因而漸漸找出人生行為的規律。」見《中國人性論史・先秦篇》（臺北市：臺灣商務印書館，1978 年 10 月四版），頁 202。

無妄（乾上震下）和大壯（震上乾下）　　大畜（艮上乾下）和遯（乾上艮下）

頤（艮上震下）和小過（震上艮下）　　大過（兌上巽下）和中孚（巽上兌下）

咸（兌上艮下）和損（艮上兌下）　　恒（震上巽下）和益（巽上震下）

晉（離上坤下）和明夷（坤上離下）　　家人（巽上離下）和鼎（離上巽下）

睽（離上兌下）和革（兌上離下）　　困（兌上坎下）和節（坎上兌下）

井（坎上巽下）和渙（巽上坎下）　　既濟（坎上離下）和未濟（離上坎下）

這些卦都是二二相偶的，如「坎上震下」（屯）與「震上坎下」（解）、「艮上巽下」（蠱）與「巽上艮下」（漸）、「乾上兌下」（履）與「兌上乾下」（夬）、「離上坤下」（晉）與「坤上離下」（明夷）……等，都很明顯地形成了二元對待的關係。此外，〈雜卦〉又云：

> 乾，剛；坤，柔。比，樂；師，憂。臨、觀之意，或與或求。……震，起也；艮，止也。損、益，衰盛之始也。大畜，時也；無妄，災也。萃，聚，而升，不來也。謙，輕；而豫，怡也。……兌，見；而巽，伏也。隨，無故也；蠱，則飭也。剝，爛也；復，反也。晉，晝也，明夷，誅也。井，通；而困，相遇也。咸，速也；恆，久也。渙，離也；節，止也。解，緩也；蹇，難也。睽，外也；家人，內也。否、泰，反其類也。……革，去故也；鼎，取新也。小過，過也；中孚，信也。豐，多故也；親寡，旅也。離，上；而坎，下也。……大過，顛也；頤，養正也。既濟，定也；未濟，男之窮也。姤，遇也，柔遇剛也；……夬，決也；剛決柔也。君子道長，小人道憂也。

這些卦的要義或特性，都兩兩相待，如剛和柔、樂與憂、與和求、起和止、衰和盛、時和災、見和伏、速和久、離和止、外和內、否和泰、去

故和取新、多故和親寡、上和下……等等，都可輕易從字面上看出其對待關係來，這可稱之為「異類相應的聯繫」[5]，而這種「異類相應的聯繫」，說的就是「對比」。

相對於「異類相應的聯繫」，當然也有「同類相從的聯繫」。這種「同類相從的聯繫」，說的就是「調和」，是由史伯、晏嬰「同」的觀念發展出來的。原來的「同」，指「同一物的加多或重複」，到了《周易》、《老子》，則指同類事物的「相從」；這類「相從」，乃著眼於「調和性」，與「相應」的「對比性」，又形成「二元對待」的關係。以《周易》而言，它有六十四卦，每卦在形成「秩序」與「變化」之同時，也使卦卦「聯繫」在一起，成為一個「統一」的整體。而形成「聯繫」，最明顯的，是使兩相對待者以「對比」（正反）或「調和」（正正、反反）方式聯結在一起。如見於〈雜卦〉的剛和柔、樂與憂、與和求、起和止。衰和盛、時和災、見和伏、速和久、離和止、外和內、否和泰、去故和取新、多故和親寡、上和下……等等，其中除了起和止、速和久、外和內、上和下等，未必形成「對比」而有「調和」可能性外，其餘的都比較偏向於「對比」，而都產生「聯繫」的作用。

由此可知在六十四卦的排序與變化裡，可看出「異類相應」（對比）和「同類相從」（調和）兩種聯繫，也凸顯了由互相「聯繫」而形成「統一」的整體結構。其中「同類相從的聯繫」，在《周易》裡，也是頗值得注意的。譬如它的八卦：

乾（乾上乾下）、坤（坤上坤下）　坎（坎上坎下）、離（離上離下）
震（震上震下）、艮（艮上艮下）　巽（巽上巽下）、兌（兌上兌下）

5　戴璉璋：「以上各卦所標示的特性或要義：剛和柔、樂和憂、與和求、起和止、盛和衰等等，都是異類相應的聯繫。」見《易傳之形成及其思想》（臺北市：文津出版社，1988 年 11 月臺灣初版），頁 196。

這是以乾與乾、坤與坤、坎與坎、離與離、震與震、艮與艮、巽與巽、
兌與兌等的重疊而形成了「同類相從的聯繫」，亦即調和性的「二元對
待」。除此之外，〈雜卦〉云：

> 屯，見而不失其居；蒙，雜而著。……大壯，則止；遯，則退
> 也。大有，眾也；同人，親也。……小畜，寡也；履，不處也。
> 需，不進也；訟，不親也。……歸妹，女之終也；漸，女歸待男
> 行也。

這是以「止」和「退」、「眾」和「親」、「寡」和「不處」、「不進」和「不
親」、「女之終」和「女歸待男行」等的相類而形成「同類相從的聯繫」
（調和）。關於這點，戴璉璋在《易傳之形成及其思想》中說：

> 依〈序卦傳〉，屯與蒙都是代表事物始生、幼稚時期的情況，
> 〈雜卦傳〉作者用「見而不失其居」、「雜而著」來描述屯、蒙兩
> 卦的特性，也都是就始生的事物而言。此外引大壯以下各卦的
> 「止」和「退」、「眾」和「親」、就始生的事物而言。此外引大
> 壯以下各卦的「止」和「退」、「眾」和「親」、「寡」和「不處」、
> 「不進」和「不親」、「女之終」和「女歸待男行」，都是同類相
> 從的聯繫。[6]

他把這種調和性的二元「聯繫」，說明得極清楚。

　　而這兩種二元「聯繫」，無論「對比」或「調和」，在《老子》中
也處處可見。先拿「異類相應的聯繫」（對比）而言，兩相對待者，如：

6　同前註，頁 195。

天下皆知美之為美，斯惡已；皆知善之為善，斯不善已。故有無相生，難易相成，長短相較，高下相傾，音聲相和，前後相隨。（二章）

曲則全，枉則直，窪則盈，敝則新，少則得、多則惑，是以聖人抱一，為天下式。（二十二章）

知其雄，守其雌，為天下谿；常德不離，復歸於嬰兒。知其白，守其黑，為天下式；為天下式，常德不忒，復歸於無極。知其榮，守其辱，為天下谷；為天下谷，常德乃足，復歸於樸。（二十八章）

將欲歙之，必固張之；將欲弱之，必固強之；將欲廢之，必固興之；將欲奪之，必固與之；是謂微明。（三十六章）

故貴以賤為本，高以下為基，是以侯王自謂孤寡不穀，此非以賤為本邪？（三十九章）

明道若昧，進道若退，夷道若纇。（四十一章）

大直若曲，大巧若拙，大辯若訥。躁勝寒，靜勝熱，清靜為天下正。（四十六章）

禍兮福之所倚，福兮禍知所伏。（五十八章）

正言若反。（七十八章）

如上所引，「美」（喜）與「惡」（怒）、「善」（是）與「不善」（非）[7]、「有」與「無」、「難」與「易」、「長」與「短」、「高」（上）與「下」、「前」與「後」、「曲」（偏）與「全」、「枉」（曲）與「直」、「窪」與「盈」、

---

[7] 王弼注二章：「美者，人心之所進樂也；惡者，人心之所惡疾也。美、惡，猶喜、怒也；善、不善，猶是、非也。喜、怒同根，是、非同門；故不得而偏舉也。此六者，皆陳自然不可偏舉之名數。」見《老子王弼注》（臺北市：河洛圖書出版社，1974 年 10 月臺景印初版），頁 3。

「敝」與「新」、「少」與「多」、「重」與「輕」、「靜」與「躁」、「雄」與「雌」、「白」與「黑」、「左」與「右」、「歙」與「張」、「弱」（柔）與「強」（剛）、「廢」與「興」、「奪」與「與」、「貴」與「賤」、「明」與「昧」、「進」與「退」、「夷」（平）與「纇」（不平）、「巧」與「拙」、「辯」與「訥」、「寒」與「熱」、「禍」與「福」、「正」與「反」……等，都兩相對待，藉由「運動」而「互相轉化」，而形成「異類相應的聯繫」（對比）。

　　次由「同類相從的聯繫」（調和）來看，如：

　　道可道，非常道；名可名，非常名。（一章）
　　是以聖人處無為之事，行不言之教；萬物作焉而不辭，生而不有；為而不恃，功成而不居。夫唯弗居，是以不去。（二章）
　　不尚賢，使民不爭；不貴難得之貨，使民不為盜；不見可欲，使民心不亂。（三章）
　　居善地，心善淵，與善仁，言善信，正善治，事善能，動善時；夫唯不爭，故無尤。（八章）
　　金玉滿堂，莫之能守；富貴而驕，自遺其咎。（九章）
　　五色，令人目盲；五音，令人耳聾；五味，令人口爽；馳騁畋獵，令人心發狂；難得之貨，令人行妨。是以聖人為腹不為目，故去彼取此。（十二章）

以上都是呈現「同類相從的聯繫」的例子，如一章的「常道」與「常名」，二章的「無為之事」與「不言之教」、「作焉」與「生焉」、「不辭」與「不有」與「不恃」與「弗居」，三章的「不尚賢」與「不貴難得之貨」與「不見可欲」、「不爭」與「不為盜」與「心不亂」……等，皆以「同類相從」而聯繫在一起。此類例子，在《老子》一書裡，是不勝枚舉的。

　　一般而論，所謂「調和」，是對應於「陰」或「柔」來說的；而所謂「對比」，是對應於「陽」或「剛」而言的[8]。如說得徹底一點，即一切「調和」與「對比」，都是由於陰（柔）陽（剛）相對、相交、相和的結果。《易傳》云：

> 一陰一陽之謂道。（〈繫辭上〉）
>
> 剛柔者，立本者也；變通者，趣時者也。（〈繫辭下〉）
>
> 剛柔相推而生變化。……變化者，進退之象也；剛柔者，晝夜之象也。（〈繫辭上〉）
>
> 窮則變，變則通，通則久。（〈繫辭上〉）
>
> 乾坤其易之門邪！乾，陽物也；坤，陰物也。陰陽合德而剛柔有體，以體天地之撰，以通神明之德。（〈繫辭下〉）
>
> 天地絪縕，萬物化醇，男女構精，萬物化生。（〈繫辭下〉）
>
> 天尊地卑，乾坤定矣；卑高以陳，貴賤位矣；動靜有常，剛柔斷矣。（〈繫辭上〉）

《周易》（含《易傳》）的作者，就在前人「有象而無象」、「無象而有象」之努力基礎下，終於確認陰陽乃一切變化，形成多樣對待之根源。就拿八卦與由八卦重迭而成的六十四卦來說，即全由陰陽二爻所構成，以象徵並概括宇宙人生的各種變化，〈說卦〉說的「觀變於陰陽而立卦」，就是這個意思。他以為宇宙之源，就在這種陰陽的相對、相交、相和之作用下，變而通之，通而久之，於是創造了天地萬物（含人類），達於

8　歐陽周、顧建華、宋凡聖等：《美學新編》（杭州市：浙江大學出版社，2001 年 5 月一版九刷），頁 81。又，仇小屏：《古典詩詞時空設計美學》（臺北市：文津出版社，2002 年 11 月初版一刷），頁 332。

「統一」（和諧）的境地[9]。而這種「統一」（和諧），可說是陰陽（剛柔）之統一，是陰陽（剛柔）相濟的，如以上引的天地（乾坤）、晝夜、高低、男女、尊卑、進退、貴賤、動靜而言，天（乾）、晝、高、男、尊、進、貴、動等為剛，地（坤）、夜、低、女、卑、退、賤、靜等為柔，它們是相應地相對而為一的。

　　而《老子》直接談到「陰陽」或「剛柔」的地方雖不多，卻有幾處是值得注意的：

> 萬物負陰而抱陽。（四十二章）
> 柔弱勝剛強。（三十六章）
> 弱者，道之用。天下萬物生於有，有生於無。（四十章）
> 堅強者，死之徒；柔弱者，生之徒。（七十六章）
> 強大處下，柔弱處上。（七十六章）
> 弱之勝強，柔之勝剛，天下莫不知、莫能行。（七十八章）

老子談到陰陽的，僅一見，在此，他雖然只落到「萬物」（多）上來說，卻該推源到「一生二」以尋其根。而談到「剛柔」的，則往往牽「強」牽「弱」，也落到「多」（萬物）上加以發揮，但「剛」為「陽」、「柔」為「陰」，是同樣該歸根於「一生二」予以確認的；因為這是老子觀察自然現象（萬物）時，從現象（萬物）中所抽離出來的二元對待之基本範疇；而所謂「弱者，道之用」，是以「道」（無）為「體」，而以「弱上剛下」（「強大處下，柔弱處上」），針對著「有生於無」之「有」，

9　陳望衡：「《周易》中的陰陽理論強調的不是相反事物的對立，而是相反事物的相交、相和。……因此，陰陽相交、相合的規律就是創造的規律。」見《中國古典美學史》（長沙市：湖南教育出版社，1998 年 8 月一版一刷），頁 182。

來說其「用」的[10]。可見老子的「二」，就「求同」的觀點而言，與《周
易》是彼此相容的。

這種陰陽之互相包孕，必趨於「統一」，而此「統一」，好像只能
容許陰陽各半以相濟，達於絕對「陰陽各半」的地步，但是天地之運，
一刻不息，以致剛柔（陰陽）隨時都在互相滲透，互相轉化之中，所謂
「陽卦多陰，陰卦多陽」（〈繫辭下〉），這樣往往就產生「陽中寓陰」（偏
陽）或「陰中寓陽」（偏陰）的「小統一」情況；而「陽中寓陰」所造
成的是「對比式統一」，「陰中寓剛」所造成的是「調和式統一」[11]。這
樣的「統一」思想，不但對中國哲學有影響，就是對文學、美學，也影
響極深遠[12]。

落到「章法」來說，到目前所能掌握之章法，將近四十種，那就
是：今昔、久暫、遠近、內外、左右、高低、大小、視角轉換、知覺轉
換、時空交錯、狀態變化、本末、淺深、因果、眾寡、並列、情景、論
敘、泛具、虛實（時間、空間、假設與事實、虛構與真實）、凡目、詳
略、賓主、正反、立破、抑揚、問答、平側（平提側注）、縱收、張
弛、插補[13]、偏全、點染、天（自然）人（人事）、圖底、敲擊[14]等，而
「無論是哪一種章法，都可以由局部的『調和』與『對比』，形成銜接

---

10 陳鼓應：《老子今注今譯及評介》（臺北市：臺灣商務印書館，1985 年 2 月修訂十
　　版），頁 155。

11 夏放：「『多樣的統一』包括兩種基本類型：一種是多種非對立因素相互聯繫的統一，
　　形成一種不太顯著的變化，謂之『調和式統一』；一種是各種對立因素之間的相反相
　　成，造成和諧，形成『對立式統一』。」見《美學——苦惱的追求》（福州市：海峽
　　文藝出版社，1988 年 5 月一版一刷），頁 108。

12 《中國古典美學史》，頁 186-187。

13 以上章法，見陳滿銘：〈談辭章章法的主要內容〉，《章法學新裁》（臺北市：萬卷樓
　　圖書公司，2001 年 1 月初版），頁 319-360。及仇小屏：《篇章結構類型論》上、下
　　（臺北市：萬卷樓圖書公司，2000 年 2 月初版），頁 1-620。

14 以上五種章法，見陳滿銘：〈論幾種特殊的章法〉，臺灣師大《國文學報》31 期（2002
　　年 6 月），頁 175-204。

或呼應，而達到聯貫的效果。在三十幾種章法中，大致說來，除了貴與
賤、親與疏、正與反、抑與揚、立與破、眾與寡、詳與略、張與弛……
等，比較容易形成『對比』外，其他的，如今與昔，遠與近、大與小、
高與低、淺與深、賓與主、虛與實、平與側、凡與目、縱與收、因與
果……等，都極易形成『調和』的關係。」[15] 一般說來，辭章裡全篇純
然形成「對比」者較少，而在「對比」（主）中含有「調和」（輔）者
則較常見；至於全篇純然形成「調和」者則較多；而在「調和」（主）
中含有「對比」（輔）者，則較少見；這種情形，尤以古典詩詞為然。
不過，無論怎樣，都可以收到前後呼應、聯貫為一的效果[16]。

　　可見「陰陽二元」（含調合與對比）是形成「章法結構」之基礎，
因此此一方法論原則，在「章法結構」的整個方法論系統中，係屬於
「基礎」的地位。

第二節　移位、轉位與包孕

　　「移位」、「轉位」與「包孕」是使事物變化的主要因素。它們與陰
陽之互動有關，可對應於哲學，在古代的哲學典籍裡，找到它們的動力
來源[17]。

一　關於移位

　　就「移位」來看，陰陽兩種動力是在對待往來中起伏消息、疊相推

---

15 陳滿銘：〈章法四律與邏輯思維〉，臺灣師大《國文學報》34 期（2003 年 12 月），頁
　87-118。
16 除此效果外，「對比」與「調和」還可以影響一篇辭章之風格，通常「對比」會使文
　章趨於陽剛，而「調和」則會使文章趨於陰柔。參見《古典詩詞時空設計美學》，頁
　323-331。
17 以下「移位」、「轉位」之論述，參見黃淑貞：〈《周易》「移位」、「轉位」論〉，《孔
　孟月刊》4 卷 5、6 期（2006 年 2 月），頁 4-14。

蕩而產生「移位」的。因為事物之發展是統一物分裂為兩相對待，而相互作用的過程，而此對待面的相互作用，在《周易》的《易傳》中以相互推移（剛柔相推）、相互摩擦（剛柔相摩）、與相互衝擊（八卦相蕩）等各種表現形式[18]，為順向移位與逆向移位，提出了最精微的論證。

　　而其中之〈乾〉、〈坤〉兩卦，作為天地陰陽的對待、統一體，以六爻的變化，反映這個對待、統一體的發展過程。從〈乾〉、〈坤〉這個對待面，通過六爻的發展變化，研究運動變化的開展[19]，可以揭示出陰陽如何向對待面轉化與推移。以〈乾卦〉六爻的變化為例：

　　　　初九，潛龍勿用。
　　　　〈象〉曰：潛龍勿用，陽在下也。

　　　　九二，見龍在田，利見大人。
　　　　〈象〉曰：見龍在田，德施普也。

　　　　九三，君子終日乾乾，夕惕若，厲無咎。
　　　　〈象〉曰：終日乾乾，反復道也。

　　　　九四，或躍在淵，無咎。
　　　　〈象〉曰：或躍在淵，進無咎也。

　　　　九五，飛龍在天，利見大人。

18　馮友蘭：《中國哲學史新編》二（臺北市：藍燈文化公司，1991 年 12 月初版），頁376。
19　徐志銳：《周易陰陽八卦說解》（臺北市：里仁書局，2000 年 3 月初版四刷），頁127-134。

〈象〉曰：飛龍在天，大人造也。

上九，亢龍有悔。
〈象〉曰：亢龍有悔，盈不可久也。

《周易》講爻的變化，常依爻在卦中的「位」來解釋。位，是空間，有上下，有內外，有陰陽。爻位由下而上，依序排列，而有初、二、三、四、五、上等不同稱謂。它是一個發展的序列，每一個位，即代表事物發展的每一個階段。因此，爻位的變換可以導致卦的變化，爻位的升降也同時象徵著事物的發展[20]。因此，「卦象」含蘊著一個上升的發展過程與「物極必反」的思想。

故〈乾卦〉，由初九的「潛龍，勿用」，移向九二的「見龍在田，利見大人」，移向九三的「君子終日乾乾，夕惕若。厲，無咎」，再移向九四的「或躍在淵，無咎」，復移向九五的「飛龍在天，利見大人」，形成一連串的順向位移。上九，則因已到達了極限、頂點，會由吉變凶，漸次形成逆向移位，開始向對待面轉化，造成另一種轉位，故說是「亢龍有悔」了。可見這種「移位」有順、逆兩種，如配合陰陽之屬性[21]來看，即：

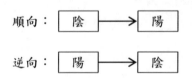

順向：陰 ⟶ 陽

逆向：陽 ⟶ 陰

---

20 戴璉璋以為在《象傳》中所見的「爻位」觀念，大致可區分為：上中下位、剛柔位、同位、反轉位、比鄰位、內外位等六種。見《易傳之形成及其思想》，頁 80-86。
21 陰（柔）陽（剛）之屬性，本、先為陰；末、後為陽。陳望衡：「剛柔也與許多成組相對立的事物性質相連屬，如動靜、進退、貴賤、高低……剛為動、為進、為貴、為高；柔為靜、為退、為賤、為低。」見《中國古典美學史》，頁 184。

　　而六爻之所以能夠用以模擬事物的運動變化，是因「六位」能體現「道」的陰陽對待、統一之規律性。而此「六位」原則一確立，整個自然界與人類社會的基本規律全都可加以反映，故〈說卦傳〉將其概括為「分陰分陽」，「六位而成章」，正因「六位」體現著哲學原理。「六爻」體現著事物在一定規律支配下的發展運動過程，從時間性上可畫分為潛在的與暴露出來兩大階段，以一卦的卦象去體現，它的運動變化即可以清楚地了解而加以掌握[22]。因此，內外卦之間可以相互往來升降，六個爻畫之間也可以相互往來升降；通過這種往來升降的相互作用，就產生了種種的變化和運動，就產生了一連串的順向移位與逆向移位。這種「移位」全離不開「陰陽」之作用。

　　《周易》哲學發展了一個開放的序列，這一序列不僅體現在〈乾〉、〈坤〉兩卦裡，更在其他為六十二卦發其通例。因此，不僅每一卦中的六爻，由初→二→三→四→五→上，存有著「移位」現象[23]。甚而，由〈乾〉→〈坤〉→〈屯〉→〈蒙〉→〈需〉→〈訟〉→〈師〉→〈比〉→〈小畜〉→〈履〉→〈泰〉→〈否〉→〈同人〉→〈大有〉→〈謙〉→〈豫〉→〈隨〉→〈蠱〉→〈臨〉→〈觀〉→〈噬嗑〉→〈賁〉→〈剝〉→〈復〉→〈無妄〉→〈大畜〉→〈頤〉→〈大過〉→〈坎〉→〈離〉→〈咸〉→〈恆〉→〈遯〉→〈大壯〉→〈晉〉→〈明夷〉→〈家人〉→〈睽〉→〈蹇〉→〈解〉→〈損〉→〈益〉→〈夬〉→〈姤〉→〈萃〉→〈升〉→〈困〉→〈井〉→〈革〉→〈鼎〉→〈震〉→〈艮〉→〈漸〉→〈歸妹〉→〈豐〉→〈旅〉→〈巽〉→〈兌〉→〈渙〉→〈節〉→〈中孚〉→〈小過〉→〈既濟〉，卦與卦之間，也因「移位」，而產生相反

22　《周易陰陽八卦說解》，頁 60-73。
23　白金銑：〈《周易》「位移性格」哲學初詮〉，臺灣師大《中國學術年刊》23 期（2002年 6 月），頁 7。

相生的有秩序的變化歷程[24]。到了〈未濟〉，形成大反轉，則又是一個全新的變化歷程的開始。就這樣在陰陽兩種對待力量的「移位」作用下，使事物運動不息，變化不止；可見「移位」之普遍性。

　　落到「章法」來說，移位性二元互動之主要作用在於使「章法結構」形成「秩序」，亦即造成將材料依時間、空間或事理展演的順序加以適當安排之效果。而所有的章法，都可以依秩序原則，形成「順」與「逆」的兩種結構。茲舉較常見的十種章法來看，它們可就其先後順序，形成如下結構：

1. 今昔法：「先今後昔」、「先昔後今」。
2. 遠近法：「先近後遠」、「先遠後近」。
3. 底圖法：「先底後圖」、「先圖後底」。
4. 虛實法：「先虛後實」、「先實後虛」。
5. 賓主法：「先賓後主」、「先主後賓」。
6. 正反法：「先正後反」、「先反後正」。
7. 敲擊法：「先敲後擊」、「先擊後敲」。
8. 立破法：「先立後破」、「先破後立」。
9. 因果法：「先因後果」、「先果後因」。
10. 凡目法：「先凡後目」、「先目後凡」。

這些經由「順」或「逆」之「移位」所形成的結構，是隨處可見的。

　　可見「移位」是形成「章法結構」趨於「秩序」之一個過程，因此此一方法論原則，在「章法」的整個方法論系統中，乃居於「過程一（秩序）」的地位。

---

24 此六十四卦的卦序，乃是依〈序卦傳〉的順序。

二　關於轉位

就「轉位」來看，由於剛性質的力與柔性質的力相摩，陰陽相索，八卦相盪，觸類以長，終至合成《周易》六十四卦物物對待、事事交感的旁通系統[25]。如上文所提，作為天地陰陽對立統一體的〈乾〉、〈坤〉兩卦，以六爻的變化，反映一序列的變化發展過程，產生了位移的情形。若再按陰陽的兩個側面來看，〈乾〉主「統」，居於剛健主導的地位；〈坤〉主「承」，居於含容順從的地位。通過六爻運動變化的展開，又可以揭示出陰陽如何漸次向對待方轉化而互相「移位」、並形成「轉位」的歷程。

《周易》六十四卦，每卦設六個爻位。唯有〈乾〉、〈坤〉二卦，於六爻之上，又特設「用九」、「用六」兩爻，用來論述陰陽向對立面互相轉位之理。如〈乾卦〉：

用九，見群龍無首，吉。（〈爻辭〉）
〈象〉曰：用九，天德不可為首也。

又如〈坤卦〉：

用六，利永貞。
〈象〉曰：用六「永貞」，以大終也。

乾陽發展到上九，已成「亢龍」而「盈不可久」。只有發揮九變六的作

---

25 「旁通」，形成了異類相應，也形成「位移」。見曾春海：《儒家哲學論集》（臺北市：文津出版社，1989 年 5 月出版），頁 438。

用[26]，才可「見群龍無首」[27]。因為數變，爻必變；爻變，卦亦變。六
爻的六個九變成六個六，〈乾卦〉就變成了〈坤卦〉。與此同時，〈坤卦〉
則變成了〈乾卦〉。因〈乾〉、〈坤〉互調其位，故〈乾卦〉「六龍」仍
能繼續存在，故言「見群龍無首」。因此，「天德不可為首」，天道循環
沒有終了之時。這即是九、六互變，陰陽對轉，〈乾〉、〈坤〉易位的內
在思想邏輯關係。而且，乾陽就在由初九→九二→九三→九四→九五，
一序列的順向移位中，漸次向對立面轉化；然後九六互變，在整個變動
歷程中，完成了「轉位」。於是陰陽對轉，乾坤易位，〈乾卦〉變成了
〈坤卦〉。

　　再看〈坤卦〉的「用六」。六之大用，在於可變為九。〈坤卦〉六
爻的六個六皆變為九，〈坤卦〉變成了〈乾卦〉，所以「利永貞」。由於
〈乾〉、〈坤〉兩卦發展到上爻，〈乾〉為「亢龍」而「盈不可久」，〈坤〉
又與「龍戰」而「其道窮」。因此，對立統一體既不正固又不能長久。
唯有「用六」發揮六變九的作用，六、九互變，〈乾〉變〈坤〉，〈坤〉
變〈乾〉，〈乾〉、〈坤〉易位，再重新組成一個對待統一體，才有利於
正固而長久。所以〈象傳〉解釋「用六」爻辭：「『用六永貞』，以大終
也」。「以大終」，說的即是「〈坤卦〉之終終以乾」。唯有〈坤卦〉之「終
終以乾」，才能「群龍無所終」；唯「群龍無所終」，才有利於對待、統
一體的正固而長久。而在九、六互變，〈乾〉變〈坤〉，〈坤〉變〈乾〉，
再重新組成了一個對待、統一體的變動歷程中，也漸次由順向移位轉為
逆向移位，最後完成了〈乾〉、〈坤〉互「轉位」。

　　《周易》通過〈乾〉、〈坤〉二卦的六爻與用九、用六，論述了陰陽

26　《周易陰陽八卦說解》，頁 15-36。
27　見，現也；首，終也。《象傳》解「見群龍無首」說：「天德不可為首也。」下文有
　　關用九、用六的說明部分，大都參考徐志銳的說法。見《周易陰陽八卦說解》，頁
　　127-138。

的對待轉化，揭示了萬事萬物的存在，其自身都有一個發生、發展、衰亡、與轉化的過程。此一事物的終結，也就是另一事物的開始、發展，而形成無限的變化。〈繫辭傳〉將這一無限變化概括為：「易，窮則變，變則通，通則久」。又說：「天地之大德曰生」、「生生之謂易」。這幾句話，正是《周易》陰陽變化學說的精髓。

　　由於陰陽相易、生生而一，《周易》哲學發展了一個開放的序列。這一序列正體現在〈乾〉、〈坤〉兩卦的「用九」、「用六」上。因此，「用九」、「用六」並不局限於〈乾〉、〈坤〉兩卦，而是為六十四卦發其通例[28]，然後每一卦位在九、六互變中，均可一一尋出因「移位」而造成「轉位」的變動歷程。

　　因此，勞思光在論「《易經》中的『宇宙秩序』觀念」時便指出：六十四重卦，以〈既濟〉、〈未濟〉二者為終，「既濟」是「完成」之意，「未濟」則指「未完成」。由〈乾〉、〈坤〉開始，描述宇宙生成運動過程，至〈既濟〉而止；然而，宇宙的生滅變化永不停止，故最後又加一〈未濟〉，以表宇宙變動過程本身的無窮盡[29]。由〈乾〉、〈坤〉，而至〈既濟〉、〈未濟〉，〈序卦〉不但說明了由運動變化而形成秩序的無窮盡歷程，也表示了宇宙萬物由六十四卦的位位互移，運動變化到達極點時，即會形成大反轉，反本而回復其根，形成另一個循環系統。這一個大反轉，就是一個「大轉位」。這種「大轉位」可用下圖來表示：

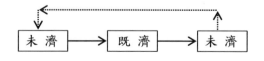

28　《周易陰陽八卦說解》，頁 127-138。

29　勞思光：《新編中國哲學史》一（臺北市：三民書局，1984 年 1 月增訂修版），頁 85-86。

這雖是就「大轉位」而言，但「小轉位」又何嘗不是如此呢？就在這「循環系統」中，自然涵蘊著無限的陰陽之「轉位」如下圖：

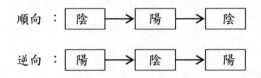

這種「循環系統」，由陰陽剛柔的相摩相推，太儀而兩儀，兩儀而四象，四象而八卦，八卦而六十四卦；再由六十四卦的位位互移、反轉，運動變化到達極點，形成大位移、大反轉，反本而回復其根，使萬物生生而無窮。因此，《周易》講「生生之德」的「生生」，即不絕之意，也深具新陳代謝之意[30]。說明了陰陽變轉，宇宙萬物就在一次又一次的大小「移位」、「轉位」中[31]，循環反復，永無止境。

落到「章法」來說，轉位性二元互動之主要作用是使章法結構形成「變化」，亦即可造成將材料改變其次序，予以參差安排之效果。一般而言，作者會將時間、空間或事理展演的自然過程加以改變，以呈現「參差見整齊」之美感。就拿每種章法來說，都可形成幾種變化的結構。同樣以上舉十種常見章法來看，可形成如下結構：

1. 今昔法：「今、昔、今」、「昔、今、昔」；
2. 遠近法：「遠、近、遠」、「近、遠、近」；
3. 底圖法：「底、圖、底」、「圖、底、圖」；
4. 虛實法：「虛、實、虛」、「實、虛、實」；

---

30 楊政河：《中國哲學之精髓與創化》（臺北市：文津出版社，1982 年 5 月出版），頁157。
31 唐君毅：《中國哲學原論・原道篇》卷二（臺北市：學生書局，1976 年 8 月修訂再版〔臺初版〕），頁 335。

5. 賓主法：「賓、主、賓」、「主、賓、主」；
6. 正反法：「正、反、正」、「反、正、反」；
7. 敲擊法：「敲、擊、敲」、「擊、敲、擊」；
8. 立破法：「立、破、立」、「破、立、破」；
9. 凡目法：「凡、目、凡」、「目、凡、目」；
10. 因果法：「因、果、因」、「果、因、果」。

這些「順」和「逆」交錯的「轉位」結構，也是隨處可見的。

　　可見「轉位」是形成「章法結構」趨於「變化」之一個過程，因此此一方法論原則，在「章法結構」的整個方法論系統中，是居於「過程二（變化）」的地位。

三　關於包孕

　　就「包孕」來看，經由上述，可知所謂的「二」，即「兩儀」，也就是「陰陽」。而此「陰陽」，不僅是互相對待，而且是互相含融、互相統一的。《老子》所謂「萬物負陰而抱陽，沖氣以為和」，就是這個意思。而在《周易》六十四卦中，除「乾」、「坤」兩卦，一為陽之元，一為陰之元外，其他的六十二卦，全是陰陽互相對待而含融而統一的。《周易・繫辭下》說：

　　　　陽卦多陰，陰卦多陽。其故何也？陽卦奇，陰卦偶。

清焦循注云：

　　　　陽卦之中多陰，則陰卦之中多陽。兩相孚合擇多益寡之義也。如〈革〉陽卦也，而有四陰，是陰多於陽，則以〈大畜〉孚之。〈大

有〉陰卦也，而有五陽，是陽多於陰，則以〈比〉孚之。設陽卦多陽，則陰卦必多陰，以旁通之；如〈姤〉與〈復〉、〈遯〉與〈臨〉是也。聖人之辭，每舉一隅而已。……奇偶指五，奇在五則為陽卦，宜變通於陰；偶在五則為陰卦，宜進為陽。[32]

可見《周易》六十四卦，有陽卦與陰卦之分，而要分辨陽卦與陰卦，照焦循的意思，是要看「奇在五」或「偶在五」來決定，意即每卦以第五爻分陰陽，如是陽爻則為陽卦，如為陰爻則是陰卦[33]。用這種分法，《周易》六十四卦剛好陰陽個半，屬於陽卦的是：

乾（下乾上乾）　屯（下震上坎）　需（下乾上坎）訟（下坎上乾）
比（下坤上坎）　小畜（下乾上巽）履（下兌上乾）否（下坤上乾）
同人（下離上乾）隨（下震上兌）　觀（下坤上巽）無妄（下震上乾）
大過（下巽上兌）習（下坎上坎）　咸（下艮上兌）遯（下艮上乾）
家人（下離上巽）蹇（下艮上坎）　益（下震上巽）夬（下乾上兌）
姤（下巽上乾）　萃（下坤上兌）　困（下坎上兌）井（下巽上坎）
革（下離上兌）　漸（下艮上巽）　巽（下巽上巽）兌（下兌上兌）
渙（下坎上巽）　節（下兌上坎）　中孚（下兌上巽）既濟（下離上坎）

在此三十二卦中，除〈乾〉卦是「全陽」外，屬「多陰」而形成「陽中陰」的包孕式結構的，有六卦，即：

〈屯〉、〈比〉、〈觀〉、〈習〉、〈蹇〉、〈萃〉。

---

32 陳居淵：《易章句導讀》（濟南市：齊魯書社，2002 年 12 月一版一刷），頁 209。

33 陽卦與陰卦之分，或以為要看每一卦之爻畫線段的總數來決定，如為奇數屬陽，如是偶數則為陰。見鄧球柏：《帛書周易校釋》（長沙市：湖南人民出版社，2002 年 6 月三版一刷），頁 536。

屬「多陽」而形成「陽中陽」的包孕式結構的，有十五卦，即：

　　〈需〉、〈訟〉、〈小畜〉、〈履〉、〈同人〉、〈無妄〉、〈大過〉、
　　〈遯〉、〈家人〉、〈夬〉、〈姤〉、〈革〉、〈巽〉、〈兌〉、〈中孚〉。

屬「陰陽多寡相當」而形成「並列」關係的包孕式結構的，有十卦，即：

　　〈否〉、〈隨〉、〈咸〉、〈益〉、〈困〉、〈井〉、〈漸〉、〈渙〉、〈節〉、
　　〈既濟〉。

據此，可依序用下圖來表示三種不同的包孕式結構：

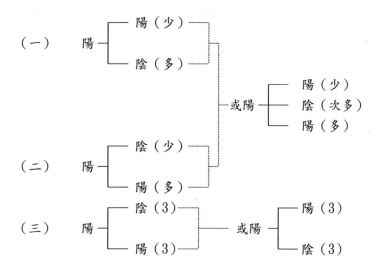

其中（一）、（二）兩種，除與（三）一樣各可形成「移位」結構外，
又可合而形成「轉位」結構。屬於陰卦的是：

坤（坤下坤上）　蒙（下坎上艮）　師（下坎上坤）泰（下乾上坤）

大有（下乾上離）謙（下艮上坤）　豫（下坤上震）　蠱（下巽上艮）

臨（下兌上坤）　噬嗑（下震上離）　賁（下離上艮）　剝（下坤上艮）

復（下震上坤）　大畜（下乾上艮）　頤（下震上艮）　離（下離上離）

恆（下巽上震）　大壯（下乾上震）　晉（下坤上離）　明夷（下離上坤）

睽（下兌上離）　解（下坎上震）　損（下兌上艮）　升（下巽上坤）

鼎（下巽上離）　震（下震上震）　艮（下艮上艮）　歸妹（下兌上震）

豐（下離上震）　旅（下艮上離）　小過（下艮上震）未濟（下坎上離）

在此三十二卦中，除〈坤〉卦是「全陰」外，屬「多陰」而形成「陰中陰」的包孕式結構的，有十五卦，即：

〈蒙〉、〈師〉、〈謙〉、〈豫〉、〈臨〉、〈剝〉、〈復〉、〈頤〉、〈晉〉、〈明夷〉、〈解〉、〈升〉、〈震〉、〈艮〉、〈小過〉。

屬「多陽」而形成「陰中陽」的包孕式結構的，有六卦，即：

〈大有〉、〈大畜〉、〈離〉、〈大壯〉、〈睽〉、〈鼎〉。

屬「陰陽多寡相當」而形成「並列」關係的包孕式結構的，有十卦，即：

〈泰〉、〈蠱〉、〈噬嗑〉、〈賁〉、〈恆〉、〈損〉、〈歸妹〉、〈豐〉、〈旅〉、〈未濟〉。

據此，可依序用下圖來表示三種不同的包孕式結構：

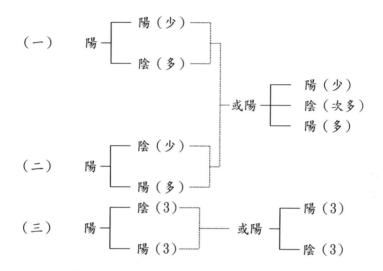

其中（一）、（二）兩種，除與（三）一樣各可形成「移位」結構外，又可合而形成「轉位」結構。

　　而這些「陽卦」與「陰卦」，是可兩兩相對待，而「抒多益寡」或「旁通」，以達於統一的。它們是：

乾和坤	屯和鼎	蒙和革	需和晉	訟和明夷
師和同人	比和大有	小畜和豫	履和謙	泰和否
隨和蠱	臨和遯	觀和大壯	噬嗑和井	賁和困
剝和夬	復和姤	無妄和升	大畜和萃	頤和大過
習和離	咸和損	恆和益	家人和解	睽和蹇
震和巽	艮和兌	漸和歸妹	豐和渙	旅和節
中孚和小過	既濟和未濟			

可見「陰」和「陽」雖兩相對待，卻可以彼此含融而形成統一。

　　落到「章法」來說，包孕性二元互動之主要作用是使章法結構之上下層以至於整體都形成「聯貫」。而在此包孕性結構中，係陽剛屬性的有兩種類型：其一是「陽中陽」的結構類型：這種類型，以正反法[34]為例，形成的是「反正反」的結構；以因果法為例，形成的是「果中果」的結構。其二是「陽中陰」的結構類型：這種類型，就正反法而言，形成的是「反中正」的結構；就因果法而言，形成的是「果中因」的結構。而這「陽中陽」與「陽中陰」的結構類型，是緊密地結合在一起，不可分割的。茲以「正反」與「因果」兩章法為例，分舉如下：

　　（一）正反法：其陽剛屬性的包孕式結構為：

$$\text{反} \begin{cases} \text{反} \\ \text{正} \end{cases} \quad \text{或} \quad \text{反} \begin{cases} \text{正} \\ \text{反} \end{cases}$$

　　（二）因果法：其陽剛屬性的包孕式結構為：

$$\text{果} \begin{cases} \text{果} \\ \text{因} \end{cases} \quad \text{或} \quad \text{果} \begin{cases} \text{因} \\ \text{果} \end{cases}$$

　　而陰柔屬性的也有兩種：其一是「陰中陰」的結構類型：這種類型，就正反法而言，形成的是「正中正」的結構；就因果法而言，形成的是「因中因」的結構。其二是「陰中陽」的結構類型：這種類型，就

34　在約四十種章法中，大致說來，除了貴與賤、親與疏、正與反、抑與揚、立與破、眾與寡、詳與略、張與弛……等，比較容易形成「對比」結構外，其他的，如今與昔、遠與近、大與小、高與低、淺與深、賓與主、虛與實、平與側、凡與目、縱與收、因與果……等，都極易形成「調和」結構。見〈章法四律與邏輯思維〉，頁 87-118。

正反法而言，形成的是「正中反」的結構；就因果法而言，形成的是「因中果」的結構。而這「陰中陰」與「陰中陽」的結構類型，也一樣是緊密地結合在一起，不可分割的。再此一樣以「正反」與「因果」兩章法為例，分舉如下：

（一）正反法：其陰柔屬性的包孕式結構為：

$$
正 \begin{cases} 正 \\ 反 \end{cases} \qquad 或 \qquad 正 \begin{cases} 反 \\ 正 \end{cases}
$$

（二）因果法：其陽剛屬性的包孕式結構為：

$$
因 \begin{cases} 因 \\ 果 \end{cases} \qquad 或 \qquad 因 \begin{cases} 果 \\ 因 \end{cases}
$$

而其他的章法，也一樣可形成這些類型，而且相當常見。至於由不同章法所形成的包孕式結構，那就更加普遍了。

可見「包孕」是形成「章法結構」趨於「聯貫（上下層）」之一個過程，此一方法論原則，在「章法結構」的整個方法論系統中，為居於「過程三（聯貫：上下層）」的地位。

第三節　「多 ⟷ 二 ⟷ 一（0）」螺旋結構

古代的聖賢，探討宇宙萬物創生、含容的歷程，結果用「多 ⟷ 二 ⟷ 一（0）」的螺旋結構來呈現。大致說來，他們是先由「有象」（現象界）以探知「無象」（本體界），逐漸形成「多 → 二 → 一（0）」的逆向結構；再由「無象」（本體界）以解釋「有象」（現象界），逐漸形成「（0）一 → 二 → 多」的順向結構的。就這樣一順一逆，往復探求、

驗證，久而久之，終於形成了他們圓融的宇宙人生觀。而這種宇宙人生
觀，各家雖各有所見，但若只求其同而不其求異，則總括起來說，都可
以從「（0）一 → 二 → 多」（順）與「多 → 二 → 一（0）」（逆）的互動、
循環而提升的螺旋關係[35] 上加以統合。茲以《周易》、《老子》為例，
分別加以探討：

　　首先看《周易》，在《周易》的〈序卦傳〉裡，對這種「多 ←→ 二
←→ 一（0）」螺旋結構形成之過程，就曾約略地加以交代，雖然它們
或許「因卦之次，託以明義」[36]，但由於卦、爻，均為象徵之性質，乃
一種概念性符號，即一般所說的「象」，象徵著宇宙人生之變化與各種
物類、事類。就以《周易》（含《易傳》）而言，它的六十四卦，從其
排列次序看，就粗具這種特點[37]。而各種物類、事類在「變化」中，循
「由天（天道）而人（人事）」來說，所呈現的是「（一）二、多」的
結構，這可說是〈序卦傳〉上篇的主要內容；而循「由人（人事）而天
（天道）」來說，則所呈現的是「多、二（一）」的結構了，這可說是〈序
卦傳〉下篇的主要內容。其中「（一）」指「太極」，「二」指「天地」
或「陰陽」、「剛柔」，「多」指「萬物」（包括人事）。雖然「太極」（「道」）
與「陰陽」（「剛柔」）等觀念與作用，在〈序卦傳〉裡，未明確指出，
卻皆含蘊其中，不然「天地」失去了「太極」（「道」）與「陰陽」（「剛

---

35 凡「二元對待」之兩方，都會產生互動、循環而提升的作用，而形成「多」、「二」、
　　「一（0）」的螺旋結構。參見〈論「多」、「二」、「一（0）」的螺旋結構——以《周易》
　　與《老子》為考察重心〉，臺灣師大《師大學報・人文與社會類》48 卷 1 期（2003
　　年 7 月），頁1-21。而所謂「螺旋」，本用於教育課程之理論上，早在十七世紀，即
　　由捷克教育家夸美紐思所提出，見《簡明國際教育百科全書》（北京市：新華書局北
　　京發行所，1991 年 6 月一版一刷），頁 611。又，相對於人文，科技界亦發現生命之
　　「基因」和「DNA」等都呈現螺旋結構。參見約翰・格里賓著、方玉珍等譯：《雙螺
　　旋探密——量子物理學與生命》（上海市：上海科技教育出版社，2001 年 7 月），頁
　　271-318。
36 《易傳之形成及其思想》，頁 186-187。
37 《中國人性論史・先秦篇》，頁 202。

柔」）等作用，便不可能不斷地「生萬物」（包括人事）了。再看《易傳》：

> 乾知大始，坤作成物。（《周易・繫辭上》）
>
> 一陰一陽之謂道，繼之者善也，成之者性也。……生生之謂易，成象之謂乾，效法之謂坤。（同上）
>
> 是故易有太極，是生兩儀，兩儀生四象，四象生八卦。（同上）

在這些話裡，《易傳》的作者用「易」、「道」或「太極」來統括「陰」（坤）與「陽」（乾），作為萬物生生不已的根源。而此根源，就其「生生」這一含意來說，即「易」，所以說「生生之謂易」；就其「初始」這一象數而言，是「太極」，所以《說文解字》於「一」篆下說「惟初太極，道立於一，造分天地，化成萬物」[38]；就其「陰陽」這一原理來說，就是「道」，所以說「一陰一陽之謂道」。分開來說是如此，若合起來看，則三者可融而為一。關於此點，馮友蘭分「宇宙」與「象數」加以說明云：

> 《易傳》中講的話有兩套：一套是講宇宙及其中的具體事物，另一套是講《易》自身的抽象的象數系統。〈繫辭傳上〉說：「易有太極，是生兩儀，兩儀生四象，四象生八卦。」這個說法後來雖然成為新儒家的形上學、宇宙論的基礎，然而它說的並不是實際宇宙，而是《易》象的系統。可是照《易傳》的說法：「易與天地準」（同上），這些象和公式在宇宙中都有其準確的對應物。所以這兩套講法實際上可以互換。「一陰一陽之謂道」這句話固

---

38 黃慶萱：《周易縱橫談》（臺北市：三民書局，1995 年 3 月初版），頁 33-34。

　　　　然是講的宇宙，可是它可以與「易有太極，是生兩儀」這句話互
　　　　換。「道」等於「太極」，「陰」、「陽」相當於「兩儀」。〈繫辭傳下〉
　　　　說：「天地之大德曰生。」〈繫辭傳上〉說：「生生之謂易。」這
　　　　又是兩套說法。前者指宇宙，後者指易。可是兩者又是同時可以
　　　　互換的。[39]

他從實（宇宙）虛（象數）之對應來解釋，很能凸顯《周易》這本書的
特色。這樣，其順向歷程就可用「一 → 二 → 多」的結構來呈現，其中
「一」指「太極」、「道」、「易」，「二」指「陰陽」、「乾坤」（天地），
「多」指「萬物」（含人事）。如果對應於〈序卦傳〉由天而人、由人而
天，亦即「既濟」而「未濟」之的循環來看，則此「一 → 二 → 多」，
就可以緊密地和逆向歷程之「多 → 二 → 一」接軌，形成其螺旋結
構[40]。
　　就這樣，《周易》先由爻與爻的「相生相反」的變化[41]，以形成小
循環；再擴及這種變化到卦，由卦與卦「相生相反」的變化，以形成大
循環。而大、小循環又互動、循環不已，形成層層上升之螺旋結構。關
於這點，黃慶萱說：

　　　　《周易》的周，……有周流的意思。《周易》每卦六爻，始於初，
　　　　分於二，通於三，革於四，盛於五，終於上。代表事物的小周
　　　　流。再看六十四卦，始於〈乾卦〉的行健自強；到了六十三卦的

39　《馮友蘭選集》上卷（北京市：北京大學出版社，2000 年 7 月一版一刷），頁 286。
40　〈論「多」、「二」、「一（0）」的螺旋結構——以《周易》與《老子》為考察重心〉，
　　頁 1-21。
41　勞思光：「爻辭論各爻之吉凶時，常有「物極必反」的觀念。具體地說，即是卦象吉
　　者，最後一爻多半反而不吉；卦象凶者，最後一爻有時反而吉。」見《新編中國哲學
　　史》〔一〕，頁 85-86。

〈既濟〉，形成了一個和諧安定的局面；接著的卻是〈未濟〉，代表終而復始，必須作再一次的行健自強。物質的構成，時間的演進，人士的努力，總循著一定的周期而流動前進，於是生命進化了，文明日益發展。[42]

所謂「周流」、「終而復始」、「周期而流動前進」，說的就是《周易》變化不已的螺旋式結構。而這種結構，如對應於「三易」（《易緯・乾鑿度》）而言，則「多」說的是「變易」、「二」說的是「簡易」，而「一」說的是「不易」。因此「三易」不但可概括《周易》之內容與特色，也可以呈現「多 ⟷ 二 ⟷ 一」的螺旋結構。

然後看《老子》，這種螺旋結構，在《老子》一書中，不但可以找到，而且更完整：

> 道可道，非常道；名可名，非常名。無，名天地之始；有，名萬物之母。（一章）
> 致虛極，守靜篤，萬物並作，吾以觀復。凡物芸芸，各復歸其根。歸根曰靜，是謂復命，復命曰常。知常曰明。（十六章）
> 道之為物，惟恍惟惚。惚兮恍兮，其中有象。恍兮惚兮，其中有物。窈兮冥兮，其中又精。其精甚真，其中有信。（二十一章）
> 有物混成，先天地生，寂兮寥兮，獨立不改，周行而不殆，可以為天下母，吾不知其名，字之曰道，強為之名曰大。大曰逝，逝曰遠，遠曰反。（二十五章）
> 知其雄，守其雌，為天下谿；常德不離，復歸於嬰兒。知其白，守其黑，為天下式；為天下式，常德不忒，復歸於無極。知其

42　《周易縱橫談》，頁236。

　　榮，守其辱，為天下谷；為天下谷，常德乃足，復歸於樸。（二
　　十八章）

　　反者道之動，弱者道之用。天下萬物，生於有，有生於無。（四
　　十章）

　　道生一，一生二，二生三，三生萬物。萬物負陰而抱陽，沖氣以
　　為和。（四十二章）

從上引各章裡，不難看出老子這種由「無」而「有」而「無」的主張。
所謂「道可道非常道」、「道之為物，惟恍惟惚」、「道生一，一生二，
二生三，三生萬物」、「有生於無」、「有物混成，先天地生，……可以
為天下母」等，都是就「由無而有」的順向過程來說的。而所謂「反者
道之動」、「復歸於無極」、「復歸於樸」，是就「有」而「無」的逆向
過程來說的。而這個「道」，乃「創生宇宙萬物的一種基本動力」，如
就本末整體而言，是「無」與「有」的統一體；如單就「本」（根源）
而言，則因為它「不可得聞見」（《韓非子・解老》），「所以老子用一
個『無』字來作為他所說的道的特性」[43]。而「由無而有」，所說的就
是「由一而多」之宇宙萬物創生的過程，所以宗白華說：

　　道的作用是自然的動力、母力，非人為的，非有目的及意志的。
　　「萬物生於有，有生於無」這個素樸混沌一團的道體，運轉不
　　已，化分而成萬有。故曰：「大道氾兮，其可左右。」（三十四章）
　　「周行而不殆。」（二十五章）「反者道之動。」（四十章）「樸，
　　則散為器。聖人用之，則為官長。」（廿八章）道體化分而成萬

43　《中國人性論史・先秦篇》，頁 329。

有的過程是由一而多，由無形而有形。[44]

而徐復觀也說：

> 宇宙萬物創生的過程，乃表明道由無形無質以落向有形有質的過
> 程。但道是全，是一。道的創生，應當是由全而分，由一而多的
> 過程。[45]

如就「有」而「無」，亦即「多而一」來看，老子在此是以「反」作橋
樑加以說明的。而這個「反」，除了「相反」、「返回」之外，還有「循
環」的意思。勞思光闡釋「反者道之用」說：

> 「動」即「運行」，「反」則包含循環交變之義。「反」即「道」
> 之內容。就循環交變之義而言，「反」以狀「道」，故老子在《道
> 德經》中再三說明「相反相成」與「每一事物或性質皆可變至其
> 反面」之理。[46]

而姜國柱也說：

> 「道」的運動是周行不殆，循環往復的圓圈運動。運動的最終結
> 果是返回其根：「復歸其根」、「復歸於樸」。這裡所說的「根」、
> 「樸」都是指「道」而言。「道」產生、變化成萬物，萬物經過

---

44 李同華主編：《宗白華全集》2（合肥市：安徽教育出版社，1994 年 12 月一版二刷），
　　頁 810。
45 《中國人性論史·先秦篇》，頁 337。
46 《新編中國哲學史》，頁 240。

周而復始的循環運動，又返回、復歸於「道」。老子的這個思想
帶有循環論的色彩。[47]

這強調的是「循環」，乃結合「相反」之義來加以說明的。

如此「相反相成」、循環不已，說的就是「變化」，而「變化」的
結果，就是「返回」至「道」的本身，這可說是變化中有秩序、秩序中
有變化之一個循環歷程。

這樣，結合《周易》和《老子》來看，它們所主張的「道」，如僅
著眼於其「同」，則它們主要透過「相反相成」、「返本復初」而循環不
已的作用，不但將「一→多」的順向歷程與「多→一」的逆向歷程前
後銜接起來，更使它們層層推展，循環不已，而形成了螺旋式結構系
統，以呈現宇宙創生、含容萬物之原始規律。

就在這「由一而多」（順）、「多而一」（逆）的過程中，是有「二」
介於中間，以產生承「一」啟「多」的作用的。而這個「二」，從「道
生一，一生二，二生三，三生萬物」等句來看，該就是「一生二，二生
三」的「二」。雖然對這個「二」，歷代學者有不同的說法，大致說來，
有認為只是「數字」而無特殊意思的，如蔣錫昌、任繼愈等便是；有認
為是「天地」的，如奚侗、高亨等便是，有認為是「陰陽」的，如河上
公、吳澄、朱謙之、大田晴軒等便是。其中以最後一種說法，似較合於
原意，因為老子既說「萬物負陰而抱陽」，看來指的雖僅僅是「萬物的
屬性」，但萬物既有此屬性，則所謂有其「委」（末）就有其「源」（本），
作為創生源頭之「一」或「道」，也該有此屬性才對，所差的只是，老
子沒有明確說出而已。所以陳鼓應解釋「道生一」章說：

---

47 姜國柱：《中國歷代思想史·壹、先秦卷》（臺北市：文津出版社，1993 年 12 月初版
　一刷），頁 63。

　　本章為老子宇宙生成論。這裡所說的「一」、「二」、「三」乃是指「道」創生萬物時的活動歷程。「混而為一」的「道」，對於雜多的現象來說，它是獨立無偶，絕對對待的，老子用「一」來形容「道」向下落實一層的未分狀態。渾淪不分的「道」，實已稟賦陰陽兩氣；《易經》所說「一陰一陽之謂『道』」；「二」就是指「道」所稟賦的陰陽兩氣，而這陰陽兩氣便是構成萬物最基本的原質。「道」再向下落漸趨於分化，則陰陽兩氣的活動亦漸趨於頻繁。「三」應是指陰陽兩氣互相激盪而形成的均適狀態，每個新的和諧體就在這種狀態中產生出來。[48]

而黃釗也說：

　　愚意以為「一」指元氣（從朱謙之說），「二」指陰陽二氣（從大田晴軒說），「三」即「叁」，「參」也。若木《薊下漫筆》「陰陽三合」為「陰陽參合」。「三生萬物」即陰陽二氣參合產生萬物。[49]

他們對「一」與「三」（多）的說法雖有一些不同，但都以為「二」是指「陰陽二（兩）氣」。而這種「陰陽二氣」的說法，其實也照樣可包含「天地」在內，因為「天」為「乾」為「陽」，而「地」則為「坤」為「陰」；所不同的，「天地」說的是偏於時空之形式，用於持載萬物[50]；而「陰陽」指的則是偏於「二氣之良能」（朱熹《中庸章句》），

48　《老子今注今譯及評介》，頁 106。

49　以上諸家之說與引證，見黃釗：《帛書老子校注析》（臺北市：學生書局，1991 年 10 月初版），頁 231。

50　《中國人性論史・先秦篇》，頁 335。

用於創生萬物。這樣看來，老子的「一」該等同於《易傳》之「太極」、「二」該等同於《易傳》之「兩儀」（陰陽），因此所呈現的，和《周易》（含《易傳》）一樣，是「一→二→多」與「多→二→一」之原始結構。不過，值得一提的是：（一）即使這「一」、「二」、「多」之內容，和《周易》（含《易傳》）有所不同，也無損於這種結構的存在。（二）「道生一」的「道」，既是「創生宇宙萬物的一種基本動力」，而它「本身又體現了無」[51]，那麼正如王弼所注「欲言無耶，而物由以成；欲言有耶，而不見其形」[52]，老子的「道」可以說是「無」，卻不等於實際之「無」（實零）[53]，而是「恍惚」的「無」（虛零），以指在「一」之前的「虛理」[54]。這種「虛理」，如勉強以「數」來表示，則可以是「（0）」。這樣，順、逆向的結構，就可調整為「（0）一→二→多」（順）與「多→二→一（0）」（逆），以補《周易》（含《易傳》）之不足，這就使得宇宙萬物創生、含容的順、逆向歷程，更趨於完整而周延了；而章法之方法論系統於焉完成，可表示如下簡表：

51　林啟彥：「『道』既是宇宙及自然的規律法則，『道』又是構成宇宙萬物的終極元素，『道』本身又體現了『無』。」見《中國學術思想史》（臺北市：書林書店，1999 年 9 月一版四刷），頁 34。

52　《老子王弼注》，頁 16。

53　馮友蘭：「謂道即是無。不過此『無』乃對於具體事物之『有』而言的，非即是零。道乃天地萬物所以生之總原理，豈可謂為等於零之『無』。」見《馮友蘭選集》上卷，頁 84。

54　唐君毅：「所謂萬物之共同之理，可為實理，亦可為一虛理。然今此所謂第一義之共同之理之道，應指虛理，非指實理。所謂虛理之虛，乃表狀此理之自身，無單獨之存在性，雖為事物之所依循、所表現，或所是所然，而並不可視同於一存在的實體。」見《中國哲學原論‧導論篇》（香港：人生出版社，1966 年 3 月出版），頁 350-351。

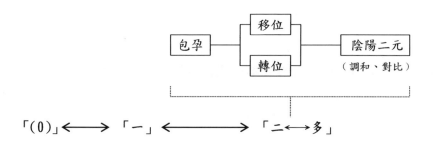

這樣落到「章法」來說，「多 ⟷ 二 ⟷ 一（0）」螺旋在章法結構系統中之作用，最重要的就是「統一」，屬於「綜合思維」，與前此之「秩序」（移位）、「變化」（轉位）、「包孕」（聯貫）之側重於「分析思維」者不同。而以「多 ⟷ 二 ⟷ 一（0）」來說，「多」指「秩序」（移位）、「變化」（轉位）與「包孕」（聯貫）所形成之各種結構，「二」指徹下徹上之「陰陽二元」，而「一（0）」則指通貫全篇之情意、韻律與風格。如此對應「章法四大律（秩序、變化、聯貫、統一）」加以呈現[55]，凸顯了章法之四大律所形成的不是平列的關係，而是「多 ⟷ 二 ⟷ 一（0）」的邏輯結構。一篇辭章，無論是何種類型，都可以由此「一以貫之」。

　　可見「多 ⟷ 二 ⟷ 一（0）」是使一篇「章法結構」趨於「統一」之一個終點，因此此一方法論原則，在「章法結構」的整個方法論系統中，係居於「終點（統一）」的地位。而由於它也回抱了「陰陽二元」之起始與「移位、轉位、包孕」等過程，所以本身就具備了系統性。亦

---

[55] 王希杰論「章法學的方法論原則」說：「陳滿銘教授和他的弟子並不滿足於單純地歸納法則，他們力圖建立統率這些比較具體的法則的更高的原則。陳滿銘教授創建了四大原則：（1）秩序律，（2）變化律，（3）聯貫律，（4）統一律。……在方法論原則上，他和弟子們繼承了《周易》的二元互補和轉化的傳統。」見〈陳滿銘教授和章法學〉，《畢節學院學報》總 96 期（2008 年 2 月），頁 5。

即它不但可以是方法論原則，也可以是方法論系統。

　　所謂「人同此心，心同此理」，每個作者在創作時，都會基於這個「心」和「理」，運用邏輯思維來組織各種材料，以表達各種情意。而這種「邏輯思維」，乃對應於自然規律而言，為「客觀的存在」[56]，吳應天指出「文章結構規律作為文章本質的關係，恰好跟人類的思維形式相對應，而思維形式又是客觀事物本質關係的反映」[57]，即是此意。而這種由「陰陽二元」之互動為基礎，經「移位」、「轉位」與「包孕」之過程，以形成「多 ⟷ 二 ⟷ 一（0）」螺旋之章法結構系統，經上文探討，都可一一超越「辭章」、「章法結構」，歸本於《周易》與《老子》兩部哲學經典，而提升至「普遍性存在」之高度，亦即方法論原則或系統加以確認。如此更足以確定「二元互動」（移位、轉位、包孕）在辭章「章法結構」與「多 ⟷ 二 ⟷ 一（0）」螺旋結構系統中所佔之重要地位。其中「二元」之「移位」與「轉位」所推拓的是各層之「章法結構」，而「二元」之「包孕」所連鎖的是上下層以至於整體之「章法結構」，它們功能雖不同，卻都是構成「多 ⟷ 二 ⟷ 一（0）」螺旋結構系統之主要內容，缺一不可。

56　〈章法學門外閒談〉，頁 53-57。
57　吳應天：《文章結構學》（北京市：中國人民出版社，1989 年 8 月一版三刷），頁 9。

第二章
章法之移位、轉位結構

摘要

章法結構是先由其移位、轉位而形成節奏，再由各個節奏層層串聯而形成一篇韻律的。大致說來，節奏乃由局部而整體地層層疊合成為一篇韻律，再加上章法各結構本身的毗剛或毗柔屬性，即可大致可解釋一篇風格所以形成之原因，而這種歷程，可約略由章法之「多、二、一（0）」結構系統加以考察。就在此「多、二、一（0）」的諸多結構系統中，必有其核心結構，它一定落在一篇辭章之主體所在，也就是最能凸顯「主旨」的部分，以牢籠整個篇章，可以說乃關鍵性之「二」，一面徹下以統合「多」（結構與節奏），一面徹上以歸根「一（0）」（主旨、韻律與風格等），發揮徹上徹下之功用。因此，理清核心與輔助結構，考察其移位、轉位之情形，則章法結構所造成之節奏與韻律，就可以大致掌握。本章即以移位、轉位為範圍，先探討它們的哲學意涵與辭章表現，再辨明與「多、二、一（0）」結構系統的關係，然後嘗試作美學上之詮釋，以見移位、轉位在章法結構系統中的重要性。

關鍵詞：章法、移位、轉位、哲學意涵、「多、二、一（0）」結構系統、
　　　　美學詮釋

　　我們的祖先，面對紛紜萬狀之現象界，先由此「有象」（現象界）以探知「無象」（本體界），再由「無象」（本體界）回過來解釋「有象」（現象界），就這樣一順一逆，往復探求、驗證，久而久之，終於形成了圓融的宇宙人生觀。而這種宇宙人生觀，總括起來說，都可以從「（0）一、二、多」（順）與「多、二、一（0）」（逆）的互動、循環而提升的螺旋結構上加以統合，形成系統。而這種「多二一（0）」的螺旋系統，既可規範宇宙萬物創生、含容之過程，當然也可適用於哲學、文學、美學等，以成為其基本規律。即以文學領域中之辭章而言，在形成篇章的章法上，就呈現了這種螺旋系統。若從創作一面來說，形成的是「（0）一、二、多」的順向結構；若就鑑賞一面而言，則形成的是「多、二、一（0）」的逆向結構。因此本章即以此為範圍，特別鎖定其中居於關鍵性之「移位」與「轉位」結構，先辨明其哲學義涵，再探討它們在辭章上的表現與「多、二、一（0）」中的關係，從而嘗試作美學上之詮釋，以見移位、轉位在章法結構系統中的重要地位。

第一節　哲學意涵

　　茲對「移位」與「轉位」之哲學意涵，歸本於《周易》，分別酌予說明。

一　移位

　　「陰陽二元」之互動，最基本的是「移位」。陰陽這兩種動力，是在對待往來中起伏消息、迭相推蕩而產生「移位」的。因為事物之發展是統一物分裂為兩相對待，而相互作用的過程，而此對待面的相互作用，在《周易》的《易傳》中以相互推移（剛柔相推）、相互摩擦（剛

柔相摩）、與相互衝擊（八卦相盪）等各種表現形式[1]，為順向移位與逆向移位，提出了最精微的論證。

　　而其中之〈乾〉、〈坤〉兩卦，作為天地陰陽的對待、統一體，以六爻的變化，反映這個對待、統一體的發展過程。從〈乾〉、〈坤〉這個對待面，通過六爻的發展變化，研究運動變化的開展[2]，可以揭示出陰陽如何向對待面轉化與推移。以〈乾卦〉六爻的變化為例：

　　　　初九，潛龍勿用。
　　　　〈象〉曰：潛龍勿用，陽在下也。

　　　　九二，見龍在田，利見大人。
　　　　〈象〉曰：見龍在田，德施普也。

　　　　九三，君子終日乾乾，夕惕若，厲無咎。
　　　　〈象〉曰：終日乾乾，反復道也。

　　　　九四，或躍在淵，無咎。
　　　　〈象〉曰：或躍在淵，進無咎也。

　　　　九五，飛龍在天，利見大人。
　　　　〈象〉曰：飛龍在天，大人造也。

1　馮友蘭：《中國哲學史新編》二（臺北市：藍燈文化公司，1991 年 12 月初版），頁376。
2　徐志銳：《周易陰陽八卦說解》（臺北市：里仁書局，2000 年 3 月初版四刷），頁127-134。

　　上九，亢龍有悔。

　　〈象〉曰：亢龍有悔，盈不可久也。

《周易》講爻的變化，常依爻在卦中的「位」來解釋。位，是空間，有上下，有內外，有陰陽。爻位由下而上，依序排列，而有初、二、三、四、五、上等不同稱謂。它是一個發展的序列，每一個位，即代表事物發展的每一個階段。因此，爻位的變換可以導致卦的變化，爻位的升降也同時象徵著事物的發展[3]。因此，「卦象」含蘊著一個上升的發展過程與「物極必反」的思想。

　　故〈乾卦〉，由初九的「潛龍，勿用」，移向九二的「見龍在田，利見大人」，移向九三的「君子終日乾乾，夕惕若。厲，無咎」，再移向九四的「或躍在淵，無咎」，復移向九五的「飛龍在天，利見大人」，形成一連串的順向位移。上九，則因已到達了極限、頂點，會由吉變凶，漸次形成逆向移位，開始向對待面轉化，造成另一種轉位，故說是「亢龍有悔」了。可見這種「移位」有順、逆兩種，如配合陰陽之屬性[4]來看，即：

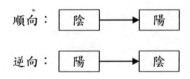

3　戴璉璋：《易傳之形成及其思想》（臺北市：文津出版社，1988 年 11 月臺灣初版），頁 80-86。

4　陳望衡：《中國古典美學史》（長沙市：湖南教育出版社，1998 年 8 月一版一刷），頁 184。

　　而六爻之所以能夠用以模擬事物的運動變化，是因「六位」能體現「道」的陰陽對待、統一之規律性。而此「六位」原則一確立，整個自然界與人類社會的基本規律全都可加以反映，故〈說卦傳〉將其概括為「分陰分陽」，「六位而成章」，正因「六位」體現著哲學原理。「六爻」體現著事物在一定規律支配下的發展運動過程，從時間性上可畫分為潛在的與暴露出來兩大階段，以一卦的卦象去體現，它的運動變化即可以清楚地了解而加以掌握[5]。因此，內外卦之間可以相互往來升降，六個爻畫之間也可以相互往來升降；通過這種往來升降的相互作用，就產生了種種的變化和運動，就產生了一連串的順向移位與逆向移位。這種「移位」全離不開「陰陽」之作用。

　　《周易》哲學發展了一個開放的序列，這一序列不僅體現在〈乾〉、〈坤〉兩卦裡，更在其他為六十二卦發其通例。因此，不僅每一卦中的六爻，由初→二→三→四→五→上，存有著「移位」現象[6]。甚而，由〈乾〉→〈坤〉→〈屯〉→〈蒙〉→〈需〉→〈訟〉→〈師〉→〈比〉→〈小畜〉→〈履〉→〈泰〉→〈否〉→〈同人〉→〈大有〉→〈謙〉→〈豫〉→〈隨〉→〈蠱〉→〈臨〉→〈觀〉→〈噬嗑〉→〈賁〉→〈剝〉→〈復〉→〈無妄〉→〈大畜〉→〈頤〉→〈大過〉→〈坎〉→〈離〉→〈咸〉→〈恒〉→〈遯〉→〈大壯〉→〈晉〉→〈明夷〉→〈家人〉→〈睽〉→〈蹇〉→〈解〉→〈損〉→〈益〉→〈夬〉→〈姤〉→〈萃〉→〈升〉→〈困〉→〈井〉→〈革〉→〈鼎〉→〈震〉→〈艮〉→〈漸〉→〈歸妹〉→〈豐〉→〈旅〉→〈巽〉→〈兌〉→〈渙〉→〈節〉→〈中孚〉→〈小過〉→〈既濟〉，卦與卦之間，也因「移位」，而產生相反

5　《周易陰陽八卦說解》，頁 60-73。
6　白金銑：〈《周易》「位移性格」哲學初詮〉，臺灣師大《中國學術年刊》23 期（2002年 6 月），頁 7。

相生的有秩序的變化歷程[7]。到了〈未濟〉，形成大反轉，則又是一個全新的變化歷程的開始。就這樣在陰陽兩種對待力量的「移位」作用下，使事物運動不息，變化不止；可見「移位」之普遍性。

二　轉位

　　在「陰陽二元」之互動中，「轉位」是以「移位」為基礎的。由於剛性質的力與柔性質的力相摩，陰陽相索，八卦相蕩，觸類以長，終至合成《周易》六十四卦物物對待、事事交感的旁通系統[8]。如上文所提，作為天地陰陽對立統一體的〈乾〉、〈坤〉兩卦，以六爻的變化，反映一序列的變化發展過程，產生了位移的情形。若再按陰陽的兩個側面來看，〈乾〉主「統」，居於剛健主導的地位；〈坤〉主「承」，居於含容順從的地位。通過六爻運動變化的展開，又可以揭示出陰陽如何漸次向對待方轉化而互相「移位」、並形成「轉位」的歷程。

　　《周易》六十四卦，每卦設六個爻位。唯有〈乾〉、〈坤〉二卦，於六爻之上，又特設「用九」、「用六」兩爻，用來論述陰陽向對立面互相轉位之理。如〈乾卦〉：

　　　　用九，見群龍無首，吉。（〈爻辭〉）
　　　　〈象〉曰：用九，天德不可為首也。

又如〈坤卦〉：

　　　　用六，利永貞。

7　此六十四卦的卦序，悉依〈序卦傳〉順序。
8　「旁通」，形成了異類相應，也形成位移。見曾春海：《儒家哲學論集》（臺北市：文津出版社，1989 年 5 月出版），頁 438。

〈象〉曰：用六「永貞」，以大終也。

乾陽發展到上九，已成「亢龍」而「盈不可久」。只有發揮九變六的作用[9]，才可「見群龍無首」[10]。因為數變，爻必變；爻變，卦亦變。六爻的六個九變成六個六，〈乾卦〉就變成了〈坤卦〉。與此同時，〈坤卦〉則變成了〈乾卦〉。因〈乾〉、〈坤〉互調其位，故〈乾卦〉「六龍」仍能繼續存在，故言「見群龍無首」。因此，「天德不可為首」，天道循環沒有終了之時。這即是九、六互變，陰陽對轉，〈乾〉、〈坤〉易位的內在思想邏輯關係。而且，乾陽就在由初九→九二→九三→九四→九五，一序列的順向移位中，漸次向對立面轉化；然後九六互變，在整個變動歷程中，完成了「轉位」。於是陰陽對轉，乾坤易位，〈乾卦〉變成了〈坤卦〉。

　　再看〈坤卦〉的「用六」。六之大用，在於可變為九。〈坤卦〉六爻的六個六皆變為九，〈坤卦〉變成了〈乾卦〉，所以「利永貞」。由於〈乾〉、〈坤〉兩卦發展到上爻，〈乾〉為「亢龍」而「盈不可久」，〈坤〉又與「龍戰」而「其道窮」。因此，對立統一體既不正固又不能長久。唯有「用六」發揮六變九的作用，六、九互變，〈乾〉變〈坤〉，〈坤〉變〈乾〉，〈乾〉、〈坤〉易位，再重新組成一個對待統一體，才有利於正固而長久。所以〈象傳〉解釋「用六」爻辭：「『用六永貞』，以大終也」。「以大終」，說的即是「〈坤卦〉之終終以乾」。唯有〈坤卦〉之「終終以乾」，才能「群龍無所終」；唯「群龍無所終」，才有利於對待、統一體的正固而長久。而在九、六互變，〈乾〉變〈坤〉，〈坤〉變〈乾〉，再重新組成了一個對待、統一體的變動歷程中，也漸次由順向移位轉為

9　《周易陰陽八卦說解》，頁 15-36。

10　同前註，頁 127-138。

逆向移位，最後完成了〈乾〉、〈坤〉互「轉位」。

　　由於陰陽相易、生生而一，《周易》哲學發展了一個開放的序列。
這一序列正體現在〈乾〉、〈坤〉兩卦的「用九」、「用六」上。因此，「用
九」、「用六」並不局限於〈乾〉、〈坤〉兩卦，而是為六十四卦發其通
例，然後每一卦位在九、六互變中，均可一一尋出因「移位」而造成
「轉位」的變動歷程。因此，勞思光在論「《易經》中的『宇宙秩序』
觀念」時便指出：六十四重卦，以〈既濟〉、〈未濟〉二者為終，「既濟」
是「完成」之意，「未濟」則指「未完成」。由〈乾〉、〈坤〉開始，描
述宇宙生成運動過程，至〈既濟〉而止；然而，宇宙的生滅變化永不停
止，故最後又加一〈未濟〉，以表宇宙變動過程本身的無窮盡[11]。由
〈乾〉、〈坤〉，而至〈既濟〉、〈未濟〉，〈序卦〉不但說明了由運動變化
而形成秩序的無窮盡歷程，也表示了宇宙萬物由六十四卦的位位互移，
運動變化到達極點時，即會形成大反轉，返本而回復其根，形成另一個
循環系統。這一個大反轉，就是一個「大轉位」。這種「大轉位」可用
下圖來表示：

這雖是就「大轉位」而言，但「小轉位」又何嘗不是如此呢？就在這「循
環系統」中，自然涵蘊著無限的陰陽之「轉位」如下圖：

---

11 勞思光：《新編中國哲學史》一（臺北市：三民書局，1984 年 1 月增訂修版），頁
　　85-86。

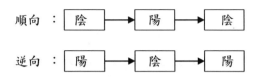

這種「循環系統」，由陰陽剛柔的相摩相推，太儀而兩儀，兩儀而四象，四象而八卦，八卦而六十四卦；再由六十四卦的位位互移、反轉，運動變化到達極點，形成大位移、大反轉，返本而回復其根，使萬物生生而無窮。因此，《周易》講「生生之德」的「生生」，即不絕之意，也深具新陳代謝之意。說明了陰陽變轉，宇宙萬物就在一次又一次的大小「移位」、「轉位」中，循環反復，永無止境。

第二節　辭章表現

　　茲針對章法的「移位」與「轉位」結構在辭章上之表現，分別舉例酌予說明：

一　移位結構

　　所謂「移位」，是會形成秩序的，乃對應於章法的秩序律而言。任何章法都可依循此律，經由「移位」（順、逆）而形成其層次邏輯。茲舉較常見的十幾種章法來看，它們可就其先後順序，形成如下結構：

　　1. 今昔法：「先今後昔」、「先昔後今」。
　　2. 遠近法：「先近後遠」、「先遠後近」。
　　3. 虛實法：「先虛後實」、「先實後虛」。
　　4. 賓主法：「先賓後主」、「先主後賓」。
　　5. 正反法：「先正後反」、「先反後正」。

6. 凡目法：「先凡後目」、「先目後凡」。

7. 因果法：「先因後果」、「先果後因」。

8. 情景法：「先情後景」、「先景後情」。

9. 論敘法：「先論後敘」、「先敘後論」。

10. 底圖法：「先底後圖」、「先圖後底」。

這些經由「順」或「逆」之「移位」所形成的結構，隨處可見，如曹操的〈短歌行〉詩：

> 對酒當歌，人生幾何？譬如朝露，去日苦多。慨當以慷，憂思難忘。何以解憂？唯有杜康。青青子衿，悠悠我心。但為君故，沈吟至今。呦呦鹿鳴，食野之苹。我有嘉賓，鼓瑟吹笙。明明如月，何時可掇？憂從中來，不可斷絕。越陌度阡，枉用相存。契闊談讌，心念舊恩。月明星稀，烏鵲南飛。繞樹三匝，何枝可依？山不厭高，海不厭深。周公吐哺，天下歸心。

這首詩主要在抒發沒有人才來幫助自己一統天下的感嘆，所以傅更生認為它「意有所主，寓懷思招來之情」[12]，是用「先果後因」的結構寫成的。「果」的部分，自篇首至「何枝可依」句止，也一樣採「先果（一）後因（一）」的順序來寫：它首先以「對酒」八句，抒發對人生苦短的感慨（因），認為只得靠「酒」來解憂（果）而已；這是「果

---

12 傅更生：「沈歸愚云：『月明星稀四句，喻客子無所依託，山不厭高四句，言王者不卻眾庶，故能成其大也。』此詩意有所主，寓懷思招來之情，『但為君故，沈吟至今，』此『君』必有所指。若不深求其脈注之鵠的，則此篇之旨，殊難揣摩。或曰：此曹操懷劉備詩也。說甚新穎，而尋繹之通篇可解，或其然歟？」見《中國文學欣賞舉隅》（臺北市：國文天地雜誌社，1900 年 4 月初版），頁 66-67。

（一）」。其次首以「青青子衿」八句，就「實」，向眼前尚未歸附自己之賢才，表達長久以來的思慕之情（反—消極），並強調對那些歸附自己之賢者，是會竭誠歡迎，而加以禮遇的（正—積極）[13]；次以「明明如月」八句，就「虛」，對賢才何時求得、理想何時實現的重大事情，表達了一憂一喜的複雜心理；末以「月明」四句，藉月下烏鵲尋枝卻無枝可依的景象，以景襯情，帶出自己對無依賢才的愛憐之情；以上二十句，先抒情、後寫景，情景交融，為「因（一）」。而「因」的部分為「山不厭高」四句，特以「山」、「水」為喻（虛），並引「周公吐哺」之典，「表明自己求賢不懈的耿耿赤忱，希望能開創一個『天下歸心』的大好局面」[14]（實）。如此以「先果後因」（篇、章）、「先因後果」、「先反後正」、「先情後景」、「先實後虛」、「先虛後實」（章）等「移位」結構，形成「秩序」來寫，曲折而成功地表出了作者憐才、一統的心意。附結構系統分析表如下：

---

13 蔡厚示以為此八句：「前半寫他求賢才不得時的日夜思慕；後半寫他求賢才既得後的竭誠歡迎。兩相對照，意極分明。」見《漢魏晉南北朝隋詩鑑賞辭典》（太原市：山西人民出版社，1989 年 3 月一版一刷），頁 123。

14 同前註。

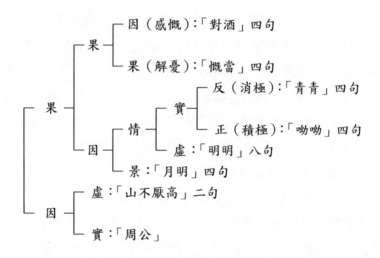

又如孟浩然〈宿桐廬江寄廣陵舊遊〉詩：

> 山暝聽猿愁，滄江急夜流。風鳴兩岸葉，月照一孤舟。建德非吾
> 土，維揚憶舊遊。還將兩行淚，遙寄海西頭。

　　據詩題，可知此詩為作者乘舟停泊桐廬江畔時所作，旨在抒發自己
對揚州（廣陵）友人的懷念之情與自己的身世之感（愁）[15]，是以「先
底後圖」的結構寫成的。「底」（背景）的部分，為「山暝」三句，一
面就視覺，將空間推擴，呈現了黃昏時的山色、江流與岸樹；一面又訴
諸聽覺，依序寫山上猿啼、江中急流、風吹岸樹的幾種聲音；把作者在
舟上所面對的空間，蒙上一片「愁」的況味，為底下「孤舟」上主人翁
（作者）的抒情，作有力的烘托，十足地發揮了「底」（背景）的作用。
而「圖」（焦點）的部分，則為「月照」五句，用「先點後染」順序來寫。

15 喻守真：「這是旅途中寄給舊友的詩，詩中滿含傷感，想見作者奔波無定、很不得意
　的情況。」見《唐詩三百首詳析》（臺北市：臺灣中華書局，1996 年 4 月臺二三版五
　刷），頁 161。

其中「孤舟」句，經由「月」之照，將焦點集中在「孤舟」上的作者身上，作為抒發懷念之情的落足點，為「點」的部分。「建德」二句，指此地（桐廬）不是自己的故鄉（賓），以加強對揚州舊遊的懷念（主），所謂「雖信美而非吾土兮，曾何足以少留」（王粲〈登樓賦〉），使「愁」又加深一層；而「還將」二句，則由泛而具，透過凝想，將自己的眼淚遠寄到揚州，大力地深化對揚州舊友的思念之情（愁）；這是「染」的部分。作者就這樣，主要以「先底後圖」（篇）和「先點後染」、「先賓後主」、「先泛後具」（章）的「移位」結構，形成「秩序」來寫，寫得「旅況寥落」、「情深語摯」[16]，極為動人。附結構系統分析表如下：

---

16 高步瀛選注：《唐宋詩舉要》（臺北市：學海出版社，1973 年 2 月初版），頁 438-439。

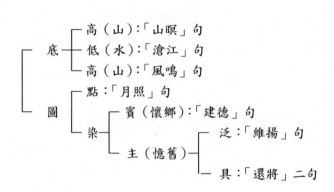

這種合於「秩序」的結構，無論順、逆，都是作者將寫作材料，訴諸人
類求「秩序」的心理，經過邏輯思考，予以組合而成的。這種組合，也
稱為「反復」，亦即「齊一」之形式。陳望道說：

> 形式中最簡單的，是反復（Repetition）。反復就是重複，也就是
> 同一事物的層見疊出。如從其他的構成材料而言，其實就是齊
> 一。所以反復的法則同時又可稱為齊一（Uniformity）的法則。
> 這種齊一或反復的法則，原本只是一個極簡單的形式，但頗可以
> 隨處用它，以取得一種簡純的快感。[17]

所謂「形式」，乃指「事物所有的結合關係」[18]，而如所謂「先甲後乙」
者，指的就是形成秩序的「甲」與「乙」（同一事物）之結合，由此可
見，章法所說的「秩序」，從另一角度說，就是「反復」、「齊一」，這
對邏輯思維而言，是很常見的。

---

17 陳望道：《美學概論》（臺北市：文鏡文化事業公司，1984 年 12 月重排初版），頁
　　61-62。
18 同前註，頁 60。

二　轉位結構

所謂「轉位」，必然引起往復的變化，是對應於章法的變化律來說的。每一章法都可依循此律，經由「轉位」而造成順、逆交錯的往復效果。同樣以上舉十幾種常見章法來看，可形成如下結構：

1. 今昔法：「今、昔、今」、「昔、今、昔」。
2. 遠近法：「遠、近、遠」、「近、遠、近」。
3. 虛實法：「虛、實、虛」、「實、虛、實」。
4. 賓主法：「賓、主、賓」、「主、賓、主」。
5. 正反法：「正、反、正」、「反、正、反」。
6. 凡目法：「凡、目、凡」、「目、凡、目」。
7. 因果法：「因、果、因」、「果、因、果」。
8. 情景法：「情、景、情」、「景、情、景」。
9. 論敘法：「論、敘、論」、「敘、論、敘」。
10. 底圖法：「底、圖、底」、「圖、底、圖」。

這些「順」和「逆」交錯的「轉位」結構，也隨處可見。如蘇軾的〈減字木蘭花〉詞：

> 雙龍對起。白甲蒼髯煙雨裡。疏影微香。下有幽人晝夢長。
> 湖風清軟。雙鵲飛來爭噪晚。翠颭紅輕。時下凌霄百尺英。

這首詞作於宋神宗熙寧七年（1074）[19]，題作「錢塘西湖，有詩僧

---

19 鄒同慶、王宗堂：《蘇軾詞編年校註》（北京市：中華書局，2002 年一版一刷），頁 63。

清順。所居藏春塢，門前有二古松，各有凌霄花絡其上。順常晝臥其下。時余為郡。一日，屏騎從過之，松風騷然。順指落花求韻。余為賦此。」它首先以開端三句，寫「二古松」之幽景，為前一個「賓」。其次以「下有」之句，寫正在松下晝眠之幽人，即「寺僧清順」，為「主」；最後以「湖風」四句，寫被雙鵲蹴下凌霄花的幽景，為後一個「賓」。很顯然地，作者在此，特以古松與落花之幽（賓），來襯托詩僧之幽（主）。可見此詞主要以「賓、主、賓」的「轉位」結構，形成其變化。附結構系統分析表供參考：

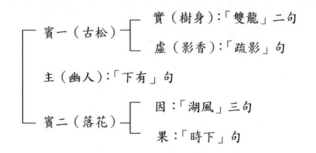

又如辛棄疾的〈水龍吟〉詞：

> 楚天千里清秋，水隨天去秋無際。遙岑遠目，獻愁供恨，玉簪螺髻。落日樓頭，斷鴻聲裡，江南遊子。把吳鉤看了，闌干拍遍，無人會，登臨意。　休說鱸魚堪膾，儘西風，季鷹歸未？求田問舍，怕應羞見，劉郎才氣。可惜流年，憂愁風雨，樹猶如此！倩何人、喚取紅巾翠袖，搵英雄淚？

此詞當作於宋孝宗淳熙元年（1174），題作「登建康賞心亭」，旨在寫「無人會登臨意」（請纓無路）的愁緒。它首先以「楚天」五句，寫登亭所見自然景物，依序是天、水、山，而將愁恨寓於其中；接著以

「落日」五句，用落日與斷鴻為媒介，把流落江南的自己（遊子）帶出來，以交代題目，並進而寫自己久看吳鉤、遍拍闌干的無奈；這可說是請纓無路的結果；為前一個「果」的部分。其次以「無人會」二句，正面寫「請纓無路」的痛苦，這是一篇主旨所在，為「因」中「主」的部分[20]。又其次以「休說」九句，藉張翰、許汜與桓溫的故事，依次寫自己有家歸不得、求田不成與時不我與的困窘。從旁將請纓無路的痛苦推深一層，為「因」中「實」的部分。最後以「倩何人」三句，由實轉虛，表達請纓的強烈願望，以收拾全詞，這是後一個「果」的部分。透過這種結構，作者便將自己胸中的積鬱傾瀉而出了。可見作者在此詞，將主旨「無人會登臨意」之恨安置於篇腹，採「果、因、果」之「轉位」結構，形成變化，以單軌收上啟下，一以貫之，使全詞充盈著「無人會登臨意」的痛苦。這種安排，靠的不就是作者縝密的「邏輯思維」嗎？附結構系統分析表如下：

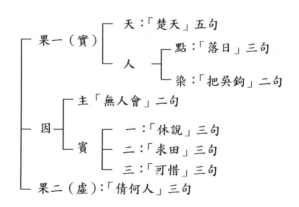

果一（實）─┬─天：「楚天」五句
　　　　　└─人─┬─點：「落日」三句
　　　　　　　　└─染：「把吳鉤」二句
因─┬─主「無人會」二句
　　└─實─┬─一：「休說」三句
　　　　　├─二：「求田」三句
　　　　　└─三：「可惜」三句
果二（虛）：「倩何人」三句

20　曾棗莊、吳洪澤：「『遊子』『吳鉤』等字眼，很容易使人聯想到作者的身世，南歸多年，報國無門，江山依舊，強虜未滅，怎不讓人悲憤難平！『無人會，登臨意』，正是不平之鳴。」見《蘇辛詞選》（臺北市：三民書局，2000 年 11 月初版一刷），頁172。

這種「變化」的規律，是對應於人類心理的。陳望道在其《美學概論》中說：

> 人類心理卻都愛好富於變化的刺激，大抵喚取意識須變化，保持
> 意識的覺醒狀態也是需要變化的。若刺激過於齊一無變化，意識
> 對它便將有了滯鈍、停息的傾向。在意識的這一根本性質上，反
> 復的形式實有顯然的弱點。反復到底不外是同一（縱非嚴格的同
> 一，也是異常的近似）狀態之齊一地刺激著我們的事。反復過
> 度，意識對於本刺激也便逐漸滯鈍停息起來，移向那有變化有起
> 伏的別一刺激去的趨勢。[21]

因此掌握了作品中這類富於變化的結構（條理）來分析，是一定能切近作者之心理的。

第三節　與「多、二、一（0）」結構之關係

在哲學或美學上，對所謂「對立的統一」、「多樣的統一」，即「多而一」之概念，都非常重視，一向被目為事物最重要的變化規律或審美原則，似乎已沒有進一步探討之空間。不過，若從《周易》（含《易傳》）與《老子》等古籍中去考察，則可使它更趨於精密、周遍，不但可由「有象」而「無象」，找出「多、二、一（0）」之逆向結構；也可由「無象」而「有象」，尋得「（0）一、二、多」之順向結構；並且透過《老子》「反者道之動」（四十章）、「凡物芸芸，各復歸其根」（十六章）與《周易・序卦》「既濟」而「未濟」之說，將順、逆向結構不僅前後連

---

21 《美學概論》，頁 63-64。

接在一起，更形成循環不已的螺旋結構系統，以反映宇宙人生的基本規律[22]。

　　這種「多、二、一（0）」結構系統，落到辭章「章法」上來說，「多」指核心結構以外的各輔助結構；「二」指核心結構，通常為「篇」（最上一層）結構，既可徹下以統合「多」，也可徹上以歸根於「一（0）」；「一（0）」指一篇之主旨與風格等。

　　如王安石的〈讀孟嘗君傳〉：

> 世皆稱孟嘗君能得士，士以故歸之，而卒賴其力，以脫於虎豹之秦。
> 嗟呼！孟嘗君特雞鳴狗盜之雄耳，豈足以言得士！不然，擅齊之強，得一士焉，宜可以南面而制秦，尚何取雞鳴狗盜之力哉！
> 雞鳴狗盜之出其門，此士之所以不至也。

　　這篇翻案文章，一開頭就直接以「世皆稱」四句，先立一個案，採「先因後果」的條理，藉世人之口，對孟嘗君之「能得士」，作一讚美，並從中拈出「卒賴其力，以脫於虎豹之秦」，隱含「雞鳴狗盜」之意，以作為「質的」，以引出下文之「弓矢」。再以「嗟呼」句起至末，在此用「實、虛、實」的條理，針對「立」的部分，以「雞鳴狗盜」扣緊「卒賴其力，以脫於虎豹之秦」，予以攻破。所謂「質的張而弓矢至」，真是一箭而貫紅心，雖文不滿百字，卻有極強的說服力。附結構系統分析表如下：

---

22 陳滿銘：〈論「多、二、一（0）」的螺旋結構——以《周易》與《老子》為考察重心〉，臺灣師大《師大學報・人文與社會類》48 卷 1 期（2003 年 7 月），頁 1-20。

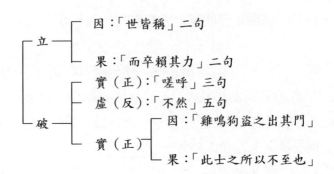

可見此文在「篇」的部分，以「先立後破」的核心結構，形成對比。但一樣的在對比中卻含有調和的成分，因為就「章」而言，在「立」的部分，既以「先因後果」的移位結構形成了調和；在「破」的部分，又先以「實（正）、虛（反）、實（正）」的轉位結構形成對比，再以「先因後果」的移位結構形成調和。這樣以「對比」、「移位」為主、「調和」、「轉位」為輔，其節奏（韻律）、風格自然趨於強烈、陽剛。其分層簡圖如下：

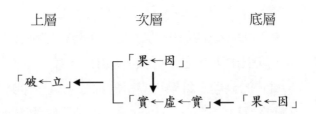

如此由底層而次層而上層，以兩疊「因果」、一疊「虛（反）實（正）」，來支撐一疊「立破」，其結構雖僅有四個，卻十分完整。如對應於「多、二、一（0）」而言，則此文以兩層「移位」性的「先因後果」與「轉位」性的「實、虛、實」結構與節奏（韻律），形成了「多」；以「先立後破」的核心（移位）結構與節奏（韻律），自為陰陽對比，形成了

「二」，以徹下徹上；而以孟嘗君「未足以言得士」之主旨與所形成的
毗剛風格，所謂「筆力簡而健」[23]，則形成了「一（0）」。這篇短文之
所以有極強之氣勢與說服力，與這種邏輯結構有著密切之關係。

又如蘇軾的〈醉落魄〉：

> 蒼顏華髮，故山歸計何時決。舊交新貴音書絕。惟有佳人，猶作
> 殷勤別。　　離亭欲去歌聲咽，蕭蕭細雨涼吹頰。淚珠不用羅巾
> 裛。彈在羅衫，圖得見時說。

這首詞題作「蘇州閶門留別」，當是熙寧七年（1074），由杭州赴
密州時，途經蘇州而作。它一開篇即置重於虛時間，以「蒼顏」二句，
把時間推向未來，發出不知何時才能歸鄉的感嘆，為下敘的別情蓄力。
接著置重於實空間，採「主、賓、主」的順序，先以「舊交」四句，敘
寫美人唱離歌殷勤送別的場景，以襯出別情，這是「主」；再以「蕭蕭」
句，寫不斷吹頰的蕭蕭細雨，以景襯情，此為「賓」；末以「淚珠」句，
寫美人淚滴羅衫的情狀，以加重別情，這又是「主」。然後又置重於虛
時間，以結句應起，將時間推向未來，用「淚」作橋樑，設想未來見面
時的情景，一面藉以安慰「美人」，一面藉以推深別情。如此以「虛
（時）、實（空）、虛（時）」的結構呈現，很富於變化。依此可畫成結
構系統分析表如下：

---

23 郭預衡：「全文不過百字，《藝概》引謝疊山所謂『筆力簡而健』者，本文似可當之。」
　　見《中國散文史》中（上海市：上海古籍出版社，2000 年 3 月一版一刷），頁 485。

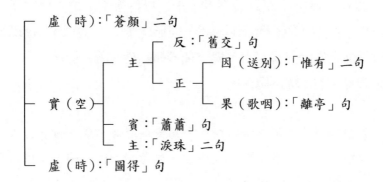

　　由上表可看出，作者此詞，經過「邏輯思維」的安排布置，先在底層以一疊「先因後果」（移位）的調和性結構，造成第一層節奏，以支撐一疊「先反後正」（移位）之對比性結構，造成第二層節奏。再由此「正反」結構來支撐一疊「主、賓、主」（變化）的「轉位」結構，造成第三層節奏。然後又由此「賓主」結構來支撐一疊「虛、實、虛」的「轉位」性核心結構，既造成第四層節奏，以連接為整體之韻律。其分層簡圖如下：

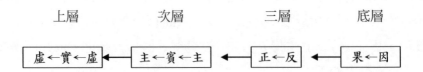

　　如對應於「多、二、一（0）」而言，上層之「虛、實、虛」之「轉位」結構，為「二」，即核心結構，它可徹下於「多」，以統合各層結構與節奏、上徹於「一（0）」，一面從篇外逼出主旨（別情），一面則由於這「虛、實、虛」之結構，與次層之「主、賓、主」，將「順」與「逆」雙向合用，產生兩層「轉位」作用，而頭一個「主」更作成「正反」

對比型態，使得節奏、韻律更趨於起伏有致，這對作品風格之所以「柔中寓剛」、情意之所以深沉來說，是有極大影響的。湯易水、周義敢說：「蘇軾任杭州通判之後詞作漸多，到了離杭州赴密州前後，更大量創作詞篇的，自此一發而不可收。他注意學習前人的經驗。沿用晚唐五代以來婉約詞的某些寫作技巧來寫歌妓，但不寫淺斟低唱，不涉艷冶風情，而是以幽怨纏綿的手法，表達身世之感和政治懷抱。」[24] 所謂「以幽怨纏綿的手法，表達身世之感和政治懷抱」，道出了本詞之特色；而這個特色，可大致從其「多、二、一（0）」結構系統裡反映出來。

第四節　美學詮釋

在「多、二、一（0）」的結構系統裡，就「多」（秩序與變化）而言，必涉及「移位」與「轉位」的問題，而「移位」與「轉位」又與節奏、韻律與風格之形成有關，因而特別對此，先作交代：

「移位」、「轉位」是可造成節奏，又能統攝起形成對比或調和之材料的，這些都會造成強烈的美感；而且最重要的是，這些美感都不是各自獨立的，而是在同一篇作品中起著交互的作用，渾融成一個整體。所以，「移位」、「轉位」所造成之整體美感，就是一個需要更進一步掌握的課題。

中國最具代表性的美學範疇，就是「陽剛」與「陰柔」[25]。陳望衡《中國古典美學史》中說道：

---

24 湯易水、周義敢評析，見《唐宋詞鑑賞辭典》（上海市：上海辭書出版社，1999 年 1 月 15 次印刷），頁 721。

25 陳望衡：「陰陽在《周易》（主要是《易傳》）中，經常與剛柔相連屬。在《易傳》作者看來，剛柔是陰陽的重要屬性。……而在藝術領域內，剛柔概念的運用，則遠比陰陽概念的運用普遍。可以說，剛柔是中國美學的一對重要範疇。」見《中國古典美學史》，頁 183。

　　剛柔在藝術領域中的最重要的意義在於它成為兩大美學風格的代名詞。這就是陽剛之美與陰柔之美。

早在《易傳》中即包含了以陽剛陰柔的思想來認識社會現象與自然現象的思考，例如「乾剛坤柔」、「剛柔有體」、「動靜有節，剛柔斷矣」、「剛柔相推而生變化」、「柔上而剛下，二氣感應以相與」，最重要的是卷九〈說卦〉中的一段話：

　　昔者聖人之作易也，將以順性命之理。是以立天之道，曰陰與陽；立地之道，曰柔與剛；立人之道，曰仁與義。兼三才而兩之。[26]

這段論述以「陰陽（剛柔、仁義）」統合天、地、人而一之，極為精彩，對我國陽剛、陰柔美學範疇的確立，具有深遠的影響。

　　這樣的思想在後來一直在延續著[27]，直到清代的姚鼐又得到一次高峰性的發展，他在〈覆魯絜非書〉中有段非常著名的論述：

　　鼐聞天地之道，陰陽剛柔而已。文者，天地之精英，而陰陽剛柔之發也。……其得於陽與剛之美者，則其文如霆，如電，如常風之出谷，如崇山峻崖，如決大川，如奔騏驥；其光也，如杲日，如火，如金鏐鐵；其於人也，如馮高視遠，如君而朝萬眾，如鼓萬勇士而戰之。其得於陰與柔之美者，則其文如升初日，如清

26　李鼎祚：《周易集解》卷十七（臺北市：世界書局，1963 年 5 月初版），頁 404-405。

27　其發展的過程，可參看李元洛：《詩美學》（臺北市：東大圖書公司，1990 年 2 月初版），頁 439-444。

風，如雲，如霞，如煙，如幽林曲澗，如淪，如漾，如珠玉之
輝，如鴻鵠之鳴而入寥廓；其於人也，漻乎其如嘆，邈乎其如有
思，澳乎其如喜，愀乎其如悲。觀其文，諷其音，則為文者之性
情形狀舉以殊焉。

　　姚鼐在這裡將文章大別為「陽剛」和「陰柔」兩類，是相當有見地
的；而且用了許多形象化的譬喻，也很有助於掌握「陽剛」與「陰柔」
的特質。

　　然而，這種「陽剛」和「陰柔」是如何與人們的心理起著感應呢？
這可援引格式塔心理學派的說法來加以解釋。此學派認為審美體驗就是
對象的表現性及其力的結構（外在世界），與人的神經系統中相同的力
的結構（內在世界）的同型契合；這就是「異質同構」[28]。李澤厚在〈審
美與形式感〉一文中說：

　　　　不僅是物質材料（聲、色、形等等）與視聽感官的聯繫，而更重
　　　　要的是它們與人的運動感官的聯繫。對象（客）與感受（主），
　　　　物質世界和心靈世界實際都處在不斷的運動過程中，即使看來是
　　　　靜的東西，其實也有動的因素……其中就有一種形式結構上巧妙
　　　　的對應關係和感染作用……格式塔心理學家則把這種現象歸結為

---

28 邱明正談到格式塔心理學時說：「他們還提出了一條心理組織、結構的基本規律：『完
　形趨向律』，即在一定條件下，心理結構經過神經系統的組織作用，總是盡可能趨向
　完善化、整體化。如果事物各部分之間具有相似性、接近性、連續性、閉合性這些
　特徵，就容易組成一個整體性的單元，構成一個完形，並使人產生整體性、系統性
　的反應，形成完形的心理結構；如果對象整體中有缺口，觀察者的完形心理結構就
　會根據『完形趨向律』對缺口加以彌合，完善對象圖形，既使人發生頓悟，把握對
　象的整體系統，又使心理結構整體化、系統化、完形化。」見《審美心理學》（上海
　市：復旦大學出版社，1993 年 4 月一版一刷），頁 29。

外在世界的力（物理）與內在世界的力（心理）在形式結構上的
「同形同構」，或者說是「異質同構」，就是說質料雖異而形式結
構相同，它們在大腦中所激起的電脈衝相同，所以才主客協調，
物我同一，外在對象與內在情感合拍一致，從而在相映對的對
稱、均衡、節奏、韻律、秩序、和諧……中，產生美感愉快。[29]

值得注意的是，在古代中國就已經有這樣的思想產生了，例如孔子在
《論語‧雍也》篇中說：「知者樂水，仁者樂山。知者動，仁者靜。」
水與知者、山與仁者的對應，這不就是「異質同構」嗎？自古以來也有
「春山淡冶而如笑，夏山蒼翠而如滴，秋山明淨而如妝，冬山慘澹而如
睡」的說法，這也是一種「異質同構」[30]。人的心理世界與物理世界既
有如此的對應關係，那麼對文學作品中所展現的「張力結構」，更不會
無所感觸。

　　說得更清楚一點，人類之所以對「異質」，能產生「同構」的感應，
是因為對它的「表現性」有感應。蘇珊‧朗格在《情感與形式》一書中
即說：

　　　　要把一幅圖案、一支旋律、一首詩歌或任何藝術符號的情感內容
　　　　傳達給觀眾，其唯一的方法就是把有表現力的形式表現得非常抽
　　　　象、非常有力。[31]

---

29 李澤厚：《李澤厚哲學美學文選》（臺北市：谷風出版社，1987 年 5 月初版），頁
　503-504。
30 童慶炳：《中國古代心理詩學與美學》（臺北市：萬卷樓圖書公司，1994 年 3 月初
　版），頁 168-171。
31 蘇珊‧朗格著，劉大基等譯：《情感與形式》（臺北市：商鼎出版社，1991 年 10 月臺
　初版），頁 440。

因而「陽剛」和「陰柔」的分法，就是依據「表現性」，也就是依據「張力結構」的不同而區分的。

從上文的論述中可以看到：合乎秩序之移位、造成變化之轉位及節奏的關聯；此外，還有移位、轉位與調和、對比的聯繫，而且這些都可以一一和中國傳統的美學範疇 —— 陽剛與陰柔對應起來看待。

首先，就秩序律而言，因為「移位」而造成的「力」的變化是較為和緩的，所以這是傾向於沉靜的節奏美；就變化律而言，因為「轉位」而造成的「力」的變化是較為顯著的，所以這是傾向於鼓舞的節奏美。而且因為這種形成秩序之「移位」，和造成變化之「轉位」，是在字面上看不出來的，必須深入到文章的內蘊，理清其組織的脈絡，才能夠加以掌握。所以我們稱這種節奏為「隱性節奏」。

其次，不管是「移位」或「轉位」，都會統攝起一定的材料（內容），彼此之間都會形成對比或調和，而不論是對比或調和，都是一種呼應，會因此而造成銜接的效果，合乎聯貫律的要求。而且，這種因對比、調和而形成的起伏呼應，固然與前述的直接因為移位、轉位所形成的節奏不同，但是它也可以形成節奏；不僅如此，還可以加以區分：因調和而形成的節奏是較為和緩的，會偏向於陰柔，因對比而形成的節奏是較為鮮明的，會偏向於陽剛[32]。同時因為它是材料與材料之間造成對比或形成調和，所以是從字面上就可以判斷的，相較起來較為顯著、易於掌握，因此可稱之為「顯性節奏」。

所以，因為「移位」、「轉位」而產生的隱性或顯性節奏，都為文學作品的風格添加了或剛或柔的元素，非常值得探究。

此外，前面曾將「隱性節奏」和「顯性節奏」分開來論述，而且它

---

[32] 關於對比、調和與陽剛、陰柔的關聯，可參看仇小屏：〈古典詩詞時空設計美學〉（臺北市：文津出版社，2002 年 11 月），頁 332。

們各自又有許多細微的區分，所以是相當複雜的；那麼，如果用全篇的
觀點來審視，該如何掌握其整體的節奏美感呢？關於此點，可以借鑒於
造型藝術理論加以說明。

　　造型藝術也有節奏，而且可以分為「簡單節奏」和「複雜節奏」，
關於「複雜節奏」，王菊生在《造型藝術原理》中闡述道：

> 複雜節奏的特點是：要麼是節奏的矛盾對比內容多樣豐富，如對
> 稱的蝴蝶；要麼是節奏的重複延續過程變化多樣，如清明上河圖
> 長卷；要麼是節奏的矛盾對比內容和延續過程形式均複雜多樣，
> 如米開朗基羅的繪畫「最後審判」等等。[33]

「簡單節奏」易於把握，但是如何掌握「複雜節奏」的美感，那就需要
根據「主節奏」來判斷。

　　王菊生《造型藝術原理》又說：

> 凡稍微複雜一點的節奏必分主節奏與次節奏。如果無主節奏，就
> 會發生節奏的混亂和模糊不清的毛病。造型藝術形象一般由多種
> 形象與各種形象要素構成，各種形象和形象要素都可能形成各自
> 的節奏，如不經過組織，互相間的干擾就會使各自形成的節奏互
> 相抵銷，不能引起節奏感受。造型藝術必須著眼於主要結構關係
> 和主要形象所塑造的主節奏，就如音樂裡的主旋律一樣，以此為
> 主節奏分層次地安排各種次節奏。[34]

33　王菊生：《造型藝術原理》（哈爾濱市：黑龍江美術出版社，2000 年 3 月一版一刷），
　　頁 232。
34　同前註，頁 234-244。

　　這對文學來說，極具啟發性。就結構分析而言，那就是「主結構」（核心結構）和「次結構」（輔助結構）[35]，而主、次之區分，則是取決於「主要的情意（亦即主旨）」，與主要情意相關密切者，是「主結構」，與主要情意的關係不是非常密切者，為「次結構」。至於為何是取決於「主要的情意（亦即主旨）」？我們可以從節奏與韻律的異同上來察考。

　　節奏會形成韻律，至於節奏如何形成韻律，大致上有兩種說法：章利國《造型藝術美學導論》說道：「韻律可以視作節奏的較高型態，是多種節奏的巧妙、複雜的結合，具有使人產生審美心理變化的良好效應。」[36] 以及楊辛、甘霖《美學原理》中所言：「在節奏的基礎上賦予一定情調的色彩便形成韻律。韻律更能給人以情趣，滿足人的精神享受。」[37] 但是這兩種說法並非相悖的，而是可以統整起來的。

　　王菊生在《造型藝術原理》中又說：

> 造型藝術中諸矛盾因素的變化統一便產生一種節奏的和諧——即韻律。韻者變化多樣，同質的孤獨的單一缺乏多樣變化性，無異可和，亦無韻可言。律者秩序，異質的多樣性要按一定的秩序規則統一起來，便有規律可循，便有韻律。[38]

---

35 陳滿銘：〈論章法與國文教學〉，《國文教學學術研討會論文集 2002》（臺北市：萬卷樓圖書公司，2003 年 1 月初版），頁 18。

36 章利國：《造型藝術美學導論》（石家莊市：河北美術出版社，1997 年一版一刷），頁 195。

37 楊辛、甘霖：《美學原理》（北京市：北京大學出版社，1989 年 2 月一版四刷），頁 161。又，張涵主編的《美學大觀》（鄭州市：河南人民出版社，1988 年 1 月一版二刷）亦持相同看法，頁 246。

38 《造型藝術原理》，頁 227。

「變化多樣」即是多種節奏作巧妙、複雜的組合，而所謂「按一定的秩序規則統一起來」，說得更準確一點，那是統一起來匯歸「情意」，也就是說，那是依據「情意」的力量而將變化多樣的節奏統一起來的[39]。所以歐陽周、顧建華、宋凡聖等編著《美學新編》中即說道：

> 韻律是在節奏的基礎上形成的，但又比節奏的內涵豐富得多，是一種有規律的抑揚頓挫的變化，表現出一種特有的韻味和情趣。可以說，節奏是韻律的條件，韻律是節奏的深化。[40]

所以從節奏韻律的觀點來察考章法之美，會發現它也合乎「繁多的統一」（或稱「多樣統一」）這一美學至理[41]。也就是說，「繁多」指的是因為「移位」、「轉位」的不同，所造成的章法現象有趨於「秩序」或趨於「變化」的差別，因而或偏於「陰柔」，或偏於「陽剛」；而且因為統整起來的材料有別，所以「聯貫」有偏向於「對比」者，也有偏向於「調和」者，前者趨於「陰柔」，後者趨於「陽剛」，前述這些複雜的因素就造成了「繁多」，但是它們都是向主要情意（主旨）匯歸，這就是「統一」。同時我們可以更進一步的探討如何掌握「繁多」，而使「統一」之後所呈現的風格能有理可說？那就要根據結構的主（核心）、次（輔助），辨別它們與主要情意（主旨）的關係密切與否。辨別出結構的主（核心）、次（輔助），並進而掌握主結構的移位、轉位，以及

---

39 王菊生：「韻律能產生魅力的原因有兩個：一個是因為韻律的運動節奏感和生命機能性能激發主體的生理快適感；另一個由於韻律的情感表現力和人的本質力量的對象化能激發主體的心理聯想，產生審美判斷力。」見《造型藝術原理》，頁 245。

40 歐陽周、顧建華、宋凡聖等著：《美學新編》（杭州市：浙江大學出版社，2001 年 5 月一版九刷），頁 79。

41 《美學概論》，頁 78。又，楊辛、甘霖：《美學原理》（北京市：北京大學出版社，1989 年 2 月一版四刷），頁 176。

　　因此而產生的或柔或剛的隱性或顯性節奏，然後就可以尋得主（核心）結構的韻律。此主（核心）結構的韻律又很大幅度地支配了整篇作品章法上的美感，這就是使得「繁多」清晰化，而趨於統一，並進而彰顯出風格形成的過程。

　　所謂「繁多的統一」，就章法而言，就涉及了章法四大律中的「統一律」，而「所謂的『統一』，是就材料情意的通貫來說的。一般而言，辭章要達成統一，非訴諸主旨（情意）與綱領（大都為材料）不可。」[42]並且其間的關聯是：『秩序』、『變化』與『聯貫』三者，主要是就材料之運用來說的，重在分析；而『統一』，則主要是就情意之表出來說的，重在通貫。」[43]如此，由「移位」、「轉位」所造成的「秩序」、「變化」、「聯貫」，與「統一」，亦即「多、二、一（0）」結構系統之間的關係，就可辨得非常清楚了[44]。

　　綜上所述，「移位」與「轉位」，在章法「多、二、一（0）」的結構裡，乃形成「多而二」的主要因素；如就章法四大律而言，則「移位」所形成的是「秩序」、「轉位」所形成的為「變化」的作用；而兩者往往交錯，以致產生在「秩序」（「移位」）中有「變化」（「轉位」）、「變化」（「轉位」）中有「秩序」（「移位」）之現象。很顯然地，這些作用與現象，不但都各有其哲學義涵，而且由於與辭章之節奏、韻律與風格的形成，密切相關，因此所造成之美感效果，也非常明顯。由此足見「移位」與「轉位」，在「多、二、一（0）」的結構系統裡的重要性。

---

42 陳滿銘：〈論辭章章法的四大律〉，《章法學論粹》（臺北市：萬卷樓圖書公司，2002年7月初版），頁14。

43 陳滿銘：〈論辭章章法的四大律〉，《章法學論粹》，頁4。

44 以上論述「移位、轉位的美學詮釋」的內容，均參見仇小屏：〈論章法的移位、轉位及其美感〉，《辭章學論文集》（福州市：海潮攝影藝術出版社，2002年12月一版一刷），頁117-122。

第三章
章法之包孕式結構

摘要

「章法」所探討的，是篇章內容的邏輯結構。由於這種邏輯結構，乃對應於自然，由「陰陽二元對待」為基礎而形成細緻、複雜、多變的邏輯系統，足以反映出宇宙創生、含容萬物在時空歷程上那種細緻、複雜與多變之層次邏輯；並且又由於此基礎之「陰陽二元」，往往是「陰中有陽」、「陽中有陰」的；所以就使得對應於自然規律的各種章法，往往形成各種包孕式之邏輯結構，造成層次、變化、統一、諧和之美感。

關鍵詞：章法、包孕式結構、哲學意涵因果、圖底、凡目、美學詮釋

　　「章法」所探討的，是篇章內容的邏輯結構。由於這種邏輯結構，乃對應於自然由「陰陽二元對待」為基礎而形成細緻、複雜、多變的邏輯系統，足以反映出宇宙創生、含容萬物在時空歷程上那種細緻、複雜與多變之層次邏輯[1]。並且又由於此基礎之「陰陽二元」，往往是「陰中有陽」、「陽中有陰」的；所以就使得對應於自然規律的各種章法，往往形成各種包孕式之邏輯結構，造成層次與變化、統一與和諧之美感。本章即鎖定這種結構，先探討其哲學意涵與主要內涵，再分別以最普遍之「因果」與「圖底」、「凡目」等章法包孕而成的作品為範圍，舉例酌作說明，然後略作美學詮釋，以見這種包孕式結構之特色。

第一節　哲學意涵

　　「陰陽二元」，不僅是互相對待，而且是互相含融、互相統一的。《老子》所謂「萬物負陰而抱陽，沖氣以為和」，就是這個意思。而在《周易》六十四卦中，除「乾」、「坤」兩卦，一為陽之元，一為陰之元外，其他的六十二卦，全是陰陽互相對待而含融而統一的。《周易·繫辭下》說：

　　　　陽卦多陰，陰卦多陽。其故何也？陽卦奇，陰卦偶。

清焦循注云：

　　　　陽卦之中多陰，則陰卦之中多陽。兩相孚合擇多益寡之義也。如〈萃〉陽卦也，而有四陰，是陰多於陽，則以〈大畜〉孚之。〈大

1　陳滿銘：〈層次邏輯系統論──以哲學與章法作對應考察〉，《渤海大學學報·哲學社會科學版》27 卷 6 期（2005 年 11 月），頁 1-7。

有〉陰卦也，而有五陽，是陽多於陰，則以〈比〉孚之。設陽卦多陽，則陰卦必多陰，以旁通之；如〈姤〉與〈復〉、〈遯〉與〈臨〉是也。聖人之辭，每舉一隅而已。……奇偶指五，奇在五則為陽卦，宜變通於陰；偶在五則為陰卦，宜進為陽。[2]

可見《周易》六十四卦，有陽卦與陰卦之分，而要分辨陽卦與陰卦，照焦循的意思，是要看「奇在五」或「偶在五」來決定，意即每卦以第五爻分陰陽，如是陽爻則為陽卦，如為陰爻則是陰卦。用這種分法，《周易》六十四卦剛好陰陽個半，屬於陽卦的是：

乾（下乾上乾）	屯（下震上坎）	需（下乾上坎）	訟（下坎上乾）
比（下坤上坎）	小畜（下乾上巽）	履（下兌上乾）	否（下坤上乾）
同人（下離上乾）	隨（下震上兌）	觀（下坤上巽）	無妄（下震上乾）
大過（下巽上兌）	習（下坎上坎）	咸（下艮上兌）	遯（下艮上乾）
家人（下離上巽）	蹇（下艮上坎）	益（下震上巽）	夬（下乾上兌）
姤（下巽上乾）	萃（下坤上兌）	困（下坎上兌）	井（下巽上坎）
革（下離上兌）	漸（下艮上巽）	巽（下巽上巽）	兌（下兌上兌）
渙（下坎上巽）	節（下兌上坎）	中孚（下兌上巽）	既濟（下離上坎）

在此三十二卦中，除〈乾〉卦是「全陽」外，屬「多陰」而形成「陽中陰」的包孕式結構的，有六卦，即：

〈屯〉、〈比〉、〈觀〉、〈習〉、〈蹇〉、〈萃〉。

屬「多陽」而形成「陽中陽」的包孕式結構的，有十五卦，即：

2　陳居淵：《易章句導讀》（濟南市：齊魯書社，2002 年 12 月一版一刷），頁 209。

〈需〉、〈訟〉、〈小畜〉、〈履〉、〈同人〉、〈無妄〉、〈大過〉、
〈遯〉、〈家人〉、〈夬〉、〈姤〉、〈革〉、〈巽〉、〈兌〉、〈中孚〉。

屬「陰陽多寡相當」而形成「並列」關係的包孕式結構的，有十卦，即：

〈否〉、〈隨〉、〈咸〉、〈益〉、〈困〉、〈井〉、〈漸〉、〈渙〉、〈節〉、
〈既濟〉。

據此，可依序用下圖來表示三種不同的包孕式結構：

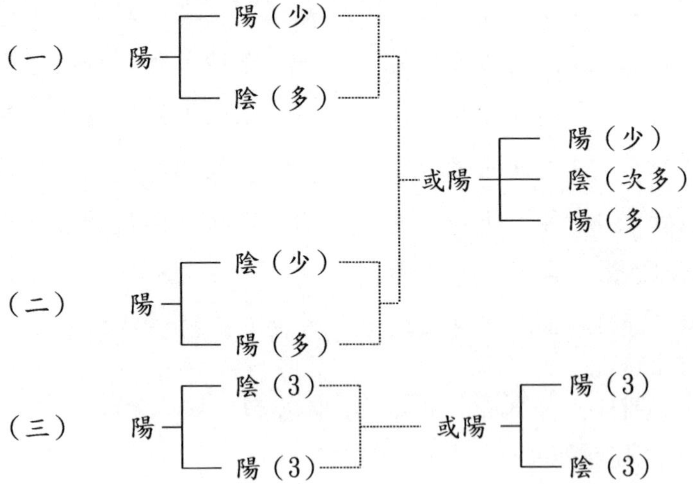

其中（一）、（二）兩種，除與（三）一樣各可形成「移位」結構外，
又可合而形成「轉位」結構。屬於陰卦的是：

坤（坤下坤上）　蒙（下坎上艮）　師（下坎上坤）　泰（下乾上坤）

大有（下乾上離）謙（下艮上坤）　豫（下坤上震）　蠱（下巽上艮）

臨（下兌上坤）　噬嗑（下震上離）賁（下離上艮）　剝（下坤上艮）

復（下震上坤）　大畜（下乾上艮）頤（下震上艮）　離（下離上離）

恆（下巽上震）　大壯（下乾上震）晉（下坤上離）　明夷（下離上坤）

睽（下兌上離）　解（下坎上震）　損（下兌上艮）　升（下巽上坤）

鼎（下巽上離）　震（下震上震）　艮（下艮上艮）　歸妹（下兌上震）

豐（下離上震）　旅（下艮上離）　小過（下艮上震）未濟（下坎上離）

在此三十二卦中，除〈坤〉卦是「全陰」外，屬「多陰」而形成「陰中陰」的包孕式結構的，有十五卦，即：

　　　〈蒙〉、〈師〉、〈謙〉、〈豫〉、〈臨〉、〈剝〉、〈復〉、〈頤〉、〈晉〉、〈明夷〉、〈解〉、〈升〉、〈震〉、〈艮〉、〈小過〉。

屬「多陽」而形成「陰中陽」的包孕式結構的，有六卦，即：

　　　〈大有〉、〈大畜〉、〈離〉、〈大壯〉、〈睽〉、〈鼎〉。

屬「陰陽多寡相當」而形成「並列」關係的包孕式結構的，有十卦，即：

　　　〈泰〉、〈蠱〉、〈噬嗑〉、〈賁〉、〈恆〉、〈損〉、〈歸妹〉、〈豐〉、〈旅〉、〈未濟〉。

據此，可依序用下圖來表示三種不同的包孕式結構：

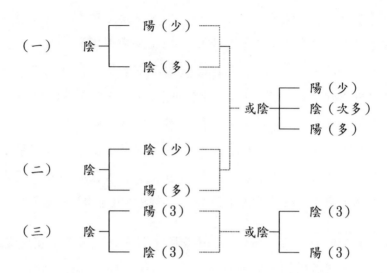

其中（一）、（二）兩種，除與（三）一樣各可形成「移位」結構外，又可合而形成「轉位」結構。

第二節　主要內涵

　　辭章是結合「形象思維」、「邏輯思維」[3]與綜合思維而形成的。這兩種思維，各有所司。一般說來，如果是將一篇辭章所要表達之「情」或「理」，訴諸各種主觀聯想，和所選取之「景（物）」或「事」結合在一起，或者是專就個別之「情」、「理」、「景」（物）、「事」等材料本身設計其表現技巧的，皆屬「形象思維」；這涉及了「立意」、「取材」與「措詞」等問題，而主要以此為研究對象的，就是詞彙學、意象學（個別）與修辭學等。如果是專就「景（物）」或「事」等各種材料，對應於自然規律，結合「情」與「理」，訴諸客觀聯想，按秩序、變化、

3　吳應天：《文章結構學》（北京市：中國人民大學出版社，1989 年 8 月一版三刷），
　　頁 345。

聯貫與統一之原則，前後加以安排、布置，以成條理的，皆屬「邏輯思維」；這涉及了「運材」、「布局」與「構詞」等問題，而主要以此為研究對象的，就字句言，即文（語）法學；就篇章言，就是章法學。至於合「形象思維」與「邏輯思維」而為一，探討其整個情意與體性的，則為綜合思維，而主要以此為研究對象的，即主題學、文體學、風格學等[4]。

　　由於章法是屬於邏輯思維之範疇，講求者乃篇章之條理或結構，而此條理或結構，又對應於宇宙規律，是人生來即具存於心的，所以人類自有辭章開始，即毫無例外地被應用來安排篇章。雖然作者對此，大都是日用而不知、習焉而不察的，但無損於它的存在與重要性。經過多年的努力，在前人的有限基礎上，用「發現現象以求得通則、規律」的方式，爬羅剔抉，到目前為止，一共確定了約四十種的章法類型，從而找出各自之心理基礎與美感效果，並尋得四大規律加以統合，終於形成完整之體系，建立了一個新的學門，而獲得「空前」成就[5]。就在這些章法類型中，往往出現包孕式結構，而這種結構因有進一步認識之必要，因此特分「陰陽流動」、「基本類型」與「實例舉隅」等三項，分別探討如下：

4　陳滿銘：《篇章結構學》（臺北市：萬卷樓圖書公司，2005 年 5 月初版），頁 11-12。
5　鄭頤壽：「臺灣建立了「辭章章法學」的新學科，成果豐碩，代表作是臺灣師大博士生導師陳滿銘教授的《章法學新裁》（以下簡稱「新裁」）及其高足仇小屏、陳佳君等的一系列著作。……臺灣的辭章章法學體系完整、科學，已經具備成『學』的資格。」見〈中華文化沃土，辭章學園奇葩——讀陳滿銘《章法學新裁》及其相關著作〉，《海峽兩岸中華傳統文化與現代化研討會文集》（蘇州市：「海峽兩岸中華傳統文化與現代化研討會」，2002 年 5 月），頁 131-139。孟建安：「陳滿銘先生具有非常鮮明的方法論意識，在章法學研究的過程中堅定不移地引入並堅持了科學的方法論原則，……所建構的漢語辭章章法學體系是完備的、成熟的、科學的，達到了前所未有的高度，因而也便具有極強的生命力。」見〈陳滿銘與漢語辭章章法學研究〉，《陳滿銘與辭章章法學》（臺北市：文津出版社，2007 年 12 月初版一刷），頁 115-133。

一　章法包孕式結構的陰陽流動

　　人對章法的注意，相當地早。劉勰《文心雕龍・章句》篇即有篇法、章法、句法、字法之說，而後來呂東萊的《古文關鍵》、謝枋得的《文章軌範》、託名歸有光的《文章指南》和劉熙載的《藝概》……等，也都或多或少地涉及章法，只可惜，都「但見其樹而不見其林」。於是在偶然的機緣下，從三十多年前開始，兼顧理論與應用，經由廣搜旁推的功夫，終於找出約四十種章法，而完成「集樹成林」的工作。這些章法是：今昔、久暫、遠近、內外、左右、高低、大小、視角轉換、知覺轉換、時空交錯、狀態變化、本末、淺深（輕重）、因果、眾寡、並列、情景、論敘、泛具、虛實（時間、空間、假設與事實、虛構與真實）、凡目、詳略、賓主、正反、立破、抑揚、問答、平側（平提側注、平提側收）、縱收、張弛、插補、偏全、點染、天（自然）人（人事）、圖底、敲擊等[6]。它們用在「篇」或「章」（節、段），都可以擔負組織材料、貫通情意之作用。

　　由於這些章法，是建立在「陰陽二元對待」之基礎上的，每一章法本身即自成陰陽、剛柔。大抵而論，屬於本、先、靜、低、內、小、近……的，為「陰」為「柔」，屬於末、後、動、高、外、大、遠……的，為「陽」為「剛」。而《周易・繫辭上》所謂「天尊地卑，乾坤定矣；卑高以陳，貴賤位矣；動靜有常，剛柔斷矣」，雖然沒有明說何者為「剛」？何者為「柔」？然而從其整個陰陽、剛柔學說看來，卻可清楚地加以辨別。陳望衡說：

　　　　《周易》中的剛柔也不只是具有性的意義，它也用來象徵或概括

6　陳滿銘：《章法學綜論》（臺北市：萬卷樓圖書公司，2003 年 6 月初版），頁 17-32。

天地、日月、晝夜、君臣、父子這些相對立的事物。而且，剛柔
也與許多成組相對立的事物性質相連屬，如動靜、進退、貴賤、
高低……剛為動、為進、為貴、為高；柔為靜、為退、為賤、為
低。[7]

這樣以「陰陽」或「剛柔」來看章法，則所有以《周易》與《老子》之
「陰陽二元」為基礎而形成的章法，都可辨別它們的陰陽或剛柔。譬
如：

賓主法：以「主」為陰為柔、「賓」為陽為剛。
正反法：以「正」為陰為柔、「反」為陽為剛。
凡目法：以「凡」為陰為柔、「目」為陽為剛。
圖底法：以「圖」為陰為柔、「底」為陽為剛。
因果法：以「因」為陰為柔、「果」為陽為剛。

以此為基礎，就可以因「移位」如「凡（陽）→目（陰）」或「圖（陰）
→底（陽）」、又可因「轉位」[8]，如「因（陰）→果（陽）→因（陰）」
或「果（陽）→因（陰）→果（陽）」而形成各種結構類型了。

7　陳望衡：《中國古典美學史》（長沙市：湖南教育出版社，1998 年 8 月一版一刷），
　　頁 184。
8　仇小屏：〈論章法的移位、轉位及其美感〉，《辭章學論文集》上冊（福州市：海潮攝
　　影藝術出版社，2002 年 12 月一版一刷），頁 98-122。又，陳滿銘：〈章法的「移
　　位」、「轉位」結構論〉，臺灣師大《師大學報‧人文與社會類》49 卷 2 期（2004 年
　　10 月），頁 1-22。

二　章法包孕式結構的基本類型

　　辭章章法是以「邏輯思維」為主、「形象思維」為輔的，因此簡單地說，它所探討的主要是內容的深層邏輯，也就是篇章的「條理」，而此「條理」乃源自於人之心理，從內在應接萬事萬物，所呈顯的共通理則。而這共通的理則，落到章法之上，便成為「秩序」、「變化」、「聯貫」、「統一」等四大規律，以反映作者之邏輯思維。其中「秩序」、「變化」與「聯貫」三者，主要著重於個別材料（景與事）之布置，以梳理各種章法結構，所重在分析思維；而「統一」則主要著眼於核心情、理之上凝成主旨，或統合材料形成綱領，以貫穿全篇[9]，所重在綜合思維。

　　所謂「秩序」，是將材料依序加以整齊安排的意思。任何章法都可依循此律，形成其先後順序。茲舉較常見的幾種章法來看，它們可就其先後順序，形成如下結構：

1. 賓主法：「賓→主」、「主→賓」。
2. 正反法：「正→反」、「反→正」。
3. 凡目法：「凡→目」、「目→凡」。
4. 圖底法：「圖→底」、「底→圖」。
5. 因果法：「因→果」、「果→因」。

這些「順」（「陰→陽」）或「逆」（「陽→陰」）所形成的「移位」結構，隨處可見。

　　所謂「變化」，是把材料的次序加以參差安排的意思。每一章法依

9　陳滿銘：〈章法四律與邏輯思維〉，臺灣師大《國文學報》34 期（2003 年 12 月），頁87-118。

循此律，也都可造成順逆交錯的效果。同樣以上舉幾種常見章法來看，可形成如下結構：

1. 賓主法：「賓→主→賓」、「主→賓→主」。
2. 正反法：「正→反→正」、「反→正→反」。
3. 凡目法：「凡→目→凡」、「目→凡→目」。
4. 圖底法：「圖→底→圖」、「底→圖→底」。
5. 因果法：「因→果→因」、「果→因→果」。

這些「順」和「逆」交錯（「陰→陽→陰」或「陽→陰→陽」）的「轉位」結構，也隨處可見。

　　所謂「聯貫」，是就材料先後的銜接或呼應來說的，也稱為「銜接」。無論是哪一種章法，都可以由局部的「調和」與「對比」，形成銜接或呼應，而達到聯貫的效果。在約四十種章法中，大致說來，除了貴與賤、親與疏、正與反、抑與揚、立與破、眾與寡、詳與略、張與弛……等，比較容易形成「對比」外，其他的，如今與昔、遠與近、大與小、高與低、淺與深、賓與主、虛與實、平與側、凡與目、縱與收、因與果……等，都極易形成「調和」的關係。一般說來，辭章裡全篇純然形成「對比」者較少，而在「對比」（主）中含有「調和」（輔）者則較常見；至於全篇純然形成「調和」者則較多；而在「調和」（主）中含有「對比」（輔）者，雖然也有，卻較少見；這種情形，尤以古典詩詞為然。不過，無論怎樣，都可以收到前後呼應、聯貫為一的效果[10]。

---

10 仇小屏：《古典詩詞時空設計美學》（臺北市：文津出版社，2002 年 12 月初版一刷），頁 323-331。

　　所謂的「統一」，是就材料情意的通貫來說的。這裡所說的「統一」，乃側重於內容（包含內在的情理與外在的材料）而言，與前三個原則之側重於形式（條理）者，有所不同。也就是說，這個「統一」，和聯貫律中由「調和」所形成的「統一」，所指非一。因此要達成內容的「統一」，則非訴諸主旨（情意）與綱領（大都為材料的統合）不可。而綱領既有單軌、雙軌或多軌的差別，就是主旨也有置於篇首、篇腹、篇末與篇外的不同。一篇辭章都可以由此「一以貫之」。

　　章法四大律，如對應於《周易》與《老子》所含藏之「多」、「二」、「一（0）」的螺旋結構[11]來說，其「秩序」、「變化」二律中的順或逆（秩序）的「移位」與變化的「轉位」結構，都可以呈現這種「多樣對待」（「多」）的條理；而章法中「移位」所形成之變化，也與此「多樣對待」（「多」）的條理不謀而合。當然，這裡所說的「秩序」，也含有「變化」的成分，而「變化」，同樣含有「秩序」的成分，只是為了說明方便，就有所偏重地予以區隔而已。總結起來說，這個部分所呈現的是「多而二」或「二而多」（多樣的二元對待）的結構。而以章法之「聯貫」、「統一」二律而言，則所呈現的是「二而一（0）」或「（0）一而二」（剛柔的統一）的結構：首先是非對比式章法或結構單元「同類相從」所造成的「聯貫」，其次是以「調和」（柔）與「對比」（剛）統合各章法或結構單元，由局部（章）趨於全體（篇）的「聯貫」，又其次是章法或

---

11 所謂「螺旋」，本用於教育課程之理論上，早在十七世紀，即由捷克教育家夸美紐思所提出，見許建鉞編譯：《簡明國際教育百科全書》（北京市：新華書局北京發行所，1991 年 6 月一版一刷），頁 611。又，相對於人文，科技界亦發現生命的「基因」和「DNA」等都呈現螺旋結構。參見約翰・格里賓著、方玉珍等譯：《雙螺旋探密——量子物理學與生命》（上海市：上海科技教育出版社，2001 年 7 月），頁 271-318。又，陳滿銘：〈論「多」、「二」、「一（0）」的螺旋結構——以《周易》與《老子》為考察重心〉，臺灣師大《師大學報・人文與社會類》48 卷 1 期（2003 年 7 月），頁 1-20。

結構單元之「移位」、「轉位」所造成局部「節奏」趨於整篇「韻律」[12]
的「聯貫」；這說的都是「二」。然後是以主旨（情、理）或綱領貫穿
各個部分（含剛柔、移位、轉位、節奏、韻律等）以凝為一體的「統一」
（調和性或對比性）；這說的是「一（0）」或「（0）一」。而「章法風格」
則與此息息相關[13]。

　　這樣看來，如單著眼於鑑賞面，則上述章法的四大規律，恰恰切合
於「多、二、一（0）」的順序。其中「秩序與變化」，相當於「多」（多
樣），即「多樣的二元對待」；「聯貫」，以其根本而言，相當於「二」（陽
剛、陰柔）；而「統一」則相當於「一（0）」。如此由「多樣」（多樣
的二元對待）而「二」（剛柔互濟）而「統一」，凸顯了章法的四大規
律所形成的，不是平列的關係，則是「多、二、一（0）」的邏輯結構。

　　而這種「多、二、一（0）」如落到章法結構來說，則核心結構以
外的所有其他結構，都屬於「多」；而核心結構所形成之「二元對待」，
自成陰與陽而「相反相成」，以徹下徹上，形成結構之「調和性」（陰）
與「對比性」（陽）的，是屬於「二」；至於辭章之「主旨」或由「統一」
所形成之風格、韻味、氣象、境界等，則屬於「一（0）」。值得一提的
是，以（0）來指風格、韻味、氣象、境界等辭章之抽象力量，是相當
合理的。

　　由此可見，若與《周易》「陽中陽」、「陽中陰」與「陰中陰」、「陰
中陽」與《老子》「負陰抱陽」的義理邏輯兩相對應，則這種「多、二、
一（0）」的邏輯結構，往往是會在「多而二」的上下兩層（或兩層以上）
部分，由各種章法形成包孕式結構，而其中由同一章法所形成的，是最

12　陳滿銘：〈論辭章章法「多、二、一（0）」結構的節奏與韻律〉，臺灣師大《國文學報》
　　33 期（2003 年 6 月），頁 81-124。
13　陳滿銘：〈章法風格論——以「多、二、一（0）」結構作考察〉，《成大中文學報》
　　12 期（2005 年 7 月），頁 147-164。

為突出的。

　　就在這種包孕式結構中，係陽剛屬性的有兩種類型：其一是「陽中陽」的結構類型：這種類型，以凡目法為例，形成的是「目中目」的結構；以圖底法為例，形成的是「底中底」的結構；以因果法為例，形成的是「果中果」的結構。其二是「陽中陰」的結構類型：這種類型，就凡目法而言，形成的是「目中凡」的結構；就圖底法而言，形成的是「底中圖」的結構；就因果法而言，形成的是「果中因」的結構。而這「陽中陽」與「陽中陰」的結構類型，是緊密地結合在一起，不可分割的。茲以「凡目」、「圖底」與「因果」等章法為例，分舉如下：

（一）凡目法：其陽剛屬性的包孕式結構為：

$$
\text{目} \begin{cases} \text{目} \\ \text{凡} \end{cases} \qquad \text{或} \qquad \text{目} \begin{cases} \text{凡} \\ \text{目} \end{cases}
$$

（二）圖底法：其陽剛屬性的包孕式結構為：

$$
\text{底} \begin{cases} \text{底} \\ \text{圖} \end{cases} \qquad \text{或} \qquad \text{底} \begin{cases} \text{圖} \\ \text{底} \end{cases}
$$

（三）因果法：其陽剛屬性的包孕式結構為：

$$
\text{果} \begin{cases} \text{果} \\ \text{因} \end{cases} \qquad \text{或} \qquad \text{果} \begin{cases} \text{因} \\ \text{果} \end{cases}
$$

　　而陰柔屬性的也有兩種：其一是「陰中陰」的結構類型：這種類型，就凡目法而言，形成的是「凡中凡」的結構；就圖底法而言，形成的是「圖中圖」的結構；就因果法而言，形成的是「因中因」的結構。

其二是「陰中陽」的結構類型：這種類型，就凡目法而言，形成的是「凡中目」的結構；就圖底法而言，形成的是「圖中底」的結構；就因果法而言，形成的是「因中果」的結構。而這「陰中陰」與「陰中陽」的結構類型，也一樣是緊密地結合在一起，不可分割的。在此一樣以「凡目」、「圖底」與「因果」等章法為例，分舉如下：

（一）凡目法：其陰柔屬性的包孕式結構為：

（二）圖底法：其陰柔屬性的包孕式結構為：

（三）因果法：其陽剛屬性的包孕式結構為：

而其他的章法，也一樣可形成這些類型，而且相當常見。至於由不同章法所形成的包孕式結構，那就更加普遍了。

第三節　辭章表現

這種陰柔或陽剛屬性的章法結構，是十分常見的。茲舉「因果」與「圖底」、「凡目」為例，以見一斑。

一　因果包孕者

在此，以全篇用因果章法包孕結構而寫成之作品為對象，舉例說明如次：首先看列子的〈愚公移山〉：

太形、王屋二山，方七百里，高萬仞，本在冀州之南、河陽之北。北山愚公者，年且九十，面山而居。懲北山之塞，出入之迂也，聚室而謀曰：「吾與汝畢力平險，指通豫南，達于漢陰，可乎？」雜然相許。

其妻獻疑曰：「以君之力，曾不能損魁父之丘，如太形、王屋何？且焉置土石？」雜曰：「投諸渤海之尾、隱土之北。」遂率子孫荷擔者三夫，叩石墾壤，箕畚運於渤海之尾；鄰人京城氏之孀妻有遺男，始齔，跳往助之；寒暑易節，始一反焉。

河曲智叟笑而止之曰：「甚矣，汝之不慧！以殘年遺力，曾不能毀山之一毛，其如土石何？」北山愚公長息曰：「汝心之固，固不可徹，曾不若孀妻弱子。雖我之死，有子存焉；子又生孫，孫又生子；子又有子，子又有孫；子子孫孫，無窮匱也。而山不增，何苦而不平？」河曲智叟亡以應。

操蛇之神聞之，懼其不已也，告之於帝，帝感其誠，命誇峨氏二子負二山，一厝朔東，一厝雍南。自此冀之北、漢之陰，無隴斷焉。

這是藉一則寓言故事，以說明有志竟成、人助天助的道理。作者在此，直接以開端四句，交代這個故事發生的地點與原因，屬此文之「引子」，為「因」；而以結尾二句，才應起交代這個故事的結局，乃本文之「收尾」，為「果」。至於「北山愚公者」句起至「一厝雍南」句止，

則正式用具體的情節來呈現這件故事發生的經過；這對開端四句的「因」而言，是「果」的部分。這個部分，作者用「先因後果」的順序加以組合：其中「北山愚公者」句起至「河曲智叟亡以應」句止，敘述愚公決意「移山」，贏得家人、鄰居的贊可與幫助，無視于河曲智叟之嘲笑，努力率眾去「移山」的始末，此為「因」；而「操蛇之神聞之」起至「一厝雍南」句止，敘述愚公的這番努力，終於感動了天帝，而命大力神去助其完成「移山」的最後結果；此為「果」。由這個角度切入，來看它的篇章，則其結構表是這樣子的：

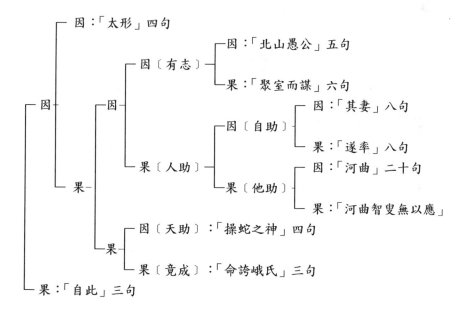

可見此文共用六層、九疊「因果結構」來組合其篇章。如配合其陰陽之流動（移、轉位）來表示，則如下圖：

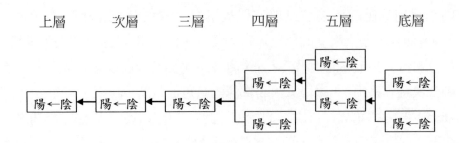

由圖可知此文以包孕式結構而言，共有六層、九疊，一律形成「先陰（因）後陽（果）」之移位結構，此文之所以呈現極為強烈的陽剛風格，由此可覬得一二。

其次看杜甫的〈曲江〉詩：

> 一片花飛減卻春，風飄萬點正愁人。且看欲盡花經眼，莫厭傷多酒入唇。江上小堂巢翡翠，苑邊高塚臥麒麟。細推物理須行樂，何用浮榮絆此身？

這是歌詠及時行樂的作品。作者先在首、頷兩聯，藉飛花減春、翡翠巢堂、麒麟臥塚的殘敗景象，暗寓萬物好景無常的盛衰道理，為第一軌。而在頸聯表出其珍惜光陰、及時行樂的思想，為第二軌；這是「因」的部分，而這個「因」的部分，又以「果、因、果」之條理加以安排。然後以「細推物理須行樂」一句，將上六句的意思作個總括，這是「果」的部分；又由此引出「何用浮榮絆此身」一句，發出感慨收束。這樣詠來，真是一筆兜裹全篇，律法精嚴極了。附結構分析表如下：

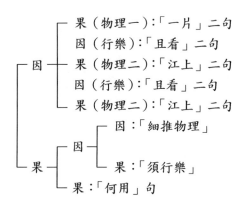

可見作者在此詩，將主旨「細推物理（因）須行樂（果）」安置於篇末，採「先因後果」的移位與「果、因、果」的轉位結構，以三層、雙軌（因果）貫穿全詩，其「邏輯思維」，十分清晰。如配合其陰陽之流動（移位、轉位）來表示，則如下圖：

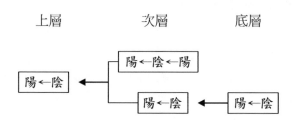

由圖可知此詩以包孕式結構而言，共有三層、四疊，都形成「先陰（因）後陽（果）」（三疊）之移位結構與「陽（果）、陰（因）、陽（果）」之轉位結構，此詩和上一文一樣，所以呈現極為強烈之陽剛風格，也大約可由此探知消息。

然後看蘇軾的〈如夢令〉詞：

　　水垢何曾相受。細看兩俱無有。寄語揩背人，盡日勞君揮肘。輕手。輕手。居士本來無垢。

　　東坡很早就和僧道來往，這對他產生了相當程度的影響。這種影響可明顯看出的是：佛家語、道家語在他的作品裡，可以找到不少。尤其在離黃州後，更是如此。這首〈如夢令〉，便用了佛家語。其題序云：「元豐七年十二月十八日浴泗州雍熙塔下，戲作〈如夢令〉兩闋。此曲本唐莊宗製，名〈憶仙姿〉，嫌其名不雅，改為〈如夢令〉，莊宗作此詞，卒章云：『如夢，如夢，和淚出門相送』，因取以為名云。」據知它們作於佛寺，而在此用佛語也就十分自然了。這是其首闋，是採「因、果、因」的結構寫成的。

　　作者先以「水垢」二句，說水是水，垢是垢，是不能相受的，這是「因中果」；因為它們原本就是「無有」，特為以下之「寄語」，就「水垢」說明原因；這是「因中因」，為前一個「因」的部分。接著以「寄語」四句，採「先因後果」的順序，交代「揩背人」，這是「果中因」；要「輕手」，這是「果中果」；為「果」的部分。最後以「居士」句，再為「輕手」的寄語，就自己本身說明如此寄語的原因，為後一個「因」的部分。有了這前後的兩層「因」，那「果」就有說服力了。附結構分析表供參考：

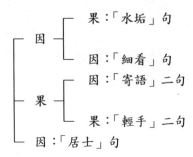

作者在此，諧戲地用了一些佛家語，極富趣味。用「因（陰）、果（陽）、因（陰）」的結構，表達「無垢」的旨趣，其「邏輯思維」，是十分清晰的。如配合其陰陽之流動（移、轉位）來表示，則如下圖：

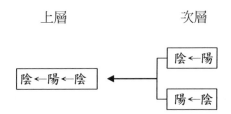

上層　　　　　　　　次層

陰←陽

陰←陽←陰　←

陽←陰

由圖可知此詞以包孕式結構而言，共有兩層、三疊，形成「先陽（果）後陰（因）」與「先陰（因）後陽（果）」各一疊之移位結構與「陰（因）、陽（果）、陰（因）」之轉位結構，此詞之所以呈現偏於陰柔的風格，大致可由此窺知梗概。

以上所舉全篇由因果章法所形成包孕式結構的例子，最能凸顯這種包孕式結構環環相扣的特色。

二　圖底包孕者

這種結構相當常見。如蘇軾的〈念奴嬌〉：

> 大江東去，浪淘盡，千古風流人物。故壘西邊，人道是三國周郎赤壁。亂石崩雲，驚濤裂岸，捲起千堆雪。江山如畫，一時多少豪傑。　　遙想公瑾當年，小喬初嫁了，雄姿英發。羽扇綸巾，談笑間，檣櫓灰飛煙滅。故國神遊，多情應笑我，早生華髮。人生如夢，一尊還酹江月。

此詞題作「赤壁懷古」，為神宗元豐五年（1082）作者謫居黃州時

所作，是採「天（物外）、人（物內）、天（物外）」的結構所寫成的。

　　頭一個「天（物外）」的部分，為起二句，從眼前東去的「大江」（長江）想入，用江中的「浪」、「淘」作媒介，由「空」而「時」，作無限之推擴，回溯到「千古」，扣到無數被浪淘去的「風流人物」身上，揉雜著宇宙人生之哲理，抒發了無限的興亡感慨。而如此由眼前之「有限」（物內）延伸到千古之「無限」（物外），營造出浩瀚的氣勢，既為後一個「天」（物外）將感慨昇華的部分作前導；又為轉入下個「人」（物內）將感慨深化的部分作鋪墊；充分發揮了強化全詞情意的作用。

　　「人」（物內）的部分，自「故壘西邊」句起至「早生華髮」句止，針對著當年「赤壁」之戰與眼前正在「懷古」的自己，用「先底（背景）後圖（焦點）」的順序，加以敘寫。其中的「底（背景）」，成功地藉眼前赤壁周遭的江山勝景，帶出當年在赤壁之戰裡贏得勝利的一些英雄豪傑，而將重心置於「周郎（公瑾）」身上，有意凸顯他的年輕有為，以反襯出自己之年老與一事無成。在此，作者又用「圖（周郎）、底（眾豪傑）、圖（周郎）」的順序，來組合材料，即先以「故壘」二句寫「底中圖（一）」：一面藉一「故」字，扣緊了「懷古」（題目）之「古」，將時間倒回到「三國」時候，一面藉又「人道是」三字，將口吻略染存疑的成分，指出當年赤壁之所在，從而將主帥「周郎」帶出，為自己之借題發揮，找到一個最好的藉口。這樣留下思索空間，不但不是個缺憾，反而增添了作品的文學情韻；這是前一個「圖（周郎）」的部分。再以「亂石」五句寫「底中底」：就眼前的「赤壁」，寫它周遭的景物，特別突出山崖之險峻與濤浪之洶湧，呈現驚心動魄之氣勢，緊緊地和當年的赤壁大戰場接合。布景如此，震撼力自然就大，足以為下片敘「周郎」的英雄形象與不朽事業，作有力的襯托。接著以「江山」二句，總括上敘江山勝景和風流人物（含周郎），為下片「周郎」之「圖」，提供最佳背景。這種束上起下的安排，的確很巧妙。以上是「底（赤壁）」

的部分。

　　然後以「遙想」五句，承上片之「圖一」（周郎），鎖定周郎（公瑾），以「遙想」四句寫「底中圖（二）」。在此，用「先點（引子）後染（內容）」的順序加以呈現。它由「遙想」句切入當年，為下面之敘寫作引，是「點」（引子）；而由「小喬」四句，具寫「懷古」內容，為「染」（內容）。就在「染」的四句裡，首以「小喬」句，用插敘手法，寫其年輕得意。次以「雄姿」兩句，成功地塑造出剛柔互濟的儒將形象，一面既傾注了作者對「周郎」的無比追慕、嚮往之情，一面也和自己一事無成而「早生華髮」的衰頹樣子，作成強烈對比。這種由對比所產生的「反襯」作用，是非常顯著的。末以「談笑間」句，承上寫「周郎」從容破曹的儒將意態與英雄偉業；值得特別注意的是：在此緊緊抓住了這次火攻水戰的戰爭特點，用「檣櫓灰飛煙滅」六字，將曹軍慘敗之情景形容殆盡，有無比的概括力，以見「周郎」不朽之成就。以上是後一個「圖（周郎）」的部分。

　　如此以「圖（周郎）、底（眾豪傑）、圖（周郎）」的結構呈現了大「底」（背景），便順勢地帶出「故國神遊」三句，以寫本詞核心的大「圖（作者）」。在此，作者由「三國」回到眼前，「自笑年華老大，功業無成，而偏偏多情善感，早生華髮」[14]。這所謂「多情」，有人以為是指「周郎」或作者亡妻，雖也說得通，但遠不如指作者自己來得好，因為「多情應笑我」，該是「應笑我多情」的倒裝句，而此「多情」，是說自己「感慨萬千」的意思。作者由「周郎」之年輕有為，反照自己「早生華髮」的衰頹失意，會湧生無限的悲憤之情（多情），是很自然的事。而「笑」，則帶著無奈與解嘲意味，為底下的「人間如夢」，築了一座由「物內」（人）通向「物外」（天）的橋樑。作這樣的解讀，似乎會

14　徐中玉：《蘇東坡文集導讀》（成都市：巴蜀書社，1990 年 6 月一版一刷），頁 246。

比較合理一些。

　　後一個「天（物外）」的部分，指「人間」二句。它的上句「人間如夢」，承上一句之「笑」，由實推向虛，由有限推向無限，以為人間只不過是一場夢而已。有了這種「如夢」的提升，便使作者一下子從「多情」（無限悲憤）中脫身而出，趨於高曠，遂有下句「一尊還酹江月」的動作；而作者透過這個動作，就自然而然地和開篇「天（物外）」部分互相呼應、相融，而與天地合而為一了。

　　由此看來，作者在這首詞裡，表達的雖是自己時不我與、英雄無用武之地的悲慨，但在悲慨之中，又蘊含著超曠的意致，所以如此的原因，固然很多，然而單就謀篇布局來說，則顯然和所用「天（物外）、人（物內）、天（物外）」的結構，有絕大關係。

　　附結構分析表如下：

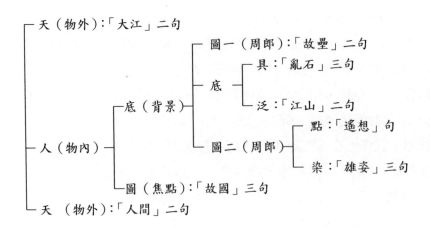

單從「圖底」來看，其中第二、三層就十分明顯地形成如下包孕式結構：

```
                    ┌─ 圖 （陰）
       底 （陽） ───┼─ 底 （陽）
                    └─ 圖 （陰）
```

這種結構融入全篇，就與其他結構產生秩序、變化、聯貫（二⟷多）的作用，以趨於統一、和諧（一〔0〕）。

又如辛棄疾的〈酒泉子〉：

流水無情，潮到空城頭盡白。離歌一曲怨殘陽，斷人腸。　　東風官柳舞雕牆。三十六宮花濺淚，春聲何處說興亡。燕雙雙。

此詞寫離別之情與興亡之感，是採「先圖後底」（首層）的結構寫成的。其上片為「圖」（首層），又用「先底後圖」（次層）之結構加以呈現：起二句，寫潮打空城的景象，是遼闊的，為「圖中底」；次二句，寫在空城裡人賦離歌的情景，是縮小的，為「圖中圖」。而下片為「底」（首層），也用「先底後圖」（次層）之結構加以呈現：首二句，寫的是金陵故宮的無邊春色，是遼闊的，為「底中底」；結二句，寫的是在故宮裡能說興亡的小小雙燕，是縮小的，為「底中圖」。作者就這樣將這些情景和事物互相間錯起來，便有著無窮的別情與感慨興亡的意思[15]。

附結構簡表如下：

---

15 常國武：「此詞篇幅雖短，卻極悲涼蒼勁、沉重深厚之致。上片寫送別。……下片即景感慨興亡，與上片『空城』呼應。」見《辛稼軒詞集導讀》（成都市：巴蜀書社，1988 年 9 月一版一刷），頁 134。

```
          ┌ 圖（焦點）┬ 底（大）：「流水」二句
          │          └ 圖（小）：「離歌」二句
          │          ┌ 底（大）：「東風」二句
          └ 底（背景）┴ 圖（小）：「春深」二句
```

十分明顯地，所呈現的是全篇由「底圖」包孕而成之結構，陰陽屬性皆備：

```
        ┌ 底（陽）              ┌ 底（陽）
圖（陰）┤               底（陽）┤
        └ 圖（陰）              └ 圖（陰）
```

這種結構使篇章產生秩序、變化、聯貫（二←→多）的作用，以趨於統一、和諧（一〔0〕）。

三　凡目包孕者

這種結構也頗常見，如蘇軾的〈賀新郎〉：

乳燕飛華屋，悄無人，桐陰轉午，晚涼新浴。手弄生綃白團扇，扇子一時似玉。漸困倚、孤眠清熟。簾外誰來推繡戶，枉教人、夢斷瑤臺曲，又卻是，風敲竹。　　石榴半吐紅巾蹙，待浮花浪蕊都盡，伴君幽獨。穠豔一枝細看取，芳心千里似束。又恐被、秋風驚綠。若待得君來向此，花前對酒不忍觸。共粉淚，兩簌簌。

感慨幽獨的作品，採「先目（分應）後凡（總提）」的結構寫成。

就「目」（分應）而言，自篇首起至「秋風驚綠」句止。作者在此，先用上片寫幽獨的美人：首先寫幽獨的環境，其次寫幽獨的美人由晚浴、困倚、清夢斷的經過，以增強美人幽獨的感染力，這是「目（分應）一」的部分。而在下片，則先以「石榴半吐紅巾蹙」六句，將幽獨的榴花由初開寫到盛開，並由實而虛地寫到衰謝，這是「目（分應）二」的部分。

就「凡」（總提）而言，則自「若待得君來向此」句起至篇末。作者在此，又採「先目（分應）後凡（總提）」之結構，合寫人和花：先以「又恐被」四句寫「凡中目」，分用「君來」上收「目一」的部分，分用「花前」上收「目二」的部分。然後用「共粉淚」兩句寫「凡中凡」，作一總收，寫出榴花驚風衰謝和美人哀憐落淚的失意情狀，使情寓景中，達於人花交融的境界[16]。

---

16 徐中玉：「詞的上片寫佳人，她外貌和靈魂都很美麗，但孤寂無依，紅顏薄命。下片詠榴花，她穠艷而又文靜，不願與浮花浪蕊為伍，甘心陪伴幽獨的佳人。《蓼園詞選》說這首詞『是花是人，婉曲纏綿，耐人尋味不盡』，道出了這首詞藝術上的特點。而榴花和佳人的孤獨，也正反映了作者政治上失意後的悵惘心情。」見《蘇東坡文集導讀》，頁 259。

附結構分析表如下：

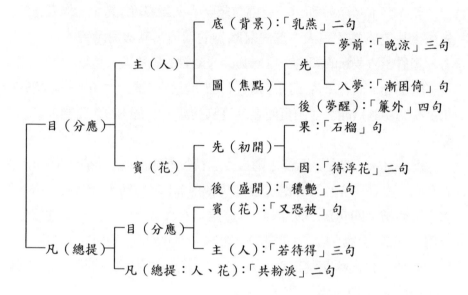

單從「凡目」來看，本文之第一、二層就就十分明顯地形成如下包孕式結構：

這種結構融入全篇，就與其他結構產生秩序、變化、聯貫（二⟷多）的作用，以趨於統一、和諧（一〔0〕）。

又如辛棄疾的〈賀新郎〉：

　　綠樹聽鵜鴂。更那堪、鷓鴣聲住，杜鵑聲切！啼到春歸無尋處，
　　苦恨芳菲都歇。算未抵人間離別。馬上琵琶關塞黑，更長門翠輦
　　辭金闕。看燕燕，送歸妾。　　　將軍百戰身名裂，向河梁回頭萬

里，故人長絕。易水蕭蕭西風冷，滿座衣冠似雪。正壯士悲歌未
徹。啼鳥還知如許恨，料不啼清淚長啼血。誰共我，醉明月。

　　此為贈別之作，由「賓」和「主」兩個部分組成。「賓」的部分，
先由啼鳥之苦恨寫到人間之別恨，然後合人、鳥雙寫，這是採「先目
（分應）後凡（總提）」的結構寫成的；而由此所帶出的送別之意，即
結尾「誰共我，醉明月」兩句，則為「主」的部分。
　　以「賓中目（分應）」而言，由開篇至「滿座衣冠似雪」止。在此，
先寫啼鳥之苦恨，直接敘三種啼鳥，藉牠們的鳴聲以增添送別之恨；此
為「目中目（一）」。其次寫人間的別恨，臚列了古代有關送別的恨事，
來表達難言之痛，從而推深眼前的送別之情；此為「目中目（二）」。
其中頭一件恨事為漢王昭君別帝闕出塞，不過在此必須一提的是：「更
長門」句，雖用漢陳皇后事，但「仍承上句意，謂王昭君自冷宮出而辭
別漢闕」（鄧廣銘《稼軒詞編年箋注》），這是很合理的看法；第二件恨
事為衛莊姜送妾歸陳國；第三件恨事為漢李陵送蘇武回中原；第四件恨
事為戰國末荊軻別燕太子丹入秦刺秦王。以上四件送別之恨事，前二者
的主角為女子，後二者的主角為男子。這樣分開列舉，所謂「悲歌未
徹」，一定和當日時事有所關聯。如進一步加以推敲，前二者當與當時
和番聯敵的政策相涉，用以表示諷喻之意；而後二者，則與滯留或喪生
於淪陷區的愛國志士相關，用以抒發關切與哀悼之情[17]。不然，送「茂
嘉十二弟」，怎麼會恨到「不啼清淚長啼血」呢？
　　以「賓中凡（總提）」而言，為「正壯士悲歌未徹」三句，合人與

---

17 鞏本棟：「鄧小軍先生所撰辛棄疾〈賀新郎・別茂嘉弟詞的古典與今典〉一文……認
　　為辛棄疾〈賀新郎〉詞的主要結構，乃是古典字面，今典實指。即借用古典，以指
　　靖康之恥、岳飛之死之當代史。從而亦寄託了稼軒自己遭受南宋政權排斥之悲憤，
　　及對南宋政權對金妥協投降政策之判斷。」見《辛棄疾評傳》（南京市：南京大學出
　　版社，1998 年），頁 400-401。

鳥來寫：它的上句，用側注以回繳整體的技巧，上收人間的別恨；而下二句，則用以上收啼鳥的苦恨，此為「凡中目（一）」；並表示這種苦恨與別恨的悲劇依然繼續上演，並未結束，以抒發作者滿腔悲憤，此為「凡中目（二）」。

　　寫「賓」寫到這裡，才過到了「主」，正式點出惜別之意作結。如此層層涵融，所謂「有恨無人省」（蘇軾〈卜算子〉詞），作者之恨，在茂嘉十二弟離開後，將要變得更綿綿不盡了。

　　附結構分析表如下：

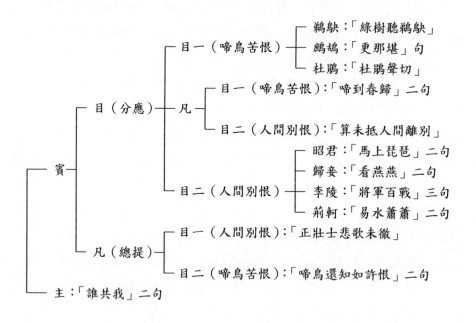

單從「凡目」來看，其中的第二、三層就十分明顯地形成如下包孕式結構：

$$
目（陽）\left\{\begin{array}{l} 目（陽） \\ 凡（陰） \\ 目（陽） \end{array}\right.
$$

這種結構融入全篇，就與其他結構產生秩序、變化、聯貫（二←→多）的作用，以趨於統一、和諧（一〔0〕）。

第四節　美學詮釋

在此分「層次與含蓄」與「統一與和諧」兩層加以說明：

一　層次與含蓄

結構形成包孕，自然會有「層次」與「含蓄」的效果。在篇章包孕結構中的任何同一層面，無論移位或轉位，都會形成「層次」；而任何上下層，無論「陽中陰」或「陰中陽」，都會形成「含蓄」。

首先看「層次」：在王寧、鄒曉麗主編《篇章》一書提到篇章的構成單位中，在詞語、句子、句群之上，存在著層次，有云：

> 一篇文章有一個要表達的意圖，這個意圖通過若干大的意義中心來傳達，這若干個大的意義中心就是一個篇章的層次。[18]

而林貴中《文章礎石及其他》一書對於層次則有清楚的詮釋：

> 就是文章層面的次序。具體的說，就是文章內：理論的推展安排，情緒的滋長延引，事情的呈現先後與物類的綱目歸屬等，都

---

18 王寧、鄒曉麗主編：《篇章》（香港：海峰出版社，2000 年），頁 107。

> 必須按其輕重、深淺、苦樂、悲喜、前後、大小、巨細……而表
> 現出來。[19]

則層次體現著作者思路展開的步驟，是針對整篇文章的意旨出發，而對
文章全部內容脈絡的把握。如鄭頤壽《辭章學概論》所言：

> 文章段落層次，或由前至後，或由後至前；或由上到下，或由下
> 到上；或從表至裡，或從裡至表；或從大而小，或從小而大……
> 一般說，都像螺旋似的，一層一層的推進；像剝筍一樣，一層一
> 層地揭示中心。這就是文章的層次性。[20]

所以，清楚的層次與合適的層次安排將是創作者思路清晰、邏輯嚴密的
表現，除了讓文章條理分明，更能藉由一層迫進一層的推進，作出文章
的深度，顯出文章的主題，也使欣賞者觀念或印象明確，毫無紊亂紛
歧，甚而有不知所云的困惑，這就是層次所帶來的美感效果。

　　然後看「含蓄」：葉太平在《中國文學的精神世界》一書中曾言：

> 中國古代文學，向以含蓄為尚；含蓄蘊藉是中國古代文學突出的
> 美學風格。[21]

中國如此以「含蓄」作為藝術美的形態與儒、道兩家的思想有相當的關
係。童慶炳在《中國古代心理詩學與美學》一書中有云：

---

19 林貴中：《文章礎石及其他》（臺北市：文津出版社，1990 年），頁 74。
20 鄭頤壽：《辭章學概論》（福州市：福建教育出版社，1986 年），頁 82。
21 葉太平：《中國文學的精神世界》（臺北市：正中書局，1994 年），頁 237。

儒家詩教主張「美」、「刺」，而無論「美」、「刺」都要求委婉
曲折，溫柔敦厚，樂而不淫，怨而不怒，不迫不露，不直不粗。
道家則認為「天地萬物生於有，有生於無」。「無」為萬物之母。
「無」是「有」的根本，並認為「大音希聲」「大象無形」。儒、
道兩家上述思想當然是不同的，但也有相通之處。即都重視
「無」與「有」、「虛」與「實」、「內」與「外」、「言」與「意」
之間的辯證關係。這種相通之處反映到詩學上面，就都以「含
蓄」、「蘊藉」、「空靈」為美，以直言、粗語、鋪排語、說盡語
為不美。[22]

　　這涉及了辭章的意脈、意蘊、意趣、意境與風格。不止文學注重
「含蓄」，就是其他的藝術也是如此。正如葛路、克地在《中國藝術神
韻》一書中所云：

中國的傳統藝術，文學、繪畫、書法、雕刻、建築無不講究含蓄
美。含蓄美是中國民族藝術的一大特色。[23]

在這些藝術領域的表現上發展出不選擇直接而毫不保留的彰顯，而採取
曲折委婉的含蓄手法，並保留欣賞者思索參與的空間，更見一種內斂深
層的用心，「人們常說的言外之意，弦外之音，畫外之畫，即是藝術作
品所寓藏的含蓄美。」[24]
　　整體而論，含蓄之美成為了藝術的追求目標，正如田曼詩《美學》

22　見童慶炳：《中國古代心理詩學與美學》（臺北市：萬卷樓圖書公司，1994 年 3 月初
　　版），頁 102。
23　見葛路、克地：《中國藝術神韻》（天津市：天津人民出版社，1993 年），頁 91。
24　同前註。

有言：

> 中國藝術的優點：在給人一種只可意會不可言傳的氣氛，中國藝
> 術的最高境界，就是留有一種不可言傳的氣氛，中國藝術的最高
> 境界，就是留有一種不可言論的韻味，使人心領神會，回味無
> 窮，它所給人的印象是無窮的境界，無限情感的起點，和一種很
> 有力的啟示。中國藝術最重含蓄美……。[25]

這樣的優點就是含蓄手法所帶來的美感效果，可以肯定的是這樣的美感
效果，將帶領中國的藝術進入一種高遠的境界。

　　如扣回「陰陽」來說，則「可言傳」為「陽」、「不可言傳」為「陰」，
而反映在作品上，往往是「陰中有陽」、「陽中有陰」的。就以辭章涉
及「意趣」、「意境」的全篇主題、風格而言，是這樣；就是涉及「意
脈」、「意蘊」的個別包孕結構來看，又何嘗不是如此呢？

二　統一與和諧

　　由個別包孕結構的「層次」、「含蓄」，擴展至整體包孕結構的「層
次」、「含蓄」，會使辭章經由「統一」而趨於「和諧」。所謂「統一」、
「和諧」，歐陽周、顧建華、宋凡聖等在其《美學新編》裡闡釋說：

> 所謂統一，是指各個部分在形式上的某些共同特徵以及它們之間
> 的某種關聯、呼應、襯托、協調的關係，也就是說，各個部分都
> 要服從整體的要求，為整體的和諧、一致服務。有多樣而無統
> 一，就會使人感到支離破碎、雜亂無章、缺乏整體感；有統一而

25　見田詩曼：《美學》（臺北市：三民書局，1982 年），頁 237。

無多樣，又會使人感到刻板、單調和乏味，美感也難以持久。而在多樣與統一中，同中有異，異中求同，寓「多」於「一」，「一」中見「多」，雜而不越，違而不犯；既不為「一」而排斥「多」，也不為「多」而捨棄「一」；而是把兩個對立方面有機結合起來，這樣從也不為「多」而捨棄「一」；而是把兩個對立方面有機結合起來，這樣從多樣中求統一，從統一中見多樣，追求「不齊之齊」、「無秩序之秩序」，就能造成高度的形式美。[26]

而曹利華在《中華傳統美學體系探源》一書中也做過一番詮釋：

和諧就是多種因素的統一，和諧是事物合理、完善的表現，事物部分與整體的聯繫，部分與部分的關連，此事物與彼事物的互相制約，他們處於相對的平衡、穩定之中，這時就顯現出和諧的狀態，和諧是人類存在和社會繁榮的表現。[27]

和諧是各個部分，各種關係處於平衡、穩定的狀態，使事物能得到更好的運作，是人類存在和社會繁榮的表現，因此，「和諧意味著一種最佳的生存狀態和最佳的發展狀態，和諧是人類的一種理想追求。[28]」而這份對於和諧的追求也鮮明地表現在各門藝術中，藝術作品中的表現不該是死板的結合，或是將各部分硬湊一起，互無關聯，反而應該是有機的、自然的融合[29]。於是，在諸多的美學論述中，和諧之美是不可缺少

26　《美學新編》（杭州市：浙江大學出版社，2001 年 5 月一版九刷），頁 80-81。

27　曹利華：《中華傳統美學體系探源》（北京市：首都師範大學出版社，1994 年），頁 9。

28　張法：《中西美學與文化精神》（北京市：北京大學出版社，1997 年 2 月初版二刷），頁 60。

29　陳佳君：《虛實章法析論》（臺北市：文津出版社，2002 年 11 月一版一刷），頁 328-

的部分。

就這樣，和諧的觀念構成了人與自然關係的內容。而這些觀念的影響落實在藝術上時，便如同《中華傳統美學體系探源》一書中所談到的：

> 《周易》美學思想對中國的書法、繪畫、詩歌、戲曲、建築等藝術的發展產生了深遠的影響，如剛與柔、陰與陽、動與靜、虛與實，絢爛與平淡，有色與無色，形似與神似，有境與無境等藝術的表現手法，都與《周易》的美學思想有著密切的聯繫。[30]

上述相反事物的存在，以及彼此相輔相成的表現手法，最終的方向都是和諧的追求。對這種道理，吳功正在其《中國文學美學》裡，以美學的觀點，從「陰陽」這一範疇切入闡釋說：

> 由一個最簡括的範疇方式：陰陽，繁孵衍化出眾多的美學範疇：言與意、情與景、文與質、濃與淡、奇與正、虛與實、真與假、巧與拙等等，顯示出中國美學的一個顯著特徵：擴散型；又顯示出中國美學的另一個顯著特徵：本源不變性。這兩個特徵的組合，便顯示出中國美學在機制上的特性。如劉勰的《文心雕龍》就以此作為理論的結構框架。關於審美的主客體關係，劉勰認為，心（主體）「隨物以宛轉」，物（客體）「與心而徘徊」。關於情與物的關係：「情以物興，故義必明雅；物以情觀，故詞必巧麗」。其他關於文質、情文、通變等範疇和問題，也都是兩兩

329。
30　曹利華：《中華傳統美學體系探源》，頁 31。

對舉，都有著陰陽二元的基本因子的構成模式。[31]

在此，他提出了兩個重要觀點：一是指出心（義旨）與物（材料）、文與質、情與文、通與變等等範疇，都與「陰陽二元」有關。二為「陰陽二元」的特徵，既是「擴散」（徹下）的，也是「本源不變」（徹上）的。也正由於「陰陽二元」，是諸多範疇構成的基本因子，有著擴散（徹下）、本源不變（徹上）的特徵，所以既能繁衍為「多」（秩序、變化），也能歸本於「一（0）」（統一、和諧）。由此可知，陽剛和陰柔的對待與包孕之重要，因而也凸顯了「二」（陽剛、陰柔或調和、對比）在「多」（秩序、變化）、「一（0）」（統一、和諧）之間不可或缺的地位；而「陰陽二元」之對待與包孕，就在其中產生了應有之作用。

　　總結上述，可知無論「篇」或「章」，章法的這種包孕式類型，不僅普遍存在於由不同章法所形成的各層結構，也同樣會出現於由相同章法所形成的某些結構，以造成篇章之間層層相涵的效果。而又由於其陰陽流向有移位與轉位的不同，會影響一篇風格之剛柔強度，而使人獲得不同之美感。因此探討它的哲學義涵及其相關問題，多多少少可藉以增進我們對這種包孕式結構，甚至整個辭章的了解。在此雖然限於篇幅，僅舉數例加以說明而已，但是大致上，依然可達到所謂「以個別表現一般，以單純表現豐富，以有限表現無限」[32]之效果。尤其是「因果」之

---

31 吳功正：《中國文學美學》下卷（南京市：江蘇教育出版社，2001 年 9 月一版一刷），頁 785-786。
32 葉朗：《中國美學史大綱》（臺北市：滄浪出版社，1986 年 9 月初版），頁 26。

邏輯性最普遍[33]，在章法中擁有母性地位[34]，因此其代表性是相當強的。

　　而「陰陽二元」中「陰→陽」、「陽→陰」與「陰→陽→陰」、「陽→陰→陽」之流動，無論「移位」或「轉位」，甚至推演至多二一（0）螺旋結構，乃建立在「方法論原則」之上[35]，為「普遍性的存在」[36]，是能徹上、徹下，「一以貫之」的；這對辭章學之研究以及「讀」（鑑賞）、「寫」（創作）本身或其教學而言，相信都會有其重要之參考價值。

33　陳波：「因果聯繫是世界萬物之間普遍聯繫的一個方面，也許是其中最重要的方面。一個（或一些）現象的產生會引起或影響到另一個（或一些）現象的產生。前者是後者的原因，後者就是前者的結果。科學的一個重要任務就是要把握事物之間的因果聯繫，以便掌握事物發生、發展的規律。」見《邏輯學是什麼》（北京市：北京大學出版社，2002 年 1 月一版一刷），頁 167。

34　見陳滿銘：〈論「因果」章法的母性〉，《國文天地》18 卷 7 期（2002 年 12 月），頁 94-101。

35　王希杰：「二十世紀裡，中國人文科學總的趨勢是販賣洋學問，運用洋教條來套中國的事情。我不滿這種做法，也就更喜歡陳滿銘教授的治學道路了。在方法論原則上，他和弟子們繼承了《周易》的二元互補和轉化的傳統。」見〈陳滿銘教授和章法學〉，《畢節學院學報》總 76 期（2008 年 2 月），頁 5。又見陳滿銘：〈論章法結構之方法論系統——歸本於《周易》與《老子》作考察〉，臺灣師大《國文學報》46 期（2009 年 12 月），頁 61-94。

36　王希杰：「陳教授的專長是詩詞學，非常具體。章法學則要抽象多了。這部著作（即《「多」、「二」、「（0）一」螺旋結構論——以哲學、文學、美學為研究範圍》），就更抽象了。……我以為本書很值得一讀，因為這個螺旋結構是普遍性的存在，值得重視。」見王希杰：《吳希杰博客·書海採珠》（2008 年 1 月），頁 1。

第四章
章法之多二一（0）結構

摘要

我們的祖先，生活在廣大「時空」之中，直接面對紛紜萬狀之現象界，為了探其源頭，確認其原動力，以尋得其種種變化的規律，孜孜不倦，日積月累，先後留下了不少寶貴的智慧結晶。大致說來，他們先由「有象」（現象界）以探知「無象」（本體界），再由「無象」（本體界）以解釋「有象」（現象界），就這樣一順一逆，往復探求、驗證，久而久之，終於形成了圓融的宇宙人生觀。而這種宇宙人生觀，各家雖各有所見，但若只求其「同」，而不求其「異」，則總括起來說，都可以從「（0）一、二、多」（順）與「多、二、一（0）」（逆）的互動、循環而提升的螺旋結構上加以統合。而這種「多、二、一（0）」的邏輯結構，如說得籠統、簡單一點，就是通常所說的「對立的統一」或「多樣的統一」，可適用於哲學、文學、美學或其他的事類、物類等。即以文學領域中之辭章而言，在形成篇章的章法上，就呈現了這種邏輯結構。因此本章即以「多、二、一（0）」的邏輯結構為範圍，先探討其哲學意涵，再論述其核心結構與節奏、韻律，並舉散文與詩詞為例，說明其辭章上之表現，然後約略論述其美感效果，即小見大，以凸顯章法「多、二、一（0）」結構之奧妙。

關鍵詞：章法、多二一（0）結構、哲學意涵、核心結構、節奏與韻律、辭章表現、美感效果

　　「多、二、一（0）」的這種規律、結構，由於可歸根於《周易》與《老子》，尋得其哲學意涵，足以視為方法論原則或系統，因此可適應於各種領域。如落到文學的創作與鑑賞之上，則「（0）一、二、多」可呈現創作的順向過程、「多、二、一（0）」可呈現鑑賞的逆向過程。本章即以此為範圍，先略探討其哲學意涵，再單就鑑賞之「多、二、一（0）」結構，先論析其核心結構與節奏、韻律，並舉散文、詩詞為例，分別予以說明其辭章表現，然後凸顯其美感效果，以見「多、二、一（0）」結構在辭章章法分析、鑑賞上的妙用。

第一節　哲學意涵

　　陰陽乃一切變化之根源，就拿八卦與由八卦重疊而成的六十四卦來說，即全由陰陽二爻所構成，以象徵並概括宇宙人生的各種變化，〈說卦〉說的「觀變於陰陽而立卦」，就是這個意思。《易傳》以為就在這種陰陽的相對、相交、相和之作用下，變而通之，通而久之，於是創造了天地萬物（含人類），達於「統一」的境地[1]。而這種「統一」，可說是剛（陽）柔（陰）之統一，是剛（陽）柔（陰）相濟的，如以上引的天地（乾坤）、晝夜、高低、男女、尊卑、進退、貴賤、動靜而言，天（乾）、晝、高、男、尊、進、貴、動等為剛（陽），地（坤）、夜、低、女、卑、退、賤、靜等為柔（陰），它們是相應地相對而為一的。《易傳》這種剛和柔相對而又相濟為一之思想，可推源到「和」的觀念，而它始於春秋時之史伯，他從四支（肢）、五味、六律、七體（竅）、八

1　陳望衡：「《周易》中的陰陽理論強調的不是相反事物的對立，而是相反事物的相交、相和。《周易》認為，陰陽相交是生命之源，新生命的產生不在於陰陽的對立，而在陰陽的交感、統一。因此陰陽的相合不是量的增加，而是新質的產生，是創造。因此，陰陽相交、相合的規律就是創造的規律。」見《中國古典美學史》（長沙市：湖南教育出版社，1998 年 8 月一版一刷），頁 182。

索（體）、九紀（臟）到十數、百體、千品、萬方、億事、兆物、經入、姟極，提出「和」的觀點[2]，「作為對事物的多樣性、多元性衝突融合的體認」[3]，而後到了晏子，則作進一步之論述，認為「和」是指兩種相對事物之融而為一，即所謂「清濁、小大、短長、疾徐、哀樂、剛柔、遲速、高下、出入、周疏，以相濟也」[4]。如此由「多樣的和（統一）」（史伯）進展到「兩樣（對待）的和（統一）」（晏子），再進一層從對待多數的「兩樣」中提煉出源頭的「剛（陽）柔（陰）」，而成為「剛（陽）柔（陰）的統一」（《易傳》），形成了「『多』（多樣事物、多樣對待）→『二』（剛柔、陰陽）→『一』（統一）」的順序，進程逐漸是由「委」（有象）而追溯到「源」（無象），很合於歷史發展的軌跡。而這種結構，如對應於「三易」（《易緯・乾鑿度》）而言，則「多」說的是「變易」、「二」說的是「簡易」，而「一」說的是「不易」。因此「三易」不但可概括《周易》之內容與特色，也可藉以呈現「多」、「二」、「一」的螺旋結構。

　　這種「多 → 二 → 一」的順序，若倒過來，由「源」而「委」地來說，就成為「一 → 二 → 多」[5]了。在《老子》、《易傳》中就可找到這種說法，如：

2　《國語・鄭語》，《新譯國語讀本》（臺北市：三民書局，1995 年 11 月初版），頁707-708。

3　張立文：《中國哲學邏輯結構論》（北京市：中國社會科學出版社，2002 年 1 月一版一刷），頁 22。

4　《左傳・昭公二十年》，楊伯俊：《春秋左傳注》（臺北市：源流文化公司，1982 年 4 月再版），頁 1419-1420。

5　就由「無」而「有」而「無」的整個循環過程而言，可以形成「（0）一、、二、三（多）」（正）與「三（多）、二、一（0）」（反）的螺旋關係。此種螺旋關係，涉及哲學、文學、美學……等，見陳滿銘：〈意象「多」、「二」、「一（0）」螺旋結構論——以哲學、文學、美學作對應考察〉，《濟南大學學報・社會科學版》17 卷 3 期（2007 年5 月），頁 47-53。

> 道生一，一生二，二生三，三生萬物。萬物負陰抱陽，沖氣以為
> 和。（《老子・四十二章》）
> 易有太極，是生兩儀，兩儀生四象，四象生八卦。（《周易・繫
> 辭上》）

這樣，結合《周易》和《老子》來看，它們所主張的「道」，如僅著眼於其「同」，則它們主要透過「相反相成」、「返本復初」而循環不已的作用，不但將「一→多」的順向歷程與「多→一」的逆向歷程前後銜接起來，更使它們層層推展，循環不已，而形成了螺旋式結構，以呈現宇宙創生、含容萬物之原始規律。

就在這「由一而多」（順）、「多而一」（逆）的過程中，是有「二」介於中間，以產生承「一」啟「多」的作用的。而這個「二」，從「道生一，一生二，二生三，三生萬物」等句來看，該就是「一生二，二生三」的「二」。雖然對這個「二」，歷代學者有不同的說法，大致說來，以為「二」是指「陰陽二（兩）氣」[6]。而這種「陰陽二氣」的說法，其實也照樣可包含「天地」在內，因為「天」為「乾」為「陽」，而「地」則為「坤」為「陰」；所不同的，「天地」說的是偏於時空之形式，用於持載萬物[7]；而「陰陽」指的則是偏於「二氣之良能」（朱熹《中庸章句》），用於創生萬物。這樣看來，老子的「一」該等同於《易傳》之「太極」、「二」該等同於《易傳》之「兩儀」（陰陽），因此所呈現的，和《周易》（含《易傳》）一樣，是「一→二→多」與「多→二→一」之原始結構。不過，值得一提的是：（一）即使這「一」、「二」、「多」

6　以上諸家之說與引證，見黃釗：《帛書老子校注析》（臺北市：學生書局，1991 年 10月初版），頁 231。

7　徐復觀：《中國人性論史・先秦篇》（臺北市：臺灣商務印書館，1978 年 10 月四版），頁 335。

之內容，和《周易》（含《易傳》）有所不同，也無損於這種結構的存在。（二）「道生一」的「道」，既是「創生宇宙萬物的一種基本動力」，而它「本身又體現了『無』」[8]，那麼正如王弼所注「欲言無耶，而物由以成；欲言有耶，而不見其形」[9]，老子的「道」可以說是「無」，卻不等於實際之「無」（實零）[10]，而是「恍惚」的「無」（虛零），以指在「一」之前的「虛理」[11]。這種「虛理」，如勉強以「數」來表示，則可以是「（０）」。這樣，順、逆向的結構，就可調整為「（０）一 → 二 → 多」（順）與「多 → 二 → 一（０）」（逆），以補《周易》（含《易傳》）之不足，這就使得宇宙萬物創生、含容的順、逆向歷程，更趨於完整而周延了[12]。

　　這種由「陰陽二元」互動的流動下，其「移位」、「轉位」與「包孕」的作用，都可用「多 ⟷ 二 ⟷ 一（０）」螺旋結構加以統一。以辭章而言，也是如此，可藉各種結構之層層作用，以突出一篇主旨與風格，它們的關係表示如下簡圖：

8　林啟彥：「『道』既是宇宙及自然的規律法則，『道』又是構成宇宙萬物的終極元素，『道』本身又體現了『無』。」見《中國學術思想史》（臺北市：書林出版社，1999 年 9 月一版四刷），頁 34。

9　王弼：《老子王弼注》（臺北市：河洛圖書出版社，1974 年 10 月臺景印初版），頁 16。

10　馮友蘭：「謂道即是無。不過此『無』乃對於具體事物之『有』而言的，非即是零。道乃天地萬物所以生之總原理，豈可謂為等於零之『無』。」見《馮友蘭選集》上卷（北京市：北京大學出版社，2000 年 7 月一版一刷），頁 84。

11　唐君毅：「所謂萬物之共同之理，可為實理，亦可為一虛理。然今此所謂第一義之共同之理之道，應指虛理，非指實理。所謂虛理之虛，乃表狀此理之自身，無單獨之存在性，雖為事物之所依循、所表現，或所是所然，而並不可視同於一存在的實體。」見《中國哲學原論・導論篇》（香港：新亞研究所，1966 年 3 月出版），頁 350-351。

12　陳滿銘：〈論「多」、「二」、「一（０）」的螺旋結構——以《周易》與《老子》為考察重心〉，臺灣師大《師大學報・人文與社會類》48 卷 1 期（2003 年 7 月），頁 1-21。

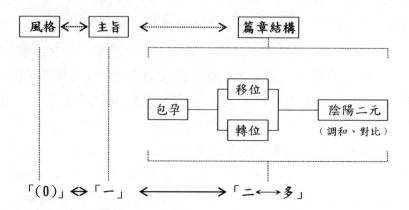

由此可見辭章，是融合其「二元」、「移位」、「轉位」與「包孕」之種種變化而歸於統一的歷程的，而這個歷程，可用「多 ⟷ 二 ⟷ 一（0）」螺旋結構加以呈現。

第二節　核心結構之認定

　　在「多、二、一（0）」的結構中，必有一個核心結構，居於關鍵性「二」的地位，是可統攝屬於「多」的輔助結構的。如此，似乎最上一層的一個結構都屬核心結構，而次層或次層以下的各個結構則為輔助結構。這雖然在大致上可視為通則，尤其是主旨置於篇外的，更是如此；但有時最上一、二層之結構，與「一（0）」、「多」的關係，不如低一層或更低一層的結構來得直接而緊密。因此核心結構之認定，必須先上徹至「一（0）」（主旨與風格等），再下徹到「多」（全體材料），作周全之考慮，才算圓滿。

　　而辭章是以「情」、「理」、「景（物）」、「事」為其內容之四大要素的，而其中之「情」、「理」為核心成分，乃辭章之靈魂所在，「景（物）」、「事」為外圍成分，是辭章之具體材料。也就是說，具體的「景

（物）」、「事」是為抽象的「情」、「理」服務的[13]。因此一篇辭章之「情」或「理」，亦即主旨，是決定一篇辭章內容與形式，以至於風格、境界等的最主要因素。所以認辨核心結構，也要以此為準，換句話說，就是要以「一（0）」與「多」作審慎之認定。如宋玉的〈對楚王問〉：

楚襄王問於宋玉曰：「先生其有遺行與？何士民眾庶不譽之甚也！」

宋玉對曰：「唯，然，有之；願大王寬其罪，使得畢其辭。客有歌於郢中者，其始曰下里巴人，國中屬而和者數千人；其為陽阿薤露，國中屬而和者數百人；其為陽春白雪，國中屬而和者，不過數十人；引商刻羽，雜以流徵，國中屬而和者，不過數人而已；是其曲彌高，其和彌寡。故鳥有鳳而魚有鯤。鳳凰上擊九千里，絕雲霓，負蒼天，足亂浮雲，翺翔乎杳冥之上；夫藩籬之鷃，豈能與之料天地之高哉？鯤魚朝發崑崙之墟，暴鬐於碣石，暮宿於孟諸，夫尺澤之鯢，豈能與之量江海之大哉？故非獨鳥有鳳而魚有鯤也，士亦有之。夫聖人瑰意琦行，超然獨處，夫世俗之民，又安知臣之所為哉？」

此文是以「先問後答」的結構寫成的。「問」的部分，是本文的引子，主要是在提明問者、被問者及所問者的問題，以引出下面回答的部分。「答」的部分，是本文的主體，採「先點後染」之結構來安排。「點」指「宋玉對曰」一句，而「染」即「曰」的內容。這個內容，首先以「唯，然，有之」承問作了三應，然後以「願大王寬其罪，使得畢其辭」

---

13 陳滿銘：〈談篇章的縱向結構〉，臺灣師大《中國學術年刊》22 期（2001 年 5 月），頁 259-300。

兩句話，委婉的領出所以「不譽」的正式回答來；這是「凡」的部分。
而這個針對「不譽」所作的正式回答，即「目」，是以「先賓後主」的
結構表出的。其中「賓」的部分，自「客有歌於郢中者」至「豈能與之
量江海之大哉」止，共含三小節：第一節以曲為喻，先依和曲者人數之
遞減，條分為四層來說明，形成正反對比，以得出「其曲彌高，其和彌
寡」的結論，初步為「主」的部分蓄勢；為「賓一」。第二節以鳥為喻，
拿鳳凰和藩籬之鷃作個比較，以得出藩籬之鷃不足以「料天地之高」的
結論，也形成正反對比，進一步的為「主」的部分蓄勢；為「賓二」。
第三節以魚為喻，拿鯤魚與尺澤之鯢一正一反作個比較，以得出尺澤之
鯢不足以「量江海之大」的結論，又再一次的為「主」的部分蓄勢；為
「賓三」。而「主」的部分，則先以「故非獨鳥有鳳而魚有鯤也，士亦
有之」兩句作上下文的接榫，再承上文的鯤、鳳凰和「引商刻羽，雜以
流徵」的高雅曲子帶出「夫聖人瑰意琦行，超然獨處」兩句，然後承「尺
澤之鯢」、「藩籬之鷃」及「國中屬而和者數千、「數百人」等句，引出
「世俗之民，又安知臣之所為哉」兩句，一樣形成正反對比，以暗示
「行高由於品高，不合於俗由於俗不能知」的道理，既回答了楚王之
問，也藉以罵倒了那些無知的世俗人，真是單筆短掉，其妙無比啊！林
西仲說：「惟賢知賢，士民口中，如何定得人品？楚王之問，自然失
當，宋玉所對，意以為不見譽之故，由於不合於俗，而所以不合之故，
又由於俗不能知，三喻中不但高自位置，且把一班俗人伎倆、見識，盡
情罵殺，豈不快心！」[14] 由此看來，這篇短文之所以能獲得古今人之讚
譽，並不是沒有理由的。依此篇章條理，可將其結構分析表呈現如下：

---

14 林雲銘：《古文析義合編》上冊卷三（臺北市：廣文書局，1965 年 10 月再版），頁
　126。

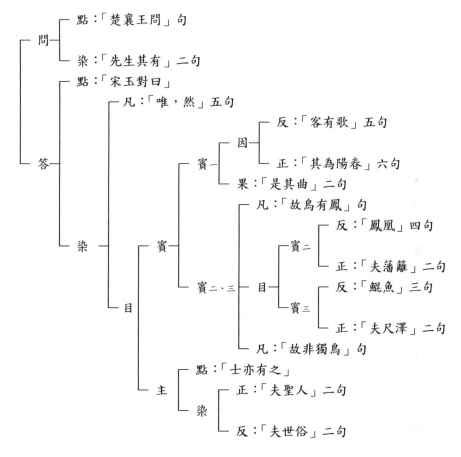

可見這篇文章，一共用了「問答」、「點染」、「凡目」、「賓主」、「因果」、「正反」等章法，因其移位或轉位，而造成層層節奏，以串聯為一篇韻律。其中「問答」、「點染」與「凡目」等所形成之結構，由於在文裡都屬於引子，僅作為引渡之用，因此都不能視為核心結構。而「先賓後主」的結構，則可以說是全文的主體所在，所以認定它是此文之核心結構，是最恰當的。就在此「先賓後主」的核心結構下，除用「凡目」、「點染」、「因果」等所形成之輔助結構，來統合梳理各次層結構外，最令人注意的是，既以三疊「先反後正」之輔助結構來支持

「賓」，又以一疊「先正後反」的結構來支持「主」，而「正反」的對比性又是極強烈的，這就使得此「先賓後主」之核心結構，蘊含著陽剛之氣。這樣，在「先賓後主」的調和性結構下，以這種陽剛之氣，由「多」而上徹於「一（0）」，來凸顯「行高由於品高，不合於俗由於俗不能知」的主旨，而將「一班俗人伎倆、見識，盡情罵殺」，形成「柔中寓剛」之風格，是很合乎整體安排之需求的。張大芝以為「宋玉虛設襄王的責問本身，實際上也曲折而婉轉地表露出宋玉在政治上不得意的憤懣之情」[15]，這從其結構安排上，也可以獲知初步訊息。而何伍修也說：「全文以問句開篇，又以問句結尾，章法新穎。楚王發問，綿裡藏針，意在責難，問中潛藏著幾分狡黠；宋玉反問，剛柔並濟，旨在辯解，問中包含著無限慨嘆，同時也流露出一種自命不凡、孤芳自賞之情。」[16] 所謂「剛柔並濟」、「包含著無限慨嘆，同時也流露出一種自命不凡、孤芳自賞之情」，指出了本文「柔中寓剛」之特色。

又如王維的〈渭川田家〉：

斜光照墟落，窮巷牛羊歸。野老念牧童，倚杖候荊扉。雉雊麥苗秀，蠶眠桑葉稀。田夫荷鋤至，相見語依依。即此羨閒逸，悵然歌式微。

這首詩作於陝西藍田[17]，藉「渭川田家」黃昏時的閒逸之景，以興

---

15 《古文鑑賞大辭典》（杭州市：浙江教育出版社，1996 年 3 月二版四刷），頁 151。
16 《古文鑑賞辭典》（南京市：江蘇文藝出版社，1987 年 11 月一版一刷），頁 176。
17 馬積高、黃鈞：「從開元二十八年（西元 740 年）到天寶三年（西元 744 年），王維先隱居終南，後來又在陝西藍田購得宋之問的別業，與道友裴迪『浮舟往來，彈琴賦詩』，但並未辭去官職，過的是半官半隱的生活。這一時期寫下的山水詩，如〈渭水田家〉、〈山居秋暝〉等都已流露出消極避世的人生觀。」見《中國古代文學史》2（臺北市：萬卷樓圖書公司，1998 年 7 月初版），頁 68。

欣羨之情，從而表出自己急欲歸隱田園的心願，是採「先因後果」的結構寫成的。「因」的部分，自篇首至「即此」句止。在此，先以「斜光」八句，實寫引起作者欣羨之情的一些景物；再以「即此」句，虛寫面對「田家」閒逸景物時所湧生的欣羨之情，形成「先景（實）後情（虛）」的結構。就在實寫「田家」閒逸景物的八句裡，首先就「近」，也就是村巷，以「斜光」二句，寫自然閒逸之景；以「野老」二句，寫人事閒逸之景。然後就「遠」，也就是田野，以「雉雊」二句，寫自然閒逸之景；以「田夫」二句，寫人事閒逸之景。由於王維這時在政治上失去了張九齡的依傍而進退兩難，所以經由這些融合自然與人事的閒逸之景，而引生他欣羨之情，便很自然地由「因」而「果」，帶出末句，用《詩經・邶風・式微》「式微，式微，胡不歸」的詩意，以表達自己「踵武靖節」[18]的意思。可見此詩主要以「先因後果」的結構，形成其秩序。據此，可畫成如下結構分析表：

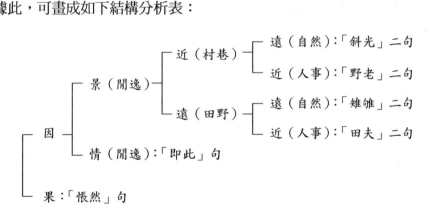

此詩主要以二疊「先遠後近」之空間層次，造成反復的第一層節奏，而由「先近後遠」（一疊）之結構，造成的第二層節奏，先予以統合，以呈現整體之「景」，從而由「景」及「情」，形成「先景後情」（一疊）

---

18 高步瀛：《唐宋詩舉要》（臺北市：學海出版社，1973 年 2 月初版），頁 12。

之結構，造成第三層節奏，作為「因」，以帶出其「果」，而成為「先因後果」的結構，造成最高一層節奏，結合各層節奏，形成一篇韻律。而這「先因後果」的調和性結構，由於既可以徹下統合各輔助結構，也可以徹上交代自己急欲歸隱田園的心願，也就是主旨，以及由此形成的「閒逸自然」的風格，所以可認定為本文之核心結構。如此徹下以統合「多」、徹上以歸根「一（0）」，充分地發揮了核心結構（「二」）的功能。喻守真說：「這首詩是羨慕田家閒逸的景象，加以輕淡的描寫，結尾大有因慕田家閒逸不如歸去來之意。……結末二句，以『閒逸』二字總括上文，因羨生感，結出作意。」[19] 所謂「羨慕田家閒逸的景象，加以輕淡的描寫」與「因羨生感，結出作意」，道出了它「多、二、一（0）」結構所表現的主要內容。

第三節　節奏與韻律

　　由於章法可說是「客觀的存在」[20]，因此所有的章法，都對應於自

---

19 喻守真：《唐詩三百首詳析》（臺北市：臺灣中華書局，1996 年 4 月 23 版五刷），頁9。

20 王希杰：「『章法』一詞是多義的。『章法』是文章之法，但是，有兩種『章法』。一種是一種客觀存在的『章法』，它顯然是與文章同時出現的。有文章就有章法，不同的文章有不同的章法，但是沒有完全沒有章法的文章，不過是章法的好和壞罷了。另『章法』，是研究者的認識或主張，是知識和理論，是文章的研究者的辛勤勞動的成果，它當然是文章出現後的事情。後一種『章法』，即對章法的研究，也是早就有了的，中國古人對章法的論述很多，但是『章法學』的誕生是比較晚的事情。章法學作為一門學問，不是有關部門章法的個別知識，而是章法知識的總和，是一種概念的系統。章法學是一門實用性很強的學問，也有極高的學術價值。它同文章學、修辭學、語用學、文藝學、美學、邏輯學等都具有密切關係。章法學已經初步形成了一門科學。陳滿銘教授初步建立了科學的章法學體系。……如果說唐鉞、王易、陳望道等人轉變了中國修辭學，建立了學科的中國現代修辭學，我們也可以說，陳滿銘及其弟子轉變了中國章法學的研究大方向，建立了科學的章法學，把漢語章法學的研究轉向科學的道路。」見〈章法學門外閒談〉，《國文天地》18 卷 5 期（2002年 10 月），頁 92-95。

然規律，而出自於人類共通的理則。這種共通的理則，可概括為四：即「秩序」、「變化」、「聯貫」、「統一」；這便是章法的四大律。其中「『秩序』、『變化』與『聯貫』三者，主要是就材料之運用來說的，重在分析；而『統一』，則主要是就情意之表出來說的，重在通貫。」[21] 若針對「秩序律」而言，其「力」的變化是「移位」；而針對「變化律」而言，其「力」的變化則是「轉位」了。

這所謂的「秩序」，是將材料依序加以整齊安排的意思。任何章法都可依循此律，形成其先後順序。如就遠近法而言，「先近後遠」、「先遠後近」就是依據空間遠近的秩序來組織篇章的，其他的章法也都可以形成如此合乎秩序律的結構[22]。而且張涵主編的《美學大觀》中也說：

> 秩序，事物的外在形式上部分與部分、整體與部分之間構成特定的有規律的排列組合。指形式因素內部關係有秩序的變化，則構成一種不變與變和諧交叉的形式美。[23]

由此可知，「秩序」並不是沒有變，而是一種「有秩序的變化」，由於其「力」的變化較為和緩，因此可以用「移位」來說明。

而所謂的「變化」，則是把材料的次序加以參差安排的意思。每一章法依循此律，也都可造成順逆交錯的效果。就以今昔法來說，可能有的變化的結構至少有「今、昔、今」和「昔、今、昔」兩種，其他的章法也都可以形成如此變化的結構。它所以會造成這種變化，那是因為

---

21 陳滿銘：〈論辭章章法的四大律〉，《章法學論粹》（臺北市：萬卷樓圖書公司，2002年7月初版），頁4。

22 同前註，頁4-5。

23 張涵主編：《美學大觀》（鄭州市：河南人民出版社，1988年1月一版二刷），頁246。

「參差安排」的關係，而所形成的是「往復」的現象，所造成的是較大幅度的差異，因此其「力」的變化較為顯著，所以可以用「轉位」[24] 來說明。

　　至於章法的「移位」與「轉位」，是可以根據結構表來掌握的。而所謂移位約有兩種：一是單一結構之移位，亦即章法單元之移位，如「由實而虛」與「由虛而實」、「由正而反」與「由反而正」等就是；一是兩個以上（含兩個）結構之移位，亦即結構單元之移位，如由「先凡後目」而「先底後圖」、由「先昔後今」而「先淺後深」等便是。至於轉位，也有兩種：一是單一結構之轉位，亦即章法單元的轉位，如「今、昔、今」、「破、立、破」等就是；一是兩個以上（含兩個）結構之轉位，亦即結構單元的轉位，如由「先景後情」而「先情後景」、由「先凡後目」而「先目後凡」等便是。此二者同是指「力」的變化，所不同的是變化程度較和緩者為「移位」，變化程度較顯著者為「轉位」，也因此「移位」與「轉位」所造成的節奏（韻律）與所帶出的美感也是有差別的。

　　而「節奏」是美感的重要來源之一[25]。什麼是節奏呢？楊辛、甘霖等著《美學原理》中提及：

---

24 「轉位」一詞，由黃永武提出：「轉位是指詩行之間、意象之間，利用形、聲、義某一點共通性，作為媒介，觸類衍伸，使二個彷彿是不連續的意象，相互引接。」見《中國詩學──設計篇》（臺北市：巨流圖書公司，1996 年 5 月十一版），頁 28。唯本章所謂之「轉位」，內涵不同於此。

25 李澤厚曾闡明美的規則從何而來？他說：「原始積澱，是一種最基本的積澱，主要是從生產活動中獲得。也就是在創立美的過程中獲得。……由於原始人在漫長的勞動過程生產過程中，對自然的秩序、規律，如節奏、次序、韻律等等掌握、熟悉、運用，使外界的合規律性和主觀的合目的性達到統一，從而才產生了最早的美的形成和審美感受。」見《美學四講》（天津市：天津社會科學院出版社，2001 年 11 月一版一刷），頁 239。

構成節奏有兩個重要關係：一是時間關係，指運動過程；一是
「力」的關係，指強弱的變化。把運動中的這種強弱變化有規律
地組合起來加以反復便形成節奏。[26]

通常比較容易引起注意的節奏，多是可以經由感官來把握的，譬如輕重
長短的聲音、冷暖明暗的色彩、曲直橫折的線條、方圓尖斜的形狀等進
行有規律的反復[27]；陳本益《漢語詩歌的節奏》從節奏與人的關係著
眼，將節奏區分為聽覺上的、視覺上的和觸覺上的，但是他也認為廣義
的節奏還可以指某些抽象的東西[28]。王菊生《造型藝術原理》則進一步
地認為節奏可以分成「具象」和「抽象」兩種：「具象節奏是客觀具體
物體及其形象所具有的節奏。」而「抽象節奏是非客觀具體物象及其構
成形式所具有的節奏。抽象物體和抽象構成形式都是從客觀具體物中提
煉、抽離出來的，它並不是純主觀的產物。」[29]

「抽象的東西」也可以形成節奏，這點是很重要的。章法的移位與
轉位所形成的節奏或韻律，就不是光靠聽覺、視覺或觸覺能夠把握的，
但是它能夠暗合人的生理、心理結構，因此可以引起審美的愉悅[30]，所
以也就可以產生節奏（韻律）美。而且節奏（韻律）所帶來的美感具有
很重大的意義。蔣孔陽、蔣冰梅、樊莘森、樓昔勇等所著的《美與審美

---

26 見楊辛、甘霖：《美學原理》（北京市：北京大學出版社，1989 年 2 月一版四刷），
　頁 159。張涵主編的《美學大觀》亦有類似的說法，頁 246。
27 蔣孔陽等：《美與審美觀》（上海市：上海人民出版社，1987 年 5 月一版六刷），頁
　55。
28 陳本益：《漢語詩歌的節奏》（臺北市：文津出版社，1994 年 8 月初版），頁 2-5。
29 王菊生：《造型藝術原理》（哈爾濱市：黑龍江美術出版社，2000 年 3 月一版一刷），
　頁 232-233。
30 張涵主編：《美學大觀》：「形式美的規律根源在於客觀世界的自然規律，並與人的生
　理、心理結構相對應，是人類改造自然的長期歷史經驗在形式規律方面的集中體
　現。」頁 245。

觀》中說道：

> 節奏也是事物正常化發展的一種表現形式。客觀世界的許多事物
> 和現象都是在合規律的節奏中存在和發展的。……事物的正常發
> 展都離不開節奏，人的生活需要也離不開節奏。因此，這種符合
> 規律而又有利於人生的節奏，也就成了美的形式。[31]

這段話對節奏（韻律）所以帶來美感的原因，可說作了最好的解釋。

　　先看由移位所造成之節奏（韻律），它可以從兩方面來加以考察，
那就是「從單一結構單元來看」，以及「從兩個以上（含兩個）結構單
元來看」。

　　從單一結構單元來看，如前所述，所謂「秩序」就是將材料依序加
以整齊安排的意思。任何章法都可依循此律，形成其先後順序，若從章
法切入加以分析，則不僅可以看出它的結構，而且可以掌握其移位的情
形。就以「先底後圖」的結構來說，造成了由「底」向「圖」的移位，
這種轉變本身就需要時間，而且標示出的是「力」的變化。前文曾提及
構成節奏有兩個重要關係：一是時間關係，指運動過程；一是力的關
係，指強弱的變化。把運動中的這種強弱變化有規律地組合起來加以反
復，便形成節奏。準此而觀，那麼單一結構中合乎秩序的移位，就具備
了這兩種基本元素：時間和力的關係，所缺者只是「有規律地組合起來
加以反復」而已。所以，此處所討論的移位，雖然在嚴格意義上，並未

---

31 蔣孔陽等：《美與審美觀》，頁 55。E.B.Feldman 著、何政廣譯《藝術創作心理》談
　道：「我們知道，人的行進、舉重、或共同拖拉重物，如果以反覆律動的拍子來加以
　規律，則他們的努力一定更有效，也比較不容易疲倦。人們在做反覆的工作時，喜
　歡去尋找一種舒適的韻律。從另一種觀點，『反復』的韻律顯然有助於支持注意力，
　減少疲倦、發揮最大效率。」見《藝術創作心理》（臺北市：大江出版社，1971 年），
　頁 78。

形成明顯而具體之節奏美，但是已經具備形成節奏美的要素，因此若是從寬來處理，也未嘗不可認為已具備簡單之節奏美。所以王菊生《造型藝術原理》即說道：「只有一對矛盾對比或反復出現的單一節奏稱為簡單節奏。」[32] 單一結構單元所呈現的移位現象，所產生的節奏就是「簡單節奏」。

從兩個以上（含兩個）結構單元來看，通常一篇篇幅不算太短的辭章，就可能形成兩層以上的結構層，所以就可能出現兩個以上的結構單元。雖然從各自獨立的觀點來看，它形成的是單一結構的移位，但是因為閱讀時必然是從整體來觀照，因此將這些結構單元結合起來看，就會出現「重複」、「反復」[33] 的情況（與造成變化之轉位的「往復」不同），這就會產生節奏（韻律）的美感。

王菊生在《造型藝術原理》中說：

> 比如孤單的一個點‧‧，單調呆板，靜止不動，只有單一刺激，無差異矛盾可言，便無節奏感。而兩個點‧‧並置，開始有了延續相繼和重複，出現了前後的發展過程。同時兩個點和兩個點之間的空隙有了間隔和持續，實與虛、沒與現、前與後、左與右的矛盾差異對比變化，因此具有了節奏感。[34]

這段話可以總結前面從「單一結構單元」以及「兩個以上（含兩個）的

[32] 王菊生：《造型藝術原理》，頁 231。
[33] 王菊生《造型藝術原理》：「重複即同一形式再次出現，反復是同一形式的多次重複出現是重複的持續延伸。」，頁 287。
[34] 王菊生：《造型藝術原理》，頁 225-226。蘇珊‧朗格著、劉大基譯《情感與形式》中談到：「重複是另一種結構原則 —— 像所有的基本原則相互聯繫著那樣，它深含於節奏 —— 它給了音樂作品以生命發展的外表。」見《情感與形式》（臺北市：商鼎文化出版社，1991 年 10 月臺灣初版），頁 149。

結構單元」，來看「合乎秩序之移位」所產生的節奏（韻律）。

　　再看由轉位造成之節奏（韻律），一般說來，造成變化之轉位所形成的，是結構上的「往復」，可說是發展出去後，又拉回來的雙向作用，因此比起單純的「重複」、「反復」來說，變化是較為劇烈的，也就是說其「力」的強度會較強，節奏感也因而格外明顯。而且這種節奏（韻律）感也可以從兩個方向來觀察：

　　從單一結構單元來看，它因「轉位」所造成的往復，有著比較明顯之節奏。如「實、虛、實」便是。它由「虛」發展至「實」，又大力拉回至「虛」，這就是「轉位」。它既有時間的延展，「力」的變化又十分明顯，因此節奏（韻律）感是很鮮明的。從兩個以上的結構單元來看，「往復」的情況若是不只出現一次，如「賓主賓」與「賓主賓」所造成之節奏（韻律）感就會更加強烈。

　　節奏（韻律）表現的是生命的律動。蘇珊・朗格《情感與形式》即說道：「節奏連續原則是生命有機體的基礎，它給了生命體以持久性。」[35] 王菊生《造型藝術原理》亦言：「生命形式的特徵就是運動變化的張力和循環往復的節奏。」[36] 在文學作品中，結構的「品中，結構的「移位」和「轉位」呈現的就是「運動變化的張力」，那麼就會產生「循環往復的節奏（韻律）」；而且因為「張力」的不同，所以「移位」和「轉位」所呈現的「節奏（韻律）」也就不同了。

　　關於這種不同的節奏（韻律）及節奏（韻律）美，我們可以從音樂美學中獲得靈感。郭長揚《音樂美的尋求》談到：

　　　　與節奏有密切關聯的是拍子的形式……我們可歸納為兩種基本形

35　蘇珊・朗格著、劉大基譯：《情感與形式》，頁 147。
36　王菊生：《造型藝術原理》，頁 192。

式：1.三拍子：拍子的力度為「強、弱、弱」，可表現生動、活
潑、或輕快之情緒。2.雙拍子：拍子的力度為「強、弱」或「強、
弱、次強、弱」，可表現平穩、莊重、或溫雅之情緒。[37]

可見得在音樂中，不同的節奏可以表出不同的美感；音樂如此，文學又
何嘗不是呢？楊辛、甘霖的《美學原理》中提及郭沫若以文學作品為
例，認為節奏有兩種：鼓舞的節奏和沉靜的節奏，前者如海濤起初從海
心捲動起來，愈捲愈快，到岸邊拍地一生打成粉碎，我們的精神便要生
出一種勇於進取的氣象；後者如遠處鐘聲，初扣時頂強，曳著裊裊的餘
音漸漸地微弱下去，這種節奏給人以沉靜的感受[38]。

　　雖然郭氏所言並非針對移位、轉位所產生的不同的節奏（韻律）美
而言，但是卻能夠給我們以相當的啟發。因為若是將移位與轉位拿來比
較的話，其產生的節奏（韻律）美必然有相對的差異，針對這樣的差
異，我們或可認為因為移位的「力」的變化較為穩定，因此其節奏（韻
律）的美感是偏於沉靜的，而轉位的「力」的變化較為顯著，所造成的
節奏（韻律）美就是偏於鼓舞的[39]。

　　而節奏是形成韻律之基礎。關於此點，歐陽周、顧建華、宋凡聖等
在其《美學新編》中說：

　　　　與節奏相關係的是韻律。韻律是在節奏的基礎上形成的，但又比
　　　　節奏的內涵豐富得多，是一種有規律的抑揚頓挫的變化，表現出

---

37 郭長揚：《音樂美的尋求》（臺北市：樂韻出版社，1991 年 6 月初版），頁 52-53。
38 《美學原理》，頁 160。
39 以上有關「節奏」之理論，參見仇小屏：〈論辭章章法的移位、轉位及其美感〉，《辭
　 章學論文集》上冊（福州市：海潮攝影藝術出版社，2002 年 12 月一版一刷），頁 98-
　 122。

一種特有的韻味或情趣。可以說，節奏是韻律的條件，韻律是節奏的深化。[40]

可見有了節奏才有韻律。如上所述，由移位所造成的，是較簡單或反復、齊一之節奏（韻律），主要在顯現其偏於陰柔之調和性；而由轉位所造成的，則為較複雜或往復、變化之節奏（韻律），主要在顯現其偏於陽剛之對比性。這樣，由局部而整體地層層疊合成為一篇韻律，再加上章法各結構本身的毗剛或毗柔屬性，即可大致可解釋一篇風格所以形成之原因。而這種歷程，可約略由章法之「多、二、一（0）」結構加以考察。

　　而這所謂的「一（0）」，籠統地說，就是「統一」，也可說是「和諧」。這是統括「多」與「二」所獲致的結果，如就章法來說，則是聯結在時、空結構中，由「反復」（秩序）與「往復」（變化）所引起之「節奏（韻律）」、「調和」（陰柔）與「對比」（陽剛）所呈顯之「剛柔」（陰陽），以串聯成整體「韻律」、凸顯出情理（主旨）、形成風格、氣象、境界等，而達於「和諧」的一個境界。而情、理（主旨）即「一」，一篇韻律、風格、氣象、境界等即「（0）」。就在「多、二、一（0）」的諸多結構中，必有其核心結構，它一定落在一篇文章之主體所在，也就是最能凸顯「主旨」的部分，以牢籠各主體及其他對應材料，可以說乃關鍵性之「二」，居於既能收束又能發散的地位，在其他各輔助結構的支持下，形成「調和」（陰柔）或「對比」（陽剛），一面徹下以統合「多」，一面徹上以歸根「一（0）」，發揮徹上徹下之功用。因此，理清核心結構，對章法結構所造成之節奏與韻律的掌握，是有相當幫助的。

40　《美學新編》（杭州市：浙江大學出版社，2001 年 5 月一版九刷），頁 79。

　　這種由章法結構所產生之層層節奏與韻律，通常以底層之節奏為基本，該是完全顯性的；而其二、三或三層以上之節奏，則該是屬於隱性的，如分別來看，則對下一層來說，是屬韻律；對上一層而言，乃為節奏。而最上一層所造成之節奏，由於既可統合底下各層之節奏（韻律），也可藉以形成一篇之韻律，所以探討它是毗剛（對比）還是毗柔（調和），對於「一（0）」之認定，有極大之關聯性。這樣看來，章法「多、二、一（0）」結構所造成之層層節奏與韻律，正如音樂之有旋律或合唱之有重奏一樣，其重要性是不可輕忽的。

　　任何一篇辭章，由章法切入，都可以理出其「多、二、一（0）」之結構，而屬於「多」的任何一層章法結構，也都可以由「移位」或「轉位」造成其節奏或韻律，以統合於「二」（核心結構），並上徹於「一（0）」，而形成一篇韻律與風格。茲舉幾篇古典散文與詩詞為例，分別探討其章法結構所形成之節奏與韻律，以見「多、二、一（0）」結構與節奏、韻律的密切關係。

　　如韓愈的〈送董邵南遊河北序〉：

> 燕趙古稱多感慨悲歌之士。董生舉進士，連不得志於有司，懷抱利器，鬱鬱適茲土，吾知其必有合也。董生勉乎哉！
> 夫以子之不遇時，苟慕義彊仁者，皆愛惜焉。矧燕趙之士，出乎其性者哉！然吾嘗聞風俗與化移易，吾惡知其今不異於古所云邪？聊以吾子之行卜之也。董生勉乎哉！
> 吾因子有所感矣。為我弔望諸君之墓，而觀於其市，復有昔時屠狗者乎？為我謝曰：「明天子在上，可以出而仕矣。」

　　此文為一贈序，寫以送董邵南往遊河北。由於當時河北藩鎮不奉朝命，送行之人「斷無言其當往之理，若明言其不當往，則又多此一

送」[41]，所以作者就避開河北之「今」，而從其「古」下筆。首先自開篇起至「出乎其性者哉」句止，以「因、果、因」的順序，說古時之燕趙〔即河北〕多「慕義彊仁」的豪傑之士，從正面預卜董生此行必受到「愛惜」而「有合」，以見其當往；其次自「然吾嘗聞」句起至「董生勉乎哉」句止，說如今燕趙之風俗，或許已與古時有所不同，從反面勉董生聊以此行一卜其「合與不合」[42]，以進一步見其當往；以上兩段，直接扣住董生之當「遊河北」來寫，是「擊」的部分。最後以末段，筆鋒一轉，旁注於燕趙之士身上[43]，採「先泛後具」的結構來表達，要董生傳達「明天子在上」而勸他們來仕之意，含董生不當往的暗示作收[44]；這是「敲」的部分。由此角度分析，可畫成如下結構分析表：

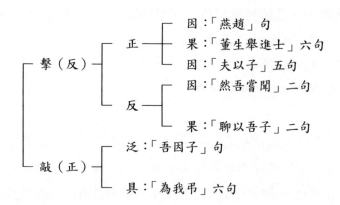

---

41 林雲銘：《古文析義合編》上冊卷四，頁 216。

42 王文濡在首段下評注：「此段勉董生行，是正寫。」在次段下評注：「此段勉董生行，是反寫。」見《評注古文觀止》卷八（臺北市：臺灣中華書局，1972 年 11 月臺六版），頁 36-37。

43 王文濡於「吾因子而有所感矣」下評注：「上一正一反，俱送董生，此下特論燕趙。」頁 37。

44 王文濡在篇末評注：「送董生，卻勸燕趙之士來仕，則董生之不當往，已在言外。」頁 37。

從「篇」來看，它是形成「先擊後敲」[45]之結構的。這個結構，足以涵蓋此文正面（擊）與側面（敲）的全部內容，可視為核心結構。其中「擊」的部分，先由一疊「因、果、因」（變化）與一疊「先因後果」（秩序）的調和性之輔助結構，以轉位之「變化」（陽剛）與移位之「秩序」（調和）來支撐這「先正後反」之對比性（陽剛）結構，而造成反復與往復之節奏（韻律）；再由此對比性（陽剛）結構來為「擊」的部分作支撐，使得這個部分，一面由「移位」、「轉位」造成明顯而有變化的節奏（韻律），一面由對比與調和形成「剛中寓柔」的強大力量，有力地帶出「敲」部分。而「敲」部分，則因離開了「送董邵南」的主題，故僅以「先泛後具」的一疊調和性結構來支撐，一面藉移位所造成的簡單節奏，與上個部分的「反復」與「往復」之節奏（韻律）銜接呼應，串聯為一篇韻律；一面藉此調和性結構，適切地表達「董生不當往」的「言外之意」。由此看來，這篇文章「先擊後敲」的核心結構本身，雖性屬調和，卻因隱含對比性極強之「正反」成分，而輔助結構之「多」，又帶有「剛中寓柔」的強大力量，所以上徹至「一（0）」，便足以表達本文頗曲折之主旨，而形成「剛柔互濟」之風格。吳楚才說：「董生憤己不得志，將往河北求用於諸藩鎮，故公作此送之。始言董生之往必有合，中言恐未必合，終諷諸鎮之歸順，及董生不必往。文僅百十餘字，

---

45 為「敲擊」結構之一種。「敲擊」一詞，一般用作同義的合義複詞，都指「打」的意思。但嚴格說來，「敲」與「擊」兩個字的意義，卻有些微的不同，《說文》說：「敲，橫撾也。」徐鍇《繫傳》：「橫撾，從旁橫擊也。」而《廣韻‧錫韻》則說：「擊，打也。」可見「擊」是通指一般的「打」，而「敲」則專指從旁而來的「打」。也就是說，以用力之方向而言，前者可指正〔前後〕面，也可指側面，而後者卻僅可指側面。依據此異同，移用於章法，用「敲」專指側寫，用「擊」專指正寫，以區隔這種篇章條理與「正反」、「平側」〔平提側注〕、賓主等章法的界線，希望在分析辭章時，能因而更擴大其適應的廣度與貼切度。大體說來，「敲擊」，主要在用不同事物以表達同類情意時，藉「敲」加以引渡或旁推，來呼應「擊」的部分，與「正反」、「賓主」之彼此映襯或「平側」之有所偏重的，有所不同。見陳滿銘：〈論幾種特殊的章法〉，臺灣師大《國文學報》31 期（2002 年 6 月），頁 196-202。

而有無限開闊，無限變化，無限含蓄。」[46] 這種特色之形成，很明顯地可從其「多、二、一（0）」結構中找到重要線索。

　　又如白居易的〈長相思〉：

　　　　汴水流，泗水流，流到瓜州古渡頭。吳山點點愁。　思悠悠，恨悠悠，恨到歸時方始休。月明人倚樓。

　　作者在此詞，寫自己在瓜州古渡「月明人倚樓」〔點〕時之所見所感〔染〕。其中上片四句，寫「所見」：先以起三句，寫所見「水」，藉向北所見汴、泗二水之不斷奔流，襯托出一份悠悠別恨；再以「吳山」句，藉向南所見吳山之「點點」，又襯托出另一份悠悠別恨，使得情寓景中，大力地預為下半之抒情〔所感〕鋪路。而下片「思悠悠」三句，則即景抒情，寫「所感」：先以「思悠悠」二句，用實寫〔今日〕的方式，直接將一篇主旨，亦即此刻「悠悠」之「恨」拈出；再以「恨到」一句，用虛寫〔未來〕的方式，將「恨」作進一步之渲染。有了以上兩個「染」的部分，便很自然地逼出「月明人倚樓」的結句，以「點」明作者此番之所見所感，是在明月之下、倚樓之時發生的，這樣作交代，充分發揮了「點」的作用，且藉「朦朧的月光為這一切更增添一層惆悵」[47]。據此，可用下表來表示其結構：

---

46 見《評注古文觀止》卷八，頁 36-37。

47 見趙仁圭、李建英、杜媛萍：《唐五代詞三百首譯析》（長春市：吉林文史出版社，1999 年 9 月一版一刷），頁 148。

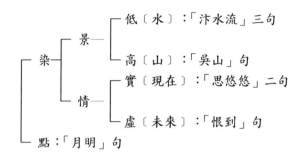

可見此詞，經過「邏輯思維」的安排布置，在最上一層，以「先染後點」
（一疊）的調和性結構，造成節奏，以統合底下兩層所造成之節奏，串
為一整體之韻律；而次一層，則以「先景後情」（一疊）之調和性結構，
造成節奏，除了統合底層「先低後高」（一疊）、「先實後虛」（一疊）
等調和性結構所造成之反復式節奏，用以支撐上層之「點染」外，又由
於這首詞之主旨「恨」出現在「情」的部分，所以可認定為核心結構。
這樣，它一面徹下以整合「多」（「高低」、「虛實」），一面徹上以支撐
「點染」，而歸本於「一（0）」，形成「婉轉流美」（同上）之純陰柔風
格。作者如此將時空、虛實交錯在一起，加上疊字、疊韻之運用，使所
抒之情，變得更為柔和而深長而感人。所以邱鳴皋說：「外景中明明的
月光，長長的流水，點點的遠山，與思婦內心世界悠悠的思怨，極為和
諧地統一在一起，且又頻用疊字疊韻，句句押韻，在配上那柔和的民歌
風味，就自然形成一種行雲流水之致。這與寫『流水』、『相思』十分
貼切。」[48] 可見從「多、二、一（0）」結構裡找出核心結構，是可以幫
助讀者深入作品，找出節奏、韻律，而掌握其風格、氣象或境界的。

---

[48] 《唐宋詞鑑賞集成》（香港：中華書局香港分局，1987 年 7 月初版），頁 43。

第四節　辭章表現

　　本來章法之「多、二、一（0）」的結構，是不會因為文體之不同而有所改變的。但為了凸顯這一特點，特地就古典散文、詩詞與現代詩文為範圍，分別舉一些例子來加以探討，以見章法「多、二、一（0）」結構的不變性。

一　古典散文之例

　　在此，舉兩篇文章為例，如賈誼的〈過秦論〉：

> 秦孝公據殽函之固，擁雍州之地，君臣固守，以窺周室；有席卷天下，包舉宇內，囊括四海之意，并吞八荒之心。當是時也，商君佐之，內立法度，務耕織，修守戰之具，外連衡而鬥諸侯。於是秦人拱手而取西河之外。
>
> 孝公既沒，惠文、武、昭襄，蒙故業，因遺策，南取漢中，西舉巴蜀，東割膏腴之地，北收要害之郡。諸侯恐懼，會盟而謀弱秦，不愛珍器重寶肥饒之地，以致天下之士，合從締交，相與為一。當此之時，齊有孟嘗，趙有平原，楚有春申，魏有信陵；此四君者，皆明智而忠信，寬厚而愛人，尊賢重士，約從離橫，兼韓、魏、燕、趙、齊、楚、宋、衛、中山之眾。於是六國之士，有寧越、徐尚、蘇秦、杜赫之屬為之謀；齊明、周最、陳軫、召滑、樓緩、翟景、蘇厲、樂毅之徒通其意；吳起、孫臏、帶佗、兒良、王廖、田忌、廉頗、趙奢之倫制其兵。嘗以十倍之地，百萬之眾，叩關而攻秦。秦人開關延敵，九國之師，逡巡遁逃而不敢進。秦無亡矢遺鏃之費，而天下諸侯已困矣。於是從散約解，爭割地而賂秦。秦有餘力而制其敝，追亡逐北，伏尸百萬，流血

漂櫓；因利乘便，宰割天下，分裂河山，強國請服，弱國入朝。施及孝文王、莊襄王，享國日淺，國家無事。

及至始皇，奮六世之餘烈，振長策而御宇內，吞二周而亡諸侯，履至尊而制六合，執捶拊以鞭笞天下，威振四海。南取百越之地，以為桂林、象郡；百越之君，俛首係頸，委命下吏；乃使蒙恬北築長城而守藩籬，卻匈奴七百餘里；胡人不敢南下而牧馬，士不敢彎弓而報怨。於是廢先王之道，燔百家之言，以愚黔首；墮名城，殺豪俊，收天下之兵，聚之咸陽，銷鋒鏑，鑄以為金人十二，以弱天下之民。然後踐華為城，因河為池，據億丈之城、臨不測之谿以為固。良將勁弩，守要害之處；信臣精卒，陳利兵而誰何？天下已定，始皇之心，自以為關中之固，金城千里，子孫帝王萬世之業也。

始皇既沒，餘威震於殊俗。然而陳涉，甕牖繩樞之子，甿隸之人，而遷徙之徒也，才能不及中人，非有仲尼、墨翟之賢，陶朱、猗頓之富，躡足行伍之間，倔起阡陌之中，率罷散之卒，將數百之眾，轉而攻秦；斬木為兵，揭竿為旗，天下雲集而響應，贏糧而景從。山東豪俊，遂並起而亡秦族矣。

且夫天下非小弱也，雍州之地，殽函之固，自若也；陳涉之位，非尊於齊、楚、燕、趙、韓、魏、宋、衛、中山之君也；鋤耰棘矜，非銛於鉤戟長鎩也；謫戍之眾，非抗於九國之師也；深謀遠慮，行軍用兵之道，非及曩時之士也；然而成敗異變，功業相反也。試使山東之國，與陳涉度長絜大，比權量力，則不可同年而語矣；然秦以區區之地，致萬乘之權，招八州而朝同列，百有餘年矣；然後以六合為家，殽函為宮，一夫作難而七廟隳，身死人手，為天下笑者，何也？仁義不施，而攻守之勢異也。

這篇文章，由「敘」與「論」兩部分組成：

「敘」這個部分，包括一、二、三、四等段，用「先反後正」之結構，敘秦強之難（反）與秦亡之速（正）：

首先由反面敘「秦強之難」，包括一、二、三等段。其中第一段，用以寫「秦強之初」，在這裡，作者以「先因後果」之結構來敘述：先以「秦孝公據殽函之固」起至「并吞八荒之心」，敘秦併吞天下的巨大野心；再以「當是時也」起至「外連橫而鬥諸侯」，敘秦併吞天下的積極措施，這是「因」；然後以「於是秦人拱手而取西河之外」一句，敘秦併吞天下的具體成果，這是「果」。全段是用簡筆來寫秦國之強大的[49]。

它的第二段，用以敘「秦強之漸」，作者在此，用「擊、敲、擊」的結構來安排。它先以「孝公既沒」起至「北收要害之郡」止，承首段簡敘在惠、文、武、昭襄時「秦謀六國」的措施與成果，這是頭一個「擊」；再以「諸侯恐懼」起至「叩關而攻秦」，繁敘六國抗秦的策略、人力與行動，其中又特別著重於人力上，分賢相、兵眾、謀士、使臣、將帥等方面，加以詳細的介紹，這是「敲」的部分[50]；然後以「秦人開

---

49 本來要敘明秦孝公時商鞅變法與併吞六國的成果，是用幾千，甚至幾萬字，都不為過的，但作者在這裡所看重的，只在於簡略的事實，而非其內容與過程，因此只用了幾句話來交代而已。而在敘併吞天下的野心時，則一連用了「席卷天下」等句意相同的四句話，這顯然是因為要特別強調秦國君臣有併吞天下的強烈意願，這樣當然要比一句帶過好得很多。所謂「可以多說，也可以少說」的道理，可以從這裡約略體會出來。見陳滿銘：〈談辭章剪裁的手段〉，《國文教學論叢續編》（臺北市：萬卷樓圖書公司，1998 年 3 月初版），頁 439。

50 「敲」這個部分，一般文論家都視為「反襯」，如王文濡在「相與為一」句下評注：「正欲寫秦之強，忽寫諸侯，作反襯。」又在「尊賢而重士」句下評注：「極贊四君，以反襯秦之強。」又在「趙奢之倫制其兵」句下評注：「極寫諸侯得人之盛，以反襯秦之強。」見《古文析義合編》上冊卷 6，頁 6-7。再如王根林在論此文特色時，特標「反襯」一項：「上篇寫秦始皇以前幾代君主雄踞關中、俯視山東各國的形勢，是從描寫山東諸國的威勢著筆的：『當是時……中山之眾』，還有一大批優秀的政治家、外交家、軍事家為本國出謀獻策、馳騁疆場，『常〔嘗〕以十倍之地、百萬之眾

關延敵」起至「國家無事」，綜合上兩節，敘明秦謀六國與六國抗秦的結果，並簡略地交代孝文王、莊襄王時事；這屬後一個「擊」[51]。對應於起段，此段是用繁筆從側面來寫秦國之強大的[52]。

它的第三段，用以寫「秦強之最」，在這段文字裡，作者先以「及至始皇」起至「委命下吏」，寫秦亡諸侯；再以「乃使蒙恬北築長城而守藩籬」起至「以弱天下之民」，寫秦弱天下；然後以「然後踐華為城」起至「子孫帝王萬世之業也」，寫秦守要害；這完全依時間之先後來寫，可說也是用繁筆從正面寫秦國之強大[53]。

然後用正面寫秦亡之速，僅一段，即第四段。作者在此，用「先因後果」的條理來呈現：它先以「始皇既沒」起至「贏糧而景從」，寫陳涉首義，這是「因」；後以「山東豪俊，遂並起而亡秦族矣」二句，寫豪傑亡秦，這是「果」。對應於「反」的部分，是用至簡之筆來寫秦國之敗亡，以凸顯其敗亡之速的[54]。

叩關而攻秦』。儘管他們地廣兵眾，人才薈萃，然而『秦人開關而延敵，九國之士〔師〕逡巡遁逃而不敢進』。這樣寫，比直接描繪秦國如何強大，顯然能收到更好的效果。同樣，寫秦王朝在風雨飄搖中一朝傾覆，也是用它的對立面陳涉之弱小加以反襯的。」見《古代文學作品鑑賞》（上海市：上海古籍出版社，1988 年 3 月一版一刷），頁 48-49。

51 陳滿銘：〈論幾種特殊的章法〉，頁 216。

52 總括起來看，這一段文字是用繁筆寫成的。作者在此，儘量避開正面，從側面下手，用了許多材料來介紹六國之強大，這無非是為了替末段「比權量力」的部分，預先提供足夠的材料，作為立論的憑據，而作者卻沒有讓「喧賓」奪「主」，特地用「秦人開關延敵，九國之師，逡巡遁逃而不敢進」等句，輕輕一轉，成功地將六國之強轉為秦國之強，這種剪裁與安排的手段，是十分高明的。見陳滿銘：〈談辭章剪裁的手段〉，《國文教學論叢續編》，頁 441。

53 這一段可以說完全捨去了秦亡六國的實際過程，卻不厭其煩地針對著篇末「仁義不施」四字來取材，換句話說，如果作者在這一段不安排這些材料，是得不出「仁義不施」的結論來的。見陳滿銘：〈談辭章剪裁的手段〉，頁 442。

54 這一段用至簡之筆寫成，它先寫「陳涉首義」，再寫「豪傑並起而亡秦」。就在寫「陳涉首義」的部分裡，特殊強調陳涉不值一顧的地位、才能與武器，這顯然也是預為末段的「比權量力」提供材料。不然，這一段可以寫得更短，與前四段之「強」作成更強烈之對比，以強化「強」之難、「亡」之易的意思。見陳滿銘：《國文教學論

　　「論」這個部分，僅一段，即末段。在這裡，作者先以「且夫天下非小弱也」起至「為天下笑者何也」止，用以上各段所提供的材料（其中於一、二、三、四等段直接提供秦的材料外，又分別於二、四等段從旁提供六國與陳涉的材料），將秦、六國與陳涉「比權量力」一番，認為六國該勝秦、秦該勝陳涉，而結果卻正相反，即秦勝六國、陳涉勝秦；於是由此作一提問，逼出一篇的主旨「仁義不施而攻守之勢異也」十一字，以收束全篇。從內容來看是如此，若著眼於章法結構，則形成了「實、虛、實」之結構。其中由「且夫天下」起至「功業相反也」止，實寫秦與陳涉比較卻「成敗異變」之事實，為頭一個「實」；由「試使山東之國」起至「則不可同年而語矣」止，透過假設，虛寫六國與陳涉「比權量力」之「成敗」結果，為「虛」的部分；由「然秦以區區之地」起至末，用「果（問）後因（答）」的結構，實寫秦亡於陳涉的結果與原因，為後一個「實」。如此切入，可以充分幫助讀者去理解文章之理路意脈。

　　總結起來看，此文旨在論秦之過在於「仁義不施而攻守之勢異」，為了要論說這個主旨，作者特先以第一、二段及三段前半寫「攻」，第三段後半及四段寫「守」，以見「攻守之勢異」，而又於第三段中述明「仁義不施」的事實，於第四段交代「仁義不施」的結果；再以第五段利用前四段所陳列材料，將六國、秦與陳涉的權力加以比較，以見出「成敗異變、功業相反」的情形，進而逼出一篇的主旨來。

　　此文由其主旨「仁義不施，攻守之勢異也」看來，該含有兩軌：一為「仁義不施」，二為「攻守之勢異」，而它自古以來，就一直被認為是用歸納法（先凡後目）所寫成之代表作[55]。這樣，應可以用雙軌來貫

　　叢續編》，頁 442。

55 以歸納法（先凡後目）分析此文，可形成不同的結構類型。參見陳滿銘：〈如何進行課文結構分析——以高中國文教材為例〉，《台灣省高級中學國文科教學研究專輯第五輯》（臺中市：臺灣省教育廳，1999 年 6 月），頁 56-57。

穿才對，不過，事實卻非如此。其問題就出在第三、四段，因為它對應
於第一、二段之寫「攻」，可以說是用以寫「守」的，卻與「不施仁義」
之內容相重疊。也正好有這種重疊，就產生了提示作用，即「秦之過，
主要在於『守不以仁義』」，這是「顯」的意思；如果換成「隱」的一層，
從積極面來說，就是「守必以仁義」了。所謂「借古以喻今」，這種諷
勸朝廷的意思，不言而喻。這就可看出章法結構之分析，對主旨之凸
顯、確認而言，確是一把利器。

附結構分析表如下：

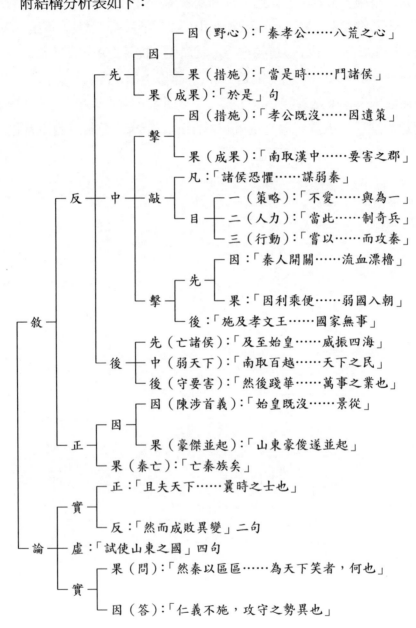

由以上之分析，可知就章法而言，此文總共用了「敘論」、「正反」、「虛實」、「敲擊」、「凡目」、「因果」、「先後（今昔）」與「並列」等章法，以形成其層層結構。如對應於「多、二、一（0）」來看，則處於第二層或第二層以下的「正反」（二疊）、「虛實」（一疊）、「敲擊」（一疊）、「凡目」（一疊）、「因果」（七疊）、「先後（今昔）」（三疊）與「並列」（一疊）等為「多」；居於上一層的「敘論」自成陰陽，以徹上徹下的，為「二」；而「一（0）」，則指「守不以仁義」（顯—消極）、「守必以仁義」（隱—積極）的主旨與雄健之風格。其中「敘」，對應於「論」之「陽剛」來說，雖偏於「陰柔」，卻和「論」的部分一樣，以對比性極為強烈之「正反」形成其主要結構，則此文風格之所以毗於陽剛，而「筆力萬鈞」[56]、「波瀾縱橫」[57]，是其來有自的。這種「多二一（0）」的表現，如配合篇章結構，可將它們的關係呈現如下表：

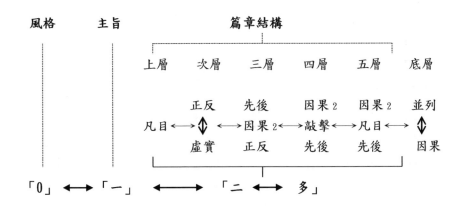

又如李文炤的〈儉訓〉：

56 吳楚材、王文濡：《精校評注古文觀止》卷六，頁 10。
57 李扶九：《古文筆法百篇》（西安市：三秦出版社，1998 年 9 月一版一刷），頁 67-74。

儉，美德也，而流俗顧薄之。

貧者見富者而羨之，富者見尤富者而羨之。一飯十金，一衣百金，一室千金，奈何不至貧且匱也？每見閭閻之中，其父兄古樸質實，足以自給，而其子弟羞向者之為鄙陋，盡舉其規模而變之，於是累世之藏，盡費於一人之手。況乎用之奢者，取之不得不貪，算及錙銖，欲深谿壑；其究也，諂求詐騙，寡廉鮮恥，無所不至；則何若量入為出，享恆足之利乎？且吾所謂儉者，豈必一切捐之？養生送死之具，吉凶慶弔之需，人道之所不能廢，稱情以施焉，庶乎其不至於固耳。

此文旨在勉人養成節儉美德，以免因奢侈浪費而寡廉鮮恥，無所不至，是用「先凡後目」的結構寫成的。「凡」的部分為起段，採開門見山的方式，提明「儉」是美德（正），而流俗卻反而輕視它（反），作為全篇總冒，以統攝下文。而「目」的部分，則先從反面論「流俗顧薄之」，即次段；然後回到正面來論「儉美德也」，即末段。就在論「流俗顧薄之」的次段，作者首以「貧者見富者」五句，泛論因奢侈而致「貧且匱」的道理；次以「每見閭閻之中」七句，舉常例來說明因奢侈而致敗家的必然後果；末則依序以「況乎用之」四句，指出「奢者」之慾望無窮，以「其究也」四句，指出這樣的結果是「寡廉鮮恥，無所不至」，以「則何若」二句，由反面轉到正面，勸人節儉以享恆足之利。至於論「儉美德也」的末段，作者特以「且無所謂」二句作一激問，帶出「養生送死」四句的回答，指明「儉」不是要捐棄一切，而是要在「人道」上「稱情以施」，以免流於固陋。

附其結構分析表如下：

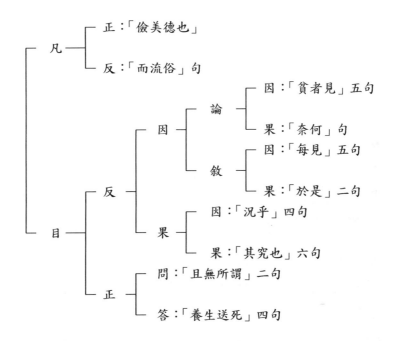

作者就這樣一面以「正」和「反」作成鮮明「對比」，以貫穿「凡」和「目」，一面又以「因」和「果」、「敘」和「論」、「問」和「答」，兩兩呼應，形成「調和」，使得此文在「對比」中帶有「調和」，將全文聯貫成一個整體，成功地闡發了「儉美德也」的道理。如對應於「多、二、一（０）」來看，以「因果」（四疊）、「敘論」（一疊）、「問答」（一疊）和「正反」（二疊）所形成之結構，是屬於「多」；以「凡目」自成陰陽所形成的核心結構，以徹下徹上，是屬於「二」；以結合形象思維與邏輯思維所凸顯的「儉美德也」的主旨與趨於嚴整雅健之風格，是屬於「一（０）」。這種「多二一（０）」的表現，如配合篇章結構，可將它們的關係呈現如下表：

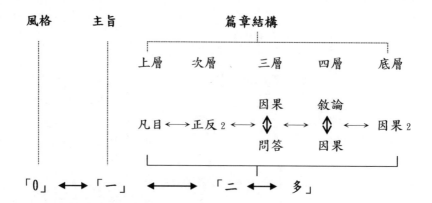

二　古典詩詞之例

　　「多、二、一（0）」的結構，不但出現在篇幅較長的散文，也一樣出現在短幅的詩詞裡。如王維的〈輞川閑居贈裴秀才迪〉詩：

　　寒山轉蒼翠，秋水日潺湲。倚杖柴門外，臨風聽暮蟬。渡頭餘落日，墟里上孤煙。復值接輿醉，狂歌五柳前。

　　此詩乃作者與裴迪秀才相酬為樂之作。在一特定時空之下，作者藉自然景物與人物形象之刻畫，以寫自己閒適之情。它一面在首、頸兩聯，具體描繪了「輞川」附近的水陸秋景與暮色，勾勒出一幅有色彩、音響和動靜的和諧畫面；另一面又在頷、末兩聯，於一派悠閒之自然圖案中，很生動地嵌入了作者自己倚杖聽蟬，和裴迪狂歌而至的人事景象；使兩者相映成趣，而形成了物我一體的藝術境界。李浩說此詩：「全詩具有時間的特指〔『落日』時分〕和空間位置的具體固定，通過『〔柴門〕外』、『〔渡〕頭』、『〔墟〕里』、『〔五柳〕前』等方位名詞，勾勒出景物的相互位置關係，景物具有空間開發性，既活潑無礙，

又彼此依存，是構成整個畫面諧調的一個部分。讀這樣的詩，應該在一個時間的片刻裡從空間上去理解作品，把握詩人用最高的藝術手腕所凝定下來的富有包孕性的瞬間印象」[58]，這種體會十分深刻。

　　附其結構分析表如下：

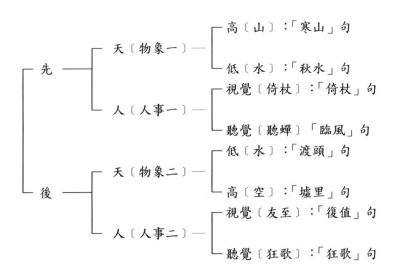

可見此詩主要以「今（後）昔（先）」、「天（物象）人（人事）」、「遠近」、「高低」與「知覺（視、聽）轉換」等章法，形成其結構，以「調和」全詩。其中除「今昔」之外，又將「天人」、「高低」、「知覺轉換」組成雙疊的形式，以增添其節奏流轉之美；尤其是天與人對照，將空間拓大，又擴展了氣象；這些都強化了作者閒逸之趣。這些，如對應於「多、二、一（0）」，則以「遠近」、「高低」（二疊）與「知覺（視、聽）轉換」（二疊）等章法所形成之結構，算是「多」；以二疊「天人」（含「今（後）昔（先）」）自為陰陽所形成之結構，以徹下徹上，算是「二」；以「閒適之趣」之主旨與所形成之飄逸風格，算是「一（0）」。高步瀛

58　《唐詩的美學闡釋》（合肥市：安徽大學出版社，2000 年 4 月一版一刷），頁 255。

說此詩「自然流轉，而氣象又極闊大」，道出了本詩的特色。這種「多二一（0）」的表現，如配合篇章結構，可將它們的關係呈現如下表：

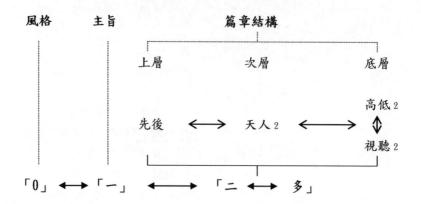

又如辛棄疾〈鷓鴣天〉詞：

> 聚散匆匆不偶然，二年歷遍楚山川。但將痛飲酬風月，莫放離歌入管絃。　　縈綠帶，點青錢。東湖春水碧連天。明朝放我東歸去，後夜相思月滿船。

這首詞題作「離豫章，別司馬漢章大監」，作於作者離開豫章（江西省南昌市）前夕，採「先實後虛」的結構寫成。「實」的部分，自篇首起至「東湖」句止，先以「聚散」二句敘別，為「因」；再以「但將」二句敘醉，為「果」；以上是敘事的部分。然後以「縈綠帶」句寫東湖四周之水，以「點青錢」句寫湖中之荷，以「東湖」句，將上二句作個總括，寫全東湖之水，以上是寫景的部分。而「虛」的部分，為結二句，則將時間推向「明朝」，寫別後的相思，而身世之感，也一併帶了出來。常國武說：「全詞篇幅雖短，但能將身世之感和離別之情置於一

處抒寫，並照顧到景物之襯托，也頗見作者的藝術匠心。」[59] 頗有見地。

　　附其結構分析表作如下：

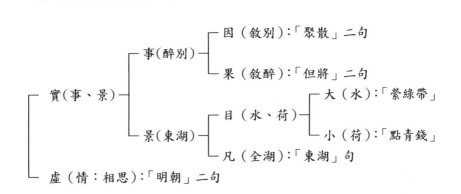

從上表可知，本詞由「實虛」、「事景」、「因果」、「凡目」與「大小」
等結構層層組織而成。如對應於「多、二、一0」結構來看，次層與次
層以下的「事景」、「因果」、「凡目」與「大小」等，皆屬輔助結構，
為「多」；首層的「先實後虛」為核心結構，是關鍵性之「二」；而一
篇之主旨「相思之情、身世之感」與「含蓄蘊藉」[60] 的風格，則是「一
（0）」。這種「多二一（0）」的表現，如配合篇章結構，可將它們的關
係呈現如下表：

59　《辛稼軒詞集導讀》（成都市：巴蜀書社，1988 年 9 月一版一刷），頁 144。
60　朱德才、薛祥生、鄧紅梅：「這首詞，……側重於抒發別情和對頻頻調動的不滿。同
　　時是用小令寫作，風格也特別含蓄蘊藉，體勢既整飭又流美。」見葉嘉瑩主編：《辛
　　棄疾詞新釋輯評》上（北京市：中國書店，2006 年 1 月一版一刷），頁 112。

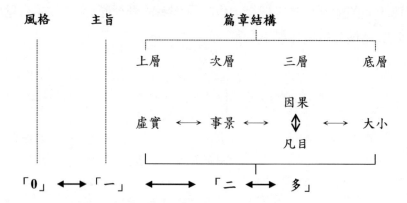

三　現代詩文之例

茲舉兩篇為例作明，以見一斑。詩如羅門的〈麥堅利堡〉：

超過偉大的
是人類對偉大已感到茫然

戰爭坐在此哭誰
它的笑聲　曾使七萬個靈魂陷落在比睡眠還深的地帶
太陽已冷　星月已冷　太平洋的浪被炮火煮開也都冷了

史密斯　威廉斯　煙花節光榮伸不出手來接你們回家
你們的名字運回故鄉　比入冬的海水還冷
在死亡的喧噪裡　你們的無救　上帝的手呢

血已把偉大的紀念沖洗了出來
戰爭都哭了　偉大它為什麼不笑

七萬朵十字花　圍成圍　排成林　繞成百合的村
在風中不動　在雨裡不動
沉默給馬尼拉海灣看　蒼白給遊客們的照相機看
史密斯　威廉斯　在死亡紊亂的鏡面上　我只想知道
　　　　　那裡是你們童幼時眼睛常去玩的地方
　　　　　那地方藏有春日的錄音帶與彩色的幻燈片

麥堅利堡　鳥都不叫了　樹葉也怕動
凡是聲音都會使這裡的靜默受擊出血
空間與空間絕緣　時間逃離鐘錶
這裡比灰暗的天地線還少說話　永恆無聲
美麗的無音房　死者的花園　活人的風景區
神來過　敬仰來過　汽車與都市也都來過
而史密斯　威廉斯　你們是不來也不去了
靜止如取下擺心的錶面　看不清歲月的臉
在日光的夜裡　星滅的晚上
你們的盲睛不分季節地睡著

睡醒了一個死不透的世界
睡熟了麥堅利堡綠得格外憂鬱的草場

死神將聖品擠滿在嘶喊的大理石上
給給昇滿的星條旗看　給不朽看　給雲看
麥堅利堡是浪花已塑成碑林的陸上太平洋
一幅悲天泣地的大浮雕　掛入死亡最黑的背景
七萬個故事焚毀於白色不安的顫慄

　　威廉斯　史密斯　當落日燒紅滿野芒果林於昏暮

　　神都將急急離去　星也落盡

　　你們是那裡也不去了

　　太平洋陰森的海底是沒有門的

　　這是首詠戰爭的作品，敘寫著麥堅利堡的故事，主要是用「先論（情←→理）後敘（景、事）」的結構寫成的。對此麥堅利堡，作者以無限的悲憫出之，是愴然、也是悵然！這是嚴肅的悲愴，是剎那，也是永恆！

　　「超過偉大的／是人類對偉大已感到茫然」，什麼是偉大呢？又是什麼讓人類對偉大感到茫然呢？那是──麥堅利堡。作者以「議論」（情←→理）開篇，承接著這段議論的，是佔著全詩絕大篇幅的「敘述」（景、事）部分。

　　在「敘述」（景、事）部分，作者採用了「凡（總提）、目（分應）、凡（總提）」的結構來統攝，亦即先總括述說、再條分敘寫、再總括述說。第一個「凡（總提）」是：「戰爭坐在此哭誰／它的笑聲　曾使七萬個靈魂陷落在比睡眠還深的地帶」，從中我們可以抽繹出兩個元素：「靈」（七萬個靈魂）與「墓」（比睡眠還深的地帶），作者緊抓住這兩者，在其後的篇幅中作了深刻的鋪寫，並且在最後五行中又一筆總收（第二個「凡（總提）」）。

　　在「目（分應）一」的部分，作者是就「靈」來寫，共有四行：「太陽已冷　星月已冷　太平洋的浪被炮火煮開也都冷了／史密斯　威廉斯　煙花節光榮伸不出手來接你們回家／你們的名字運回故鄉　比入冬的海水還冷／在死亡的喧噪裡　你們的無救　上帝的手呢」，「史密斯　威廉斯」是「七萬個靈魂」的代表，作者在此運用了「以少總多」的手法；他們的命運是如何呢？作者意欲表現出命運的慘酷，因此捕捉

住觸覺的「冷」，來作放大般的描寫，「太陽」、「星月」、「太平洋的浪」、「你們的名字」，都是多麼的冷啊！並且在末尾用一個反問句收結：「你們的無救　上帝的手呢」？真真是無語問蒼天啊！

　　接著寫「目（分應）二」，作者環繞著「墓」（亦即眼前實景）來描繪。此處動用了視覺與聽覺，而且形成了「目（分應）、凡（總提）、目（分應）」的結構：整個第四節和第五節的首四行是「目（分應）一」，前者就視覺、後者就聽覺來敘寫；而「美麗的無音房　死者的花園　活人的風景區」則是「凡（總提）」，其中以「美麗的無音房」統括起對聽覺的描寫，又以「死者的花園　活人的風景區」統括起前、後對視覺的描寫；至於第五節中幅的十一行，則又是就視覺來描摹墓園，這是「目（分應）二」。所以在「目（分應）一」視覺的部分中，主要描寫墓園的蒼白停滯，一絲生命的氣息也闇嗅不到，所謂「七萬朵十字花　圍成園　排成林　繞成百合的村／在風中不動　在雨裡不動／沉默給馬尼拉海灣看　蒼白給遊客們的照相機看」，其實就是死亡的具象化，而且「百合的村」、「遊客們的照相機」等語，是頗含「省思」意味的；而接著的三行，則是就鎖定墓園的靜寂無聲來描寫（聽覺），其中「麥堅利堡　鳥都不叫了　樹葉也怕動／凡是聲音都會使這裡的靜默受擊出血」兩行，運用了「通感」的原理，以觸覺所感來描摹聽覺所得，讓這種靜默更是深刻沁人。接著出現的就是作為「凡（總提）」的一行：「美麗的無音房　死者的花園　活人的風景區」，「美麗的無音房」即點出了無聲的死寂（聽覺），而這種無聲是「美麗」的，這種說法是多麼的反諷啊！而且「死者的花園　活人的風景區」也是同樣的諷刺，並且這種反諷是貫穿在「目（分應）一」與「目（分應）二」對視覺的描寫中的。其後的十一行是「目（分應）二」，作者先寫：「神來過　敬仰來過　汽車與都市也都來過」，唉！多麼空洞啊！所謂「神」與「敬仰」，就如同「汽車與都市」，來過又走了，就算是裝飾，也是

多麼空洞而易於凋謝的裝飾啊！然而「史密斯　威廉斯」呢？他們是「不來也不去了」，他們是睡著，然而這是一種醒不來的睡，因此最後四行點出死亡：「死神將聖品擠滿在嘶喊的大理石上／給昇滿的星條旗看　給不朽看　給雲看／麥堅利堡是浪花已塑成碑林的陸上太平洋／一幅悲天泣地的大浮雕　掛入死亡最黑的背景」，其中「昇滿的星條旗」、「不朽」，又是一個椎心的諷刺，令人省思不已。

前面的「目（分應）一」（靈）與「目（分應）二」（墓），作者都用結尾的五行作個收束：「七萬個故事焚毀於白色不安的顫慄／史密斯　威廉斯　當落日燒紅滿野芒果林於昏暮／神都將急急離去　星也落盡／你們是那裡也不去了／太平洋陰森的海底是沒有門的」，前幅收「靈」、後幅收「墓」，可說是一筆兜攬，呼應得十分嚴密；而且時間也從「白白」發展到「昏暮」，令人揣想到一切的一切都彷彿即將墜入恆久的黑夜之中，而那種悲愴的感覺，就更深刻了。

令人唱嘆啊！讓人想及篇首那偈語般的句子：「超過偉大的／是人類對偉大已感到茫然」，什麼是偉大呢？又是什麼讓人類對偉大感到茫然呢？麥堅利堡當然是偉大的，可是又讓人感到多麼茫然啊！這其中顯示的，是作者對戰爭的反省與疑問。以及對死者高度的悼念與崇敬[61]。

---

61 以上分析，見仇小屏：《世紀新詩選讀》（臺北市：萬卷樓圖書公司，2004 年 3 月初版二刷），頁 227-230。

附其結構分析表如下：

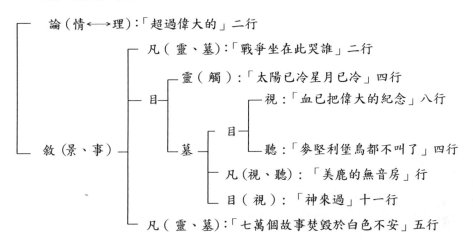

這種結構如對應「多二一（0）」螺旋結構來看，則作者在麥堅利堡，
將所見（視）、所聞（聽）與所感、所思（想），融合成其內容義旨，
這是「一」；用「先論（情、理）後敘（事、景）」的「篇」結構為核心，
來統合「凡目」（兩疊）、「並列（靈、墓）」「視、聽」的「章」結構，
以反映宇宙人生「秩序」、「變化」、「聯貫」與「統一」的規律，這是「多
←→二」；至於由此創造出「孤寂」、「蒼涼」與「蕭穆」的審美風貌，
並進行轉化、昇華，讓作者與讀者的心靈共同接受「美神」受洗的聖水
而流淚，產生審美風貌，這就是「0」。這樣，剎那即成永恆，就像作
者說的：「當『看』、『聽』、『想』運作過後，便一起交付給『前進中
的永恆』」[62]。這種「多二一（0）」的表現，如配合篇章結構，可將它
們的關係呈現如下表：

---

62 羅門：〈第三自然螺旋型架構世界藝術創作美學理念〉，《我的詩國》（臺北市：文史
哲出版社，2010 年 6 月初版），頁 23-24。

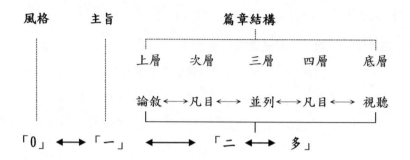

由此可見羅門〈麥堅利堡〉正是「多二一（０）」螺旋結構理論的一次成功實踐。

　　文如張騰蛟的〈溪頭的竹子〉：

　　溪頭是一簇迷人的風景，而叢聚在這裡的那些茂密的竹林，乃是風景中的風景。

　　竹子是喜歡跑到山頭去聚居的，但是我從來沒有看過像溪頭的竹子這樣的稠密，這樣的擁擠，以及這樣的具有個性。我總認為，溪頭的竹子是它們這種植物中的另一種族類，它有意跑到這片山野裡來製造風景。

　　這裡的竹子，是以占領者的姿態去盤踞著山頭。它們不僅僅是為這片山野織起了一片青翠，重要的是，它們在這裡創造了一種罕見的姿態。記得當我第一眼觸及這裡的竹林時，曾經為之愕然良久，難道竹子是在這裡進行一項爬高的比賽？每一棵竹子都在不顧一切地往上鑽挺，看起來就好像要去捕星星，摘月亮，也好像是大家一起去搶奪那片藍藍的天空。

　　我面對著這麼一群生氣勃勃的青竹，不自主地便鑽進它們的行列裡去，去親近它們，去觸及它們，看它們如何用根鬚去抓緊泥土，如何用青翠去染綠山野。當然，還有一個更重要的理由，就

是讓自己去站到一棵竹子的身邊，然後，昂起頭來向上望，看看它以一種什麼樣子的姿勢挺拔起來的；希望能從它的身上，學一點點如何才能挺拔的祕訣，如何才能昂然而立的本領。記得過去曾經在颱風過後的山林中，看到了不少的斷枝殘幹，為什麼這片竹林中沒有這種景象呢？我想，該不是颱風不來南投罷，恐怕是這些茂密的竹子，不允許它進入這片山林的。假如真是這樣，就更值得向它們學習了。

我站在竹林的邊緣，發現到這裡的竹子是很講究秩序的，它們有它們的領域，它們有它們的地盤；它們絕對不會獨個兒走向其他林木叢裡去，也不會讓其他的林木走進它的行列裡來。竹林就是竹林，純得很，除了竹子，別無其他，就是一棵野花、野草什麼的，要想在這些竹林中立足，也是很不容易的。

正因為這裡的竹子創造了它們獨特的風格，創造了它們獨特的姿態，所以，喜歡這些竹林的人是很多的，我就發現到一群群的遊人佇立在竹林的外面，用一種癡癡的眼神去凝視那些竹林的深處。我想，他們一定也是被這些竹子吸引住了。

溪頭公園的風景是夠迷人的，而這裡的竹子，和竹子所構建起來的世界，更是迷人。賞景的人群自四面八方不斷地向這裡湧來，他們來看大學池，來看神木，而其中有不少的人，是特地來看竹子的，像我就是。

　　本文寫溪頭竹子之迷人，是採「凡（總提）、目（分應）、凡（總提）」的結構寫成的。

　　它在第一段用包孕的寫作方式，先寫溪頭公園整個風景之迷人，再縮寫到竹林風景之迷人，拈出「迷人」二字作為綱領，以單軌貫穿全文。這是「凡」（總提）的部分。在第二、三段，從竹子本身如何「迷」

人這一面，交代了溪頭的竹子所以迷人的原因。在此，先於第二段寫竹子因「稠密」而「製造風景」；再在第三段寫竹子因「鑽挺」而使人「為之愕然」（著迷的另一說法）；這是「目（分應）一」的部分。在第四、五、六等段，從人對竹子入迷這一面，由淺而深地交代了溪頭的竹子「迷人」的結果。在此，先於第四、五段，寫人們對它的親近與欣賞，看它如何抓緊泥土、如何染綠山野、如何挺拔姿勢、如何保持茂密，及如何講究秩序，以回應第二、三段，並加以擴大，以見竹子所以迷人之處；然後在第六段，寫人們對它的喜愛；這是「目（分應）二」的部分。在末段，則採由因而果的形式來寫。它先寫竹子的迷人，再寫人對它的欣賞、喜愛，以回抱前文作結，這分明又是「凡」（總提）的部分。

　　縱觀此文，先寫竹子的迷人，再寫它迷人的原因與結果，然後又回到「迷人」上來收拾全文，使首尾圓合無間，這顯然是採由「凡（總提）、目（分應）、凡（總提）」的結構寫成的。

　　其結構分析表如下：

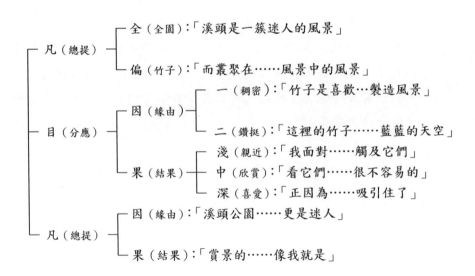

可見此文以上層的「凡（總提）、目（分應）、凡（總提）」結構來統攝底下面兩層「先全後偏」、「先因後果」（兩疊）、「並列（先一後二）」、「先淺後深」等結構，而此上層結構，是以「變化邏輯」加以呈現的。如對應於「多、二、一（0）」結構來看，次層之「偏全」、「因果」（兩疊）與底層之「並列」與「淺深」，是屬於「多」；上層之「凡目」為核心結構，為關鍵性之「二」；而一篇之主旨「溪投竹子的迷人」與剛柔互濟之風格，則是「一（0）」。這種「多二一（0）」的表現，如配合篇章結構，可將它們的關係呈現如下表：

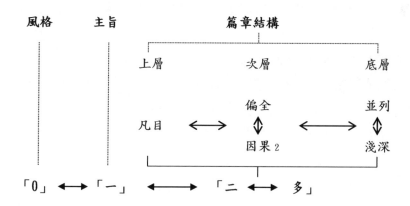

第五節　美學詮釋

　　要深入了解章法現象，以呈現其整體內容，除了須探討其哲學源頭外，也有結合其心理基礎，進一步探析其美感效果的必要。由於章法所講求的是邏輯思維，是「二元對待」，而「二元對待」的結構（含章法單元與結構單元）所形成之節奏（局部）和韻律（整體），是最容易感動人的。宗白華在其《藝術學》中說：「有謂節奏為生理、心理的根本

感覺，因人之生理，均兩兩相對，故於對稱形體，最易感入。」[63] 說的就是這個道理。而李澤厚也在其《美學四講》中說：「（審美注意）長久地停留在對象的形式結構本身，並從而發展其心理功能如情感、想像的滲入活動。因之其特點就在各種心理因素傾注在、集中在對象形式本身，從而充分感受形式。線條、形狀、色彩、聲音、時間、空間、節奏、韻律、變化、平衡、統一、和諧或不和諧等形式、結構的方面，便得到了充分的『注意』。讓感覺本身充分地享受對對象形式方面的這些東西，並把主觀方面的各種心理因素如感情、想像、意念、願望、期待等等，自覺或不自覺地投入其中。」[64] 這雖然是針對造型藝術來說，卻一樣適用於章法結構與規律之上，其中所謂「時間、空間、節奏、韻律」，便涉及到章法結構，而「變化、平衡、統一、和諧」，則涉及到章法的四大律（秩序、變化、聯貫、統一）。

　　既然章法結構或規律，是容易引起人之「審美注意」的，那就必然也可容易地獲得美感效果。邱明正在其《審美心理學》中說：「在這（審美心理活動）一過程中，主體通過求同、求異性探究，把握對象審美特性，使主客體之間、主體審美心理要素之間的矛盾、差異達於和諧、統一，獲得美感；或保持主客體的差異、矛盾、對立，以確保自己審美、創造美的獨立性、自主性和獨特個性。這一過程，是一種有著內在節奏的的有序運動的過程。」[65] 經過這種「有著內在節奏的的有序運動的過程」，人（主體）之對於章法（客體），自然可以「獲得美感」。如以其「多」、「二」、「一0」的結構而言，就可以獲得如下之美感效果：

63　《宗白華全集》1（合肥市：安徽教育出版社，1994 年 12 月一版二刷），頁 506。

64　《美學四講》（天津市：天津社會科學院出版社，2001 年 11 月一版一刷），頁 158-159。

65　《審美心理學》（上海市：復旦大學出版社，1993 年 4 月一版一刷），頁 92。

一　「多」的美感效果

　　所謂的「多」，就是「多樣」。歐陽周、顧建華、宋凡聖等在其《美學新編》中說：

　　　　所謂「多樣」，是指整體中所包含的各個部分在形式的區別和差異性，前面所舉各種法則（整齊一律、對稱與均衡、比例與尺度、節奏與韻律）都包含在這一總的形式美總法則中，成為其一個組成部分或一個側面。[66]

這種「多樣」，對章法而言，凡是主結構以外的各個局部性結構，都在它的範圍內。其中的每一章法或結構單元，無論是順或逆、調和性或對比性，都可以因為「移位」（章法單元如「由正而反」、結構單元如由「先賓後主」而「先凡後目」）或「轉位」（章法單元如「正、反、正」、結構單元如由「先賓後主」而「先主後賓」），而產生變化，形成節奏與秩序。所以對應於章法四大律，「多」就是指「產生變化，形成節奏與秩序」的多種結構，而可由此獲得「秩序美」與「變化美」。

　　一般說來，「秩序」是由形式之「齊一」或「反復」而呈現。陳雪帆（望道）在其《美學概論》中說：

　　　　形式中最簡單的，是反復（Repetition）。反復就是重複，也就是同一事物的層見疊出。如從其他的構成材料而言，其實就是齊一。所以反復的法則同時又可稱為齊一（Uniformity）的法則。這種齊一或反復的法則，原本只是一個極簡單的形式，但頗可以

66　《美學新編》，頁 80。

隨處用它，以取得一種簡純的快感。[67]

對這種「反復」或「齊一」，歐陽周、顧建華、宋凡聖等在其《美學新編》中則稱為「整齊一律」，結合「節奏與秩序」，作了如下說明：

> 又稱單純一致、齊一、整一，是一種最常見、最簡單的形式美。它是單一、純淨、重複的，不包含差異或對立的因素，給人一種秩序感。顏色、形體、聲音的一致或重複，就會形成整齊一律的美。農民插秧，株距相等，橫直成行；建築物採用同樣的規格，長短高矮相同，門窗排列劃一；在軍事檢閱中，戰士們排成一個個人數相等的方陣，戰士的身材、服裝、步伐、敬禮的動作、歡呼的口號聲完全一致，都表現了一種整齊一律的美。我們常見的二方或多方連續的花邊圖案，在反復中體現出一定的節奏感，也屬於齊一的美。這種形式美給人一種質樸、純淨、明潔和清新的感受。[68]

可見「多」（多樣），是會因其形式之「齊一」或「反復」而形成簡單「節奏」，而「給人一種秩序感」的。

　　至於「變化」，乃一種動力作用不已之結果，也是形成「多樣」的根本原因。《周易‧繫辭上》說：「剛柔相推而生變化。……變化者，進退之象也。」而〈繫辭下〉又說：「易，窮則變，變則通，通則久。」可見「窮」是變化的條件，而變化又與象不可分割。對此，陳望衡在其《中國古典美學史》中闡釋說：

67　《美學概論》（臺北市：文鏡文化事業公司，1984 年 12 月重排初版），頁 61-62。
68　《美學新編》，頁 76。

《周易》的這些關於變的觀念對中國文化包括中國美學影響深遠。……「象」最大的功能就是能變。……「變」既是空間性的，表現為物體位置的變異；又是時間性的，表現為時光的線性流程。〈繫辭上傳〉云：「法象莫大乎天地，變通莫大乎四時。」最大的象是天地，最大的變通應是春下秋冬四時的更迭。這實際上是提出，我們視察事物應該有兩種相交叉：空間的─天地（自然、社會）；時間的──四時（歷史）。[69]

既然「變化」是時、空交叉的，而章法又離不開時空，所以這種「變化」的觀點，用於章法，不但可以解釋章法或結構單元之「移位」（齊一、反復）與「轉位」（往復）與時空交叉之關係，也可以和人之心理緊密地接軌。陳雪帆（望道）在其《美學概論》中說：

人類心理卻都愛好富於變化的刺激，大抵喚取意識須變化，保持意識的覺醒狀態也是需要變化的。若刺激過於齊一無變化，意識對它便將有了滯鈍、停息的傾向。在意識的這一根本性質上，反復的形式實有顯然的弱點。反復到底不外是同一（縱非嚴格的同一，也是異常的近似）狀態之齊一地刺激著我們的事。反復過度，意識對於本刺激也便逐漸滯鈍停息起來，移向那有變化有起伏的別一刺激去的趨勢。[70]

而「變化」是會形成較複雜之「節奏」的，歐陽周、顧建華、宋凡聖等在其《美學新編》中就針對由「變化」所引生的「節奏」，加以解釋說：

---

[69] 《中國古典美學史》，頁 188。
[70] 《美學概論》，頁 63-64。

　　節奏是一種連續的合規律的週期性變化的運動形式。郭沫若說：
「把心臟的鼓動和肺臟的呼吸，認為節奏的起源，我覺得很鞭辟
近裡了。」是有道理的。世界上沒有一樣事物是沒有節奏的：日
出日沒，月圓月缺，寒往暑來，四時代序，這是時間變化上的節
奏；日作夜眠，起居有序，有勞有逸，這是人們日常生活上的節
奏；人體的呼吸、脈搏、情緒乃至思維，都像生物鐘一樣，是一
種有節奏的生命過程。當外在環境的節奏與人的機體的律動相協
調時，人的生理就會感到快適，並引起心理上的喜悅。[71]

可見時空或生活變化，甚至生命過程，都會引起「節奏」，與人之生理
律動相協調，產生「心理上的喜悅」。而這種由「變化」、「節奏」所引
起的「心理上的喜悅」，說的正是美感效果。

　　由上述可知，章法之「多樣」美，是由其結構之「秩序」（順或逆）
與「變化」（順與逆），引生時間或空間性之節奏而呈現的。

二　「二」的美感效果

　　所謂的「二」，是「陰」（柔）與「陽」（剛）。由於事事物物，都
可形成「二元對待」，而分陰分陽。因此陰陽可說是層層對待，且一直
互動、循環的。就以章法單元或結構單元而言，除了本身自成陰陽之
外，又可以其他結構形成「二元對待」，而形成另一層陰陽。其中屬於
陰性的，便成調和性結構，而造成陰柔之美；屬於陽性的，則成對比性
結構，而造成陽剛之美。陳雪帆（望道）於其《美學概論》裡說：

　　　　兩個極相接近的東西並列在一處，其間相差很微，便多成為調和

71　《美學新編》，頁 78-79。

（Harmony）的形式。兩個極不相同的東西並列在一處，其間相去很遠，便多成為對比（Contrast）的形式。例如從正黑色，漸次淡薄到正白色的一列中，取正黑色和其次的但黑色相並列時就是調和；取兩端的黑白兩色相並列時就是對比。……凡是調和的兩件東西，總是互相類似的，並無甚麼觸目的變化。所以接觸到它時，也就每每覺得它有融洽、優美、鎮靜、深沉等情趣。……對比的形式，因為變化極明顯，每每帶有華美、鮮活、健強及闊達等情趣，與調和所隨有的情調，差不多相反。[72]

他用顏色為例來說明，很能凸顯「調和」與「對比」的不同，而由此所引生的「情趣」，又以「融洽、優美、鎮靜、深沉」與「華美、鮮活、健強及闊達」加以區別，也很能分出「陰柔之美」與「陽剛之美」之差異來。而歐陽周、顧建華、宋凡聖等在其《美學新編》中，也對這種「調和」與「對比」因素之造成及其所引生之美，提出如下說明：

對比，指的是具有顯著差異的形式因素的對立統一。如色彩的濃與淡、冷與暖，光線的明與暗，線條的粗和細、直與曲，體積的大與小，體量的重與輕，聲音的長與短、強與弱等，有規則地組合排列，就會相互對照、比較，形成變化，又相互映襯、協調一致。這種對立因素的統一，可收到相反相成、相得益彰的效果。色彩學上的對比色就是這個道理。如紅與綠互為補色，可產生強烈的色對比和反差。「桃紅柳綠」、「紅花綠葉」、「紅肥綠瘦」、「萬綠叢中一點紅」等，使人感到特別鮮明、醒目，富有動感。所以民間有俗話說：「紅配綠，花簇簇」，「紅間綠，看不足」。

---

72 《美學概論》，頁 70-72。

由對立因素的統一造成的形式美，一般屬於陽剛之美。調和，指的是沒有顯著差異的形式因素之間的對立統一。它只有量的區別，是一種漸變的協調，並不構成強烈的對比。如果說，對比是差異中趨向於「異」，那麼，調和則是在差異中趨向於「同」。以色彩為例，紅與橙、橙與黃、黃與綠、綠與藍、藍與青、青與紫、紫與紅，都是相似色，在同一色中又有濃淡、深淺的層次變化，如綠有深綠、淺綠、暗綠、墨綠、嫩綠、翠綠、碧綠等。這種相似或相近的顏色相互配合協調，在變化中保持大體一致，就會給人一種融和、寧靜的感覺。……由非對立因素的統一造成的形式美，一般屬於陰柔美。[73]

他們不但把事物「調和」與「對比」之差異與各自所造成的美感，都說明得很清楚，也把「調和」一般屬於「陰柔美」、「對比」一般屬於「陽剛美」的不同，明白地指出來[74]，有助於了解「陰柔美」與「陽剛美」產生的一般原因。

三　「一（0）」的美感效果

　　所謂的「一（0）」，籠統地說，就是「統一」，也可說是「和諧」。這是統括「多」與「二」所獲致的結果，如就章法來說，則是聯結在時、空結構中，由「反復」（秩序）與「往復」（變化）所引起之「節奏」、「調和」與「對比」所呈顯之「剛柔」（陰陽），以串成整體「韻律」、突出情理（主旨）、形成風格、氣象，而達於「和諧」的一個境界。而這種「統一」或「和諧」，可以從「形式原理」方面來探討。陳雪帆（望道）

73　《美學新編》，頁 81。
74　仇小屛：《古典詩詞時空設計之研究》（臺北市：文津出版社，2002 年 12 月初版一刷），頁 323-331。

在其《美學概論》裡說：

> 所謂形式原理，就是繁多的統一。我們對於美的形式，雖不一定
> 其如此如彼，只是四分五裂、雜亂無章，總覺得是與審美的心情
> 不合的。所以第一，「統一」實為對象所不可不具的一個要質。
> 而且它所統一的又該不只是簡單的一、二個要素。如只是一、二
> 個要素，則統一固易成就，卻頗不免使人覺得單調。所以第二，
> 繁多又為對象所不可不具的一個要質。我們覺得美的對象最好一
> 面有著鮮明的統一，同時構成它的要素又是異常的繁多。卻又不
> 是甚麼統一與否定了統一的繁多相並列，而是統一即現在繁多的
> 要素之中的。如此，則所謂有機的統一就成立。能夠「統一為繁
> 多的統一，而繁多又為統一的分化」。既沒有統一的流弊的單調
> 板滯，也沒有繁多的流弊的厭煩與雜亂。所以古來所公認的形式
> 原理，就是所謂繁多的統一（Unity in Variety），或譯為多樣的
> 統一，亦稱變化的統一。[75]

所謂「統一為繁多的統一，而繁多又為統一的分化」，將「多」與「一
（○）」不可分的關係，說得很明白。而這「多」與「一（○）」，是要徹
下徹上的「二」來作橋樑的。對這「多樣的統一」，歐陽周、顧建華、
宋凡聖等在其《美學新編》裡，也加以闡釋說：

> 所謂統一，是指各個部分在形式上的某些共同特徵以及它們之間
> 的某種關聯、呼應、襯托、協調的關係，也就是說，各個部分都
> 要服從整體的要求，為整體的和諧、一致服務。有多樣而無統

---

[75] 《美學概論》，頁 77-78。

一，就會使人感到支離破碎、雜亂無章、缺乏整體感；有統一而無多樣，又會使人感到刻板、單調和乏味，美感也難以持久。而在多樣與統一中，同中有異，異中求同，寓「多」於「一」，「一」中見「多」，雜而不越，違而不犯；既不為「一」而排斥「多」，也不為「多」而捨棄「一」；而是把兩個對立方面有機結合起來，這樣從多樣中求統一，從統一中見多樣，追求「不齊之齊」、「無秩序之秩序」，就能造成高度的形式美。……多樣與統一，一般表現為兩種基本型態：一是對比，二是調和。……無論對比還是調和，其本身都要要求在統一中有變化，在變化中求統一，把兩者巧妙地結合在一起，就能顯示出多樣與統一的美來。[76]

可見「一（0）」與「多」也形成了「二元對待」，有機地結合在一起。也就是說，「一（0）」之美，需要奠基在「多」之上；而「多」之美，也必須仰仗「一（0）」來整合。在此，最值得注意的是，歐陽周他們特將這種屬於「二元對待」的「調和」（陰）與「對比」（陽），結合「多」（多樣）與「一（0）」（統一）作說明，凸顯出「二」（「調和」（陰）與「對比」（陽））徹下徹上的居間作用。這對章法「多、二、一（0）」結構及其所產生美感方面的認識而言，有相當大的幫助。

　　而這個「一」中的（0），簡單地說，在辭章中指的是風格、韻味、氣象、境界等辭章之抽象力量。這些抽象力量，是與「剛」（對比）、「柔」（調和）息息相關的。就以風格而言，即可用「「剛」（對比）、「柔」（調和）」來概括。關於這點，姚鼐在其〈復魯絜非書〉中就已提出，大致是「姚鼐把各種不同風格的稱謂，作了高度的概括，概括為陽剛、陰柔兩大類。像雄渾、勁健、豪放、壯麗等都可歸入陽剛類；含蓄、委

76　《美學新編》，頁 80-81。

曲，淡雅、高遠、飄逸等都可歸入陰柔類。就這兩類看，認為『為文者
之性情形狀舉以殊焉』」，性情指作者的性格，跟陽剛、陰柔有關；形
狀指作品的文辭，跟陽剛、陰柔有關。又指出這兩者『糅而氣有多寡進
絀』，即陽剛和陰柔可以混雜，在混雜中，陰陽之氣可以有的多有的
少，有的消，有的長，這就造成風格的各種變化」[77]。據此，則陽剛
（對比）和陰柔（調和），不但與風格有關，而為各種風格之母；也一
樣與作者性情與作品文辭有關，而為韻味、氣象、境界等的決定因素。

　　對這種道理，吳功正在其《中國文學美學》裡，以美學的觀點，從
「陰陽」這一範疇切入說：

> 由一個最簡括的範疇方式：陰陽，繁孳衍化出正多的美學範疇：
> 言與意、情與景、文與質、濃與淡、奇與正、虛與實、真與假、
> 巧與拙等等，顯示出中國美學的一個顯著特徵：擴散型；又顯示
> 出中國美學的另一個顯著特徵：本源不變性。這兩個特徵的組
> 合，便顯示出中國美學在機制上的特性。如劉勰的《文心雕龍》
> 就以此作為理論的結構框架。關於審美的主客體關係，劉勰認
> 為，心（主體）「隨物以宛轉」，物（客體）「與心而徘徊」。關
> 於情與物的關係：「情以物興，故義必明雅；物以情觀，故詞必
> 巧麗」。其他關於文質、情文、通變等範疇和問題，也都是兩兩
> 對舉，都有著陰陽二元的基本因子的構成模式。[78]

在此，他提出了兩個重要觀點：一是指出心（情）與物、文與質、情與

---

[77] 周振甫：《文學風格例話》（上海市：上海教育出版社，1989 年 7 月一版一刷），頁
　　13。

[78] 《中國文學美學》下卷（南京市：江蘇教育出版社，2001 年 9 月一版一刷），頁 785-
　　786。

文、通與變等等範疇，都與「陰陽二元」有關。二為「陰陽二元」的特徵，既是「擴散」（徹下）的，也是「本源不變」（徹上）的。也正由於「陰陽二元」，是諸多範疇構成的基本因子，有著擴散（徹下）、本源不變（徹上）的特徵，所以既能繁衍為「多」，也能歸本於「一（0）」。由此可知，陽剛（對比）和陰柔（調和）之重要，因而也凸顯了「二」（陽剛、陰柔）在「多」、「一（0）」之間不可或缺的地位。

　　這樣看來，這（0）之美，是統合了「多」、「二」、「一」所形成的；而「多」、「二」、「一」之美，則依歸了（0）所呈現的，這就說明了此種「多、二、一（0）」結構美之一體性。

　　經由上述，可以看出「多、二、一（0）」結構的普遍性，它不但是屬於哲學、美學的，也是屬於文學的。而落於辭章的章法上，則既適用於解釋章法之四大律：「秩序」（移位）與「變化」（轉位）為「多」、「聯貫」（由剛柔形成調和與對比，以徹下徹上）為「二」、「統一」（主旨與風格、韻味、氣象、境界等）為「一（0）」；而章法及其結構，也由於它們是一律由「二元對待」所形成的，非屬於「調和」（陰柔），即屬於「對比」（陽剛），可徹下徹上，是為「二」，而以核心結構以外之結構為「多」、統合全文之主旨與所形成之整體風格、韻味、氣象、境界等為「一（0）」；所以也一樣適用而無所牴觸。這些都可從所舉散文或詩詞的諸多例子中，獲得充分之證明。而由此「異」中求「同」，特用「多、二、一（0）」的結構加以貫串，嘗試著將哲學、美學、文學等冶為一爐，以見「天下一致而百慮，殊途而同歸」（《周易·繫辭下》）的道理；尤其是特地從多樣的「二元對待」中提煉出「剛柔（陰陽、仁義）」[79]來統合，在「多樣」與「統一」之間，搭起一座「二」（二

79　《周易·說卦傳》：「昔者聖人之作易也，將以順性命之理，立天之道曰陰與陽，立地之道曰剛與柔，立人之道曰仁與義。兼三才而兩之，故易六畫而成卦，分陰分陽，迭用剛柔，故易六位而成章。」見李鼎祚：《周易集解》，頁404-405。

元對待─剛柔、陰陽、仁義）以徹下徹上的橋樑，來發揮居間收、散之樞紐作用，開拓了一些「有理可說」的空間，這對文學、美學與哲學的研究而言，是會有相當參考價值的。

第五章
章法結構與篇章義旨

摘要

自古以來，大家都認為一篇辭章，首重其「內容」，而其「形式」是次要的；這雖是正確的看法，卻隱藏有相當大的後遺症，即只重「內容」，而忽略了對「形式」之重視與研究。本章有鑑於此，便特別鎖定辭章中的「章法結構」與「篇章義旨」二者，兼顧理論與實際，進行探討，辨明它們是「內容的形式」與「內容的內容」的關係，以見兩者是彼此依存，不可分割的。

關鍵詞：章法結構、內容的形式、篇章義旨、內容的內容

　　辭章是離不開內容與形式的，而以此為研究對象的，便稱之為「辭章學」。雖然張志公以為它「可以說是一門富有民族特點的探討語言藝術的學問」（〈談「辭章之學」〉）[1]，看來似乎只限於探討辭章的藝術形式，而把它的內容撇開了，但是內容必須靠形式來呈現，而形式又得依賴內容來支撐，因此就一篇辭章來說，內容與形式是交互依存，不能分開的。本章即著眼於此，探討「章法結構」與「篇章義旨」，試著辨明兩者是交互依存的「內容的形式」與「內容的內容」之關係。

第一節　相關理論

　　整體來看，辭章是結合「形象思維」、「邏輯思維」[2] 與「綜合思維」而形成的。這三種思維，各有所主。如果是將一篇辭章所要表達之「情」或「理」（意），訴諸各種偏於主觀之聯想、想像，和所選取之「景（物）」或「事」（象）接合在一起[3]，或者是專就個別之「情」、「理」（意）、「景（物）」、「事」（象）等材料本身設計其表現技巧的，皆屬「形象思維」（運用典型的藝術形象來顯示各種事物的特質）；這涉及了「取材」與「措詞」等「意象形成、表現」的問題，而主要以此為研究對象的，就是意象學、詞彙學與修辭學等。如果是專就「景（物）」或「事」（象）等各種材料，對應於自然規律，結合「情」與「理」（意），訴諸偏於客觀之聯想、想像，按秩序、變化、聯貫與統一之原則，前後加以安排、布置，以成條理的，皆屬「邏輯思維」（用抽象概念來顯示各種

---

[1]　鄭頤壽：〈辭章學研究的回顧與前瞻〉，澳門：《澳門語言學刊》22、23 期（2003 年 10 月），頁 50。

[2]　吳應天：《文章結構學》（北京市：中國人民大學出版社，1989 年 8 月一版三刷），頁 345。

[3]　彭漪漣：《古典詩詞邏輯趣談》（上海市：上海人民出版社，2001 年 9 月一版一刷），頁 13。

事物的組織）；這涉及了「布局」與「構詞」等「意象組織」的問題，
而主要以此為研究對象的，就字句言，即文（語）法學；就篇章言，就
是章法學。至於合「形象思維」與「邏輯思維」而為一，探討其整個體
性[4] 的，則為「綜合思維」，這涉及了「立意」、「確立體性」等「意象
統合」的問題，而主要以此為研究對象的，為主題學、風格學等。而以
此整體或個別為對象加以研究的，則統稱為辭章學或文章學[5]。其關係
可呈現如下圖：

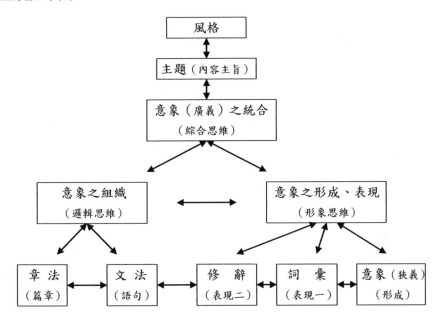

這些內涵，如就逆向之邏輯結構來說，首先是由「個別意象」、「詞
彙」、「修辭」、「文（語）法」、與「章法」等所呈現之藝術形式（善）；

4　陳望道：「語文的體式很多，……表現上的分類，就是《文心雕龍》所謂的『體性』
　　的分類，如分為簡約、繁豐、剛健、柔婉、平淡、絢爛、謹嚴、疏放之類。」見《修
　　辭學發凡》（香港：大光出版社，1961 年 2 月版），頁 250。
5　陳滿銘：〈意象「多」、「二」、「一（0）」螺旋結構論──以哲學、文學、美學作對
　　應考察〉，《濟南大學學報‧社會科學版》17 卷 3 期（2007 年 5 月），頁 47-53。

其間藉「形象思維」（陰柔）與「邏輯思維」（陽剛），來產生徹下徹上
之中介作用；然後是藉「綜合思維」所凸顯出來的「整體意象」（含主
題、主旨）與「風格」等，這涉及了「修辭立其誠」《易·乾》之「誠」
（真）與篇章有機整體之「美」，乃辭章之核心所在[6]；而這些都是辭章
研究之成果，是不宜輕忽的。

　　就在此系統中，「章法結構」與「篇章義旨」居於相當重要之地位。
其中「篇章邏輯」涉及「章法結構」、「篇章義旨」涉及「主題」（材料
與主旨）[7]。

　　以「篇章義旨」而言，指的是辭章中的情、理、事、景（物），其
中情與理為「意」，屬核心成分；事與景（物）乃「象」，為外圍成分。
而此情、理與事、景（物）之辭章內容成分，就其情、理而言，是
「意」；就其事、景（物）而言，是「象」。由於核心成分之「情」或
「理」，是一篇之主旨所在，亦即作者所要表達的思想情意，乃合形象
思維與邏輯思維為一而成，涉及整體意象。而所謂外圍成分，是以事語
或景（物）語來表出的。也就是說，形成外圍結構的，不外「物」材與
「事」材而已。先就「物」之材來說，凡是存於天地宇宙之間的實物或
東西都可以成為文章的材料。以較大的物類而言，如天（空）、地、
人、日、月、星、山（陸）、水（川、江、河）、雲、風、雨、煙、嵐、

6　陳滿銘：〈論「真」、「善」、「美」的螺旋結構——以章法「多」、「二」、「一（0）」
　　結構作對應考察〉，臺灣師大《中國學術年刊》27 期春季號（2005 年 3 月），頁 151-
　　188。

7　陳鵬翔：「主題學是比較文學中的一部門（a field of study），而普通一般主題研究
　　（thematic studies）則是任何文學作品許多層面中一個層面的研究；主題學探索的是
　　相同主題（包套語、意象和母題等）在不同時代以及不同作家手中的處理，據以了
　　解時代的特徵和作家的『用意意圖』（intention），而一般的主題研究探討的是個別主
　　題的呈現。」見《主題學理論與實踐》（臺北市：萬卷樓圖書公司，2001 年 5 月初
　　版），頁 238。據此，「主題」包含了「套語」、「意象」和「母題」等，如果單就一
　　篇辭章，亦即「個別主題的呈現」來說，指的主要是「情」，「理」、「景（物）」、「事」
　　等，亦即「內容義旨」。

花、草、竹、木（樹）、泉、石……等就是；以個別的對象而言，如桃、杏、梅、柳、菊、蘭、蓮、茶、鶴、雁、鶯、蟬、馬、猿、笛、笙、琴、瑟、琵琶、船、旗、轎……等就是。這些「物」材可說無奇不有，不可勝數。再就「事」材來說，凡是發生在天地宇宙之間的事情都可以成為文章的材料。以抽象的事類而言，如出入、聚散、逢別、迎送、仕隱、悲喜、苦樂、歌舞、來往、醒醉，甚至入夢、弔古、傷今、閒居、出遊、感時、恨別……等就是；以具體的事件而言，如乘船、折荷、讀書、醉酒、離鄉、還家、遊山、落淚、彈箏、倚杖、聽蟬……等就是。這些事材，可說俯拾皆是，多得數也數不清。作者通常都用具體的事件來寫，卻在無形中可由抽象的事類予以統括。以上所舉的「物材」，主要用於寫「景（物）」；而「事材」則主要用於敘「事」。所敘寫的無論是「景（物）」或「事」，皆各自有其表現之「意象」（個別）。這樣由個別（章）而整體（篇），便使核心成分與外圍成分融成一體，而形成篇章之「篇章義旨」了。

以「章法結構」而言，乃建立於「二元對待」之基礎上[8]，探討的是篇章「內容義旨」的邏輯結構，也就是聯句成節（句群）、聯節成段、聯段成篇的關於內容義旨之一種組織。對它的注意，雖然極早，但集樹而成林，確定它的範圍、內容及原則，形成體系，而成為一個學門，則是晚近之事[9]。到了現在，可以掌握得相當清楚的章法類型，約有四十

8　陳滿銘：〈論章法結構之方法論系統〉，《肇慶學院學報》總95期（2009年1月），頁33-37。

9　鄭頤壽：「臺灣建立了「辭章章法學」的新學科，成果豐碩，代表作是臺灣師大博士生導師陳滿銘教授的《章法學新裁》及其高足仇小屏、陳佳君等的一系列著作。……臺灣的辭章章法學體系完整、科學，已經具備成『學』的資格。」見〈中華文化沃土，辭章學圃奇葩——讀陳滿銘《章法學新裁》及其相關著作〉，《海峽兩岸中華傳統文化與現代化研討會文集》（蘇州市：「海峽兩岸中華傳統文化與現代化研討會」，2002年5月），頁131-139。又王希杰：「章法學是一門實用性很強的學問，也有極高的學術價值。它同文章學、修辭學、語用學、文藝學、美學、邏輯學等都具有密切關

種，如今昔法、久暫法、遠近法、內外法、左右法、高低法、大小法、視角變換法、時空交錯法、狀態變換法、知覺轉換法、本末法、淺深法、因果法、眾寡法、並列法、情景法、論敘法、泛具法、空間的虛實法、時間的虛實法、假設與事實法、凡目法、詳略法、賓主法、正反法、立破法、抑揚法、問答法、平側法、縱收法、張弛法、插敘法、補敘法、偏全法、點染法、天人法、圖底法、敲擊法等[10]。這些章法，全出自於人類共通的理則，由邏輯思維形成，都具有形成秩序、變化、聯貫，以更進一層達於統一的功能。而這所謂的「秩序」、「變化」、「聯貫」、「統一」，便是章法的四大規律。其中「秩序」、「變化」與「聯貫」三者，主要是就材料之運用來說的，重在分析；而「統一」，則主要是就情意之表出來說的，重在通貫。這樣兼顧局部的分析與整體的通貫，來牢籠各種章法，是十分周全的[11]。

　　經此探討，可看出「章法結構」與「篇章義旨」兩者關係之密切與它們在辭章中的重要地位。

第二節　互動類型

　　在此分「角度轉換」、「潛顯映襯」、「縱橫疊合」與「篇章呼應」等四層面加以探討，以見其主要類型：

係。章法學已經初步形成了一門科學。陳滿銘教授初步建立了科學的章法學體系。」見〈章法學門外閒談〉，《平頂山師專學報》18 卷 3 期（2003 年 6 月），頁 53-54。

10 陳滿銘：〈談辭章章法的主要內容〉，《章法學新裁》（臺北市：萬卷樓圖書公司，2001 年 1 月初版），頁 319-360。又見〈論幾種特殊的章法〉，臺灣師大《國文學報》31 期（2002 年 6 月），頁 193-222。另見仇小屏：《文章章法論》（臺北市：萬卷樓圖書公司，1998 年 11 月初版），頁 1-510。

11 見陳滿銘：《章法學綜論》（臺北市：萬卷樓圖書公司，2003 年 6 月初版），頁 17-58。

一 角度轉換

分析一篇辭章的章法結構，就現階段來說，由於沒有絕對的是非可言，而必須從不同角度切入，看看哪一種角度最足以呈現它內容與形式的特色，所以掌握角度之轉換，便成為分析章法結構成敗的關鍵所在[12]，直接或間接影響「篇章義旨」之呈現。如劉禹錫的〈陋室銘〉：

> 山不在高，有仙則名；水不在深，有龍則靈；斯是陋室，惟吾德馨。苔痕上階綠，草色入簾青。談笑有鴻儒，往來無白丁。可以調素琴，閱金經。無絲竹之亂耳，無案牘之勞形。南陽諸葛廬，西蜀子雲亭。孔子云：「何陋之有？」

此文若從「敘論」的角度切入，則篇首至「無案牘之勞形」止，為「敘」的部分；「南陽諸葛廬」四句，是「論」的部分。其結構分析表為：

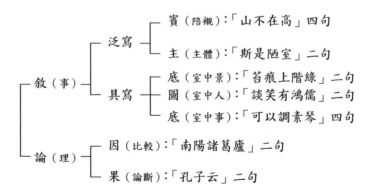

12 陳滿銘：〈談篇章結構分析的切入角度〉，《國文天地》15 卷 8 期（2000 年 1 月），頁 89-94。

這樣切入，確實可以凸顯「何陋之有」的意思，卻埋沒了「惟吾德馨」的一篇主旨；因此從這個角度切入，是仍有它不足之處的。而如果從「凡目」切入，則剛好可彌補這個缺陷。其中「山不在高」六句，屬頭一個「凡」，乃用「先賓後主」、「先反後正」的結構，由「山」、「水」說到「室」，十分技巧地引用《左傳》中〈宮之奇諫假道於虞以伐虢〉一文所謂「惟德是馨」句，扣到自己身上，凸顯一個「德」字來貫穿全文。而「苔痕上階綠」八句，則屬「目」的部分，依次以「苔痕」二句寫室中景、「談笑」二句寫室中人、「可以調」四句寫室中事，將自己在「陋室」中安然自適之樂充分地表達出來。至於「南陽諸葛廬」四句，乃屬後一個「凡」，以「先因後果」之結構，透過事典與語典之使用，作一番頌揚，暗含「君子居之」的意思，回報頭「凡」之「德」字收結。其結構分析表為：

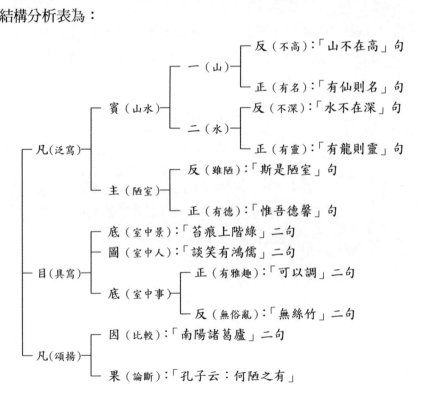

如此使前一個「凡」（總括）的「惟吾德馨」與後一個「凡」所含「君子居之」的意思作了完密的照應[13]，當然會比以「敘論」切入的好得多。

又如岳飛的〈滿江紅〉詞：

怒髮衝冠，憑闌處、瀟瀟雨歇。抬望眼、仰天長嘯，壯懷激烈。三十功名塵與土，八千里路雲和月。莫等閒、白了少年頭，空悲切。　　靖康恥，猶未雪。臣子恨，何時滅。駕長車、踏破賀蘭山缺。壯志饑餐胡虜肉，笑談渴飲匈奴血。待從頭、收拾舊山河，朝天闕。

這首詞由於主旨「臣子恨，何時滅」出現在篇腹，大可以用「凡目」的角度切入，看成是採「目、凡、目」的結構所寫成的作品。其結構分析表為：

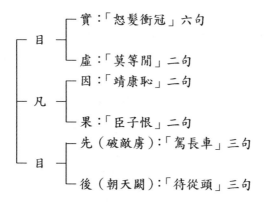

如此切入，當然很容易掌握主旨，但假設與事實卻無法分清，因為透過假設、伸向未來的部分，除了「莫等閒」二句外，尚有「駕長車」五句；

13　陳滿銘：《文章結構分析》（臺北市：萬卷樓圖書公司，1999 年 5 月初版），頁 65。

而此七句卻被「凡」的部分割裂了，以致無法看出它們之間的密切關係。

　　如果要看清這種關係，則必須從「虛實」（時間）的角度切入，用「先實後虛」的結構來呈現。其開端四句，藉憑闌所見「瀟瀟雨歇」的外在景致與當時「怒髮衝冠」、「仰天長嘯」的本身形態，以具寫壯懷之激烈。「三十」兩句，由果而因，就過去，分敘「壯懷激烈」的頭一個原因在於征戰南北，勛業未成。「莫等閒」兩句，承上兩句，就未來，分敘「壯懷激烈」的另一個原因在於時日已無多，深悲自己會「等閒白了少年頭」。換頭四句，承上片的「壯懷激烈」，總括了上兩個分敘的部分，寫國恥未雪的憾恨，拈明一篇主旨，大力地將一片壯懷，噴薄傾吐。「駕長車」三句，則由實而轉虛，透過設想，虛寫驅車滅敵、湔雪國恥的情景，真可謂「氣欲凌雲，聲可裂石」。結尾兩句，依然以虛寫的手法，進一層寫雪恥後朝見天子的理想結局，以反襯主旨作收。詠來真可令人起頑振懦。顯然這是一篇呈現剛健之美的佳作[14]。其結構分析表為：

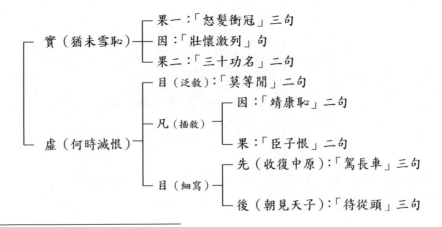

果一：「怒髮衝冠」三句
因：「壯懷激列」句
果二：「三十功名」二句
　　　　實（猶未雪恥）
目（泛敘）：「莫等閒」二句
　　　　　　　　　因：「靖康恥」二句
凡（插敘）
　　　　　　　　　果：「臣子恨」二句
　　　　虛（何時滅恨）
　　　　　　　　　先（收復中原）：「駕長車」三句
目（細寫）
　　　　　　　　　後（朝見天子）：「待從頭」三句

14 陳滿銘：《詞林散步——唐宋詞結構分析》（臺北市：萬卷樓圖書公司，2000 年 1 月初版），頁 269-270。

這樣以虛實形成對比，藉插敘的方式凸顯其主旨，是比較能呈現此詞之特色的。

可見「章法結構」之呈現，可因分析時切入角度之轉換，而影響「篇章義旨」的重心所在。兩者之互動，由此可見一斑。

二　潛顯映襯

宇宙人生之萬事萬物，都脫不開「陰陽二元」互動系統之牢籠，自然其中就存在著「潛性」（陰）與「顯性」（陽）之「二元互動」這一環。大體而言，同一種或同一類事物，如著眼於其「陽」面，將比較趨於表層而顯著，這就形成「顯性」；如著眼於「陰」面，則會比較趨於內層而潛伏，這就形成「潛性」[15]。而此兩者之彼此呼應，對「章法結構」與「篇章義旨」兩者而言，無論「調和」或「對比」都會造成映襯之結果。如如周敦頤的〈愛蓮說〉：

> 水陸草木之花，可愛者甚蕃；晉陶淵明愛菊。自李唐以來，世人盛愛牡丹。
> 予獨愛蓮之出淤泥而不染，濯清漣而不妖；中通外直，不蔓不枝；香遠益清，亭亭淨植，可遠觀而不可褻玩焉。
> 予謂：菊，花之隱逸者也；牡丹，花之富貴者也；蓮，花之君子者也。噫！菊之愛，陶後鮮有聞。蓮之愛，同予者何人？牡丹之愛，宜乎眾矣。

---

15 陳滿銘：〈論潛性與顯性之互動類型——以辭章義旨為例作觀察〉，《江陰職業技術學院學報》19 卷 2 期（2008 年 6 月），頁 25-29。又，陳滿銘：〈論潛性與顯性之互動類型——以辭章章法為例作觀察〉，《畢節學院學報》27 卷 1 期（2009 年 1 月），頁 1-7。

　　這篇文章是採先「敘」後「論」的邏輯結構寫成的：

　　「敘」的部分：即起段。在這個部分裡，用「先凡後目」的結構加以呈現：作者在此，先以開端兩句作個總括，提明世上有許多「水陸草木之花」；這是「凡」（總提）。然後以「晉陶淵明獨愛菊」十句，依次分寫眾花中的菊（賓一）、牡丹（賓二）、蓮（主）和愛這三種花的人。由於陶淵明愛菊（賓一）、世人愛牡丹（賓二），是人所共知的事實，所以只須交代這個事實，卻不必作進一步的解釋；至於愛蓮（主），則是作者個人的喜好，當然須把自己愛蓮的理由加以說明，因此作者便用「出淤泥而不染」七句，寫出蓮花與眾不同的特質，藉以象徵君子的高潔品格，以充分的為下文「蓮，花之君子者也」的一句論斷蓄力。

　　「論」的部分：即次段，也是末段。在這個部分裡，用「先因（定品）後果（抒感）」的結構加以呈現：作者在此，先就菊（賓一）、牡丹（賓二）與蓮等三種花的品格加以衡定，然後論及愛這三種花的人，發出感慨收結。附結構分析表如下：

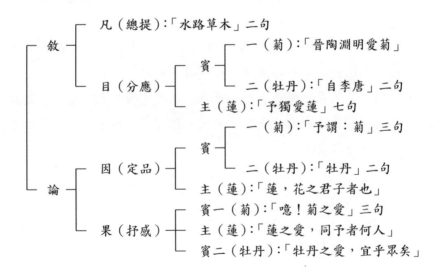

很明顯地，作者在這篇文章裡，主要的是寫蓮與愛蓮的自己，這是「主」的部分。為了使這「主」的部分更為突出，便又不得不寫牡丹、菊和愛菊、愛牡丹的人，這就是「賓」的部分。有了這「賓」的部分作陪襯，那麼作者「愛蓮」、「愛君子」與諷喻的意思——「主」便格外的清楚了。這是借賓喻主的一個明顯例子。

對此諷喻之意，傅武光說：「濂溪那個時代觸目是蓮，人人愛蓮——蓮，是佛教的象徵。佛家以蓮代表淨土，代表居所；諸佛以蓮花為座床，稱蓮座。又以蓮子作數珠；以蓮花喻妙法，有所謂『蓮花三喻』。總之，蓮象徵佛教。這樣說來，濂溪『愛蓮』，豈不等於『愛佛』嗎？不，恰好相反。他感慨地說：『蓮之愛，同予者何人？』愛『蓮』的人其實很多，可是要找到跟我一樣，把蓮看作是君子，而不看作是淨土或妙法的，又有幾個呢？所謂『出淤泥而不染』，這原是孔孟的精神啊！怎麼禪宗的《六祖壇經》也說起『若能鑽木取火，淤泥定生紅蓮』的話來了呢？周濂溪一眼就看出儒家這個『正字標記』被仿效。所以才做這篇〈愛蓮說〉明辨本源，以對抗佛教。這才是〈愛蓮說〉的本旨啊！」[16]

從「章法結構」來看，特別值得注意的是：在衡定花品（因）的一節裡，敘述菊（賓一）、牡丹（賓二）和蓮（主）的次序，完全與首段相同；而抒發感想（果）的一節裡，卻將牡丹和蓮的次序加以對調，作者作了這樣的安排，顯然的，對當代人但知追求富貴，而缺少道德理想的情形，是有著貶責的意思的，不過在語氣上卻力求委婉罷了。如此安排，對突出一篇主旨，顯然是有直接關係的。

這樣看來，此文之篇旨是「愛蓮」、「愛君子」，此為「顯」，而要

---

16 傅武光：〈〈愛蓮說〉的弦外之音〉，《國文天地》4 卷 12 期（1989 年 5 月），頁 106-107。

「愛牡丹」、「愛富貴」與「愛菊」、「愛隱逸」者，都來「愛蓮」、「愛君子」之諷諭意思，則為「潛」；兩者屬「同類相從」，形成了「潛、顯調和」之關聯，而產生映襯效果。

又如蘇軾的〈河滿子〉詞：

> 見說岷峨悽愴，旋聞江漢澄清。但覺秋來歸夢好，西南自有長城。東府三人最少，西山八國初平。　　莫負花溪縱賞，何妨藥市微行。試問當壚人在否，空教是處聞名。唱著子淵新曲，應須分外含情。

此詞題作「湖州寄益守馮當世」，當作於熙寧九年（1076），時作者在密州，而馮當世（京）在成都[17]。它首先以起二句，主要就虛空間，突出「岷峨」（借指成都），寫馮當世在四川平定茂州夷人叛亂的功績（見《宋史・馮京傳》），一如周宣王時召虎之平淮夷，以表示慶賀之意。接著以「但覺秋來」二句，主要就實時間，承上寫自己「秋來」，因有馮當世鎮守家鄉四川，故有好的「歸夢」。然後以「東府」二句及整個下片，又主要就虛空間，鎖定「成都」來寫：它首以「東府」二句，呼應「江漢澄清」，指出馮當世來鎮守四川，成就了有如唐朝韋皋震服「西山八國」的功業，所以宋神宗特召知樞密院事（熙寧九年十月，見《續資治通鑑》卷71），成為「東府三人（王珪、吳充、馮京）最少」[18]的顯要，以極力讚美馮當世；次以「莫負花溪」四句，勸馮當

---

17 石聲淮、唐玲玲：「題說『湖州寄益守馮當世』，詞中內容是馮當世作益守時的事，馮當世作益守在熙寧九年丙辰（西元 1076 年）。這年蘇軾在密州，題說『湖州』，時和地相矛盾。」見《東坡樂府編年箋注》（臺北市：華正書局，1993 年 8 月初版），頁 91-92。

18 東府，指樞密院，與中書省，並稱二府。三人，指中書門下平章事吳充、王珪二人，加上馮京。時（西寧九年）王珪五十八歲、吳充和馮京五十六歲，大約馮京出

世不妨在公餘，微服出行，走訪那成都著名的花溪、藥市與文君壚，以
察訪民情；末以「唱著子淵」二句，用漢代益州剌使王襄舉王褒，而王
褒後來作〈聖主得賢臣頌〉來加以歌頌的故事（見《漢書・王褒傳》），
要他識拔當地人才。這樣以「虛（空）、實（時）、虛（空）」的結構來
寫，不但讚美了馮當世的武功（主），也對他的文治（賓），作了很高
的期許。雖然前後用了很多典故，卻絲毫不損其意味。附結構分析表如
下：

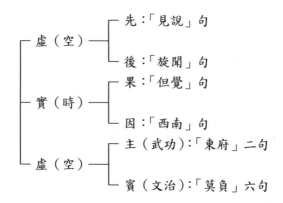

其中就「章」而言，以「先後」、「因果」、「賓主」等形成「移位」結構，
而就「篇」而言，以「虛、實、虛」形成「轉位」結構。這樣在變化中
含秩序，秩序中有變化，將內容材料組織起來，帶動層層節奏而串成一
篇韻律，產生莫大的感染力。

　　縱觀此詞，主要用了四個典故：依序是「召虎平淮夷」、「韋皋震
服西山八國」、「文君當壚」、「王襄舉王褒」，這四個典故，各有它原
來的義旨，皆為「顯」；當然也各有其「借古喻今」之義旨，那就是歌
頌馮當世「平定茂州夷人叛亂」、「鎮守四川」的功績與「訪察民情」、

生的月份早，所以說「最少」。見《東坡樂府編年箋注》，頁93-94。

「識拔當地人才」（虛）等虛（未來）、實（現在）功績，這些都是「潛」。
如此，其章節義旨之「潛性」與「顯性」，就藉「虛實」結構，形成各
自「調和」的關聯，而產生呼應了。

　　由此可見「章法結構」與「篇章義旨」都可由其「潛」與「顯」而
造成呼應的結果。

三　縱橫疊合

　　辭章的篇章結構，含縱、橫兩向。其中縱向的結構，由內容義旨，
也就是情、理、景、事等組成；而橫向的結構，則由內容之形式，也就
是篇章邏輯，亦即各種章法，如今昔、遠近、大小、本末、賓主、正
反、虛實、凡目、因果、抑揚、平側……等組成。因此捨縱向而取橫
向，或捨橫向而取縱向，是無法分析好文章的篇章結構的。唯有疊合
縱、橫向而為一，用「表」為輔，加以呈現，才能真實地凸顯一篇文章
在內容義旨與形式結構上的特色[19]。茲分如下兩層，舉例說明如次：

（一）先分解後疊合

　　所謂「分解」，是先個別由縱、橫向切入來看其結構；所謂疊合，
是將縱、橫向疊在一起來呈現其結構。袁宏道的〈晚遊六橋待月記〉：

> 西湖最盛，為春為月。一日之盛，為朝煙，為夕嵐。
>
> 今歲春雪甚盛，梅花為寒所勒，與杏桃相次開發，尤為奇觀。石
> 簣數為余言：「傅金吾園中梅，張功甫玉照堂故物也，急往觀
> 之。」余時為桃花所戀，竟不忍去湖上。

19　陳滿銘：〈談縱橫向疊合的篇章結構〉，《國文天地》16 卷 7 期（2000 年 12 月），頁
　　100-106。

　　由斷橋至蘇隄一帶，綠煙紅霧，彌漫二十餘里。歌吹為風，粉汗
為雨，羅紈之盛，多於隄畔之草，艷冶極矣。
　　然杭人遊湖，止午、未、申三時。其實湖光染翠之工，山嵐設色
之妙，皆在朝日始出，夕舂未下，始極其濃媚。月景尤不可言，
花態柳情，山容水意，別是一種趣味。此樂留與山僧遊客受用，
安可為俗士道哉！

　　這篇文章，旨在藉西湖六橋風光之盛，以寫遊六橋待月之樂。其縱
向之內容（情意）結構，可用下表來呈現：

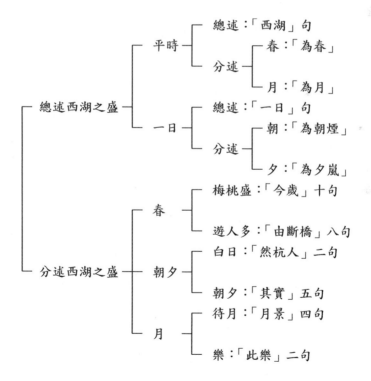

參考上表可知，作者首先在起段，以開門見山的方式提明西湖六橋最盛
的，是春、月之景；而一日最盛的，乃朝煙、夕嵐。接著在二、三段，
透過梅、桃、杏之「相次開發」，與遊人「歌吹」、「羅紈」之盛，以具

寫春景。然後以末段「然杭人遊湖」等七句，取湖光、山色作陪襯，來
具寫朝煙、夕嵐。末了以「月景尤不可言」等六句，拿花柳、山水作點
綴，以寫待月之景，從而拈明主旨，以為這是不可「為俗士道」的一種
樂趣。雖然沒有從正面寫月景，卻像吳戰壘所說的「高妙處以層翻浪迭
之筆，依次寫出梅花、桃花之美，朝煙、夕嵐之美，一景勝似一景，逐
層皴染，不犯正位，從而造成讀者強烈的『待月』心理，待到『千呼萬
喚始出來』，卻又匆匆一面，飄然而去，使人有『著眼未分明』之感，
因而顯得餘韻悠然，情味無窮」[20]。這種縱向之內容（情意）結構，如
深入其內層，專以橫向的章法邏輯來呈現，則如下表：

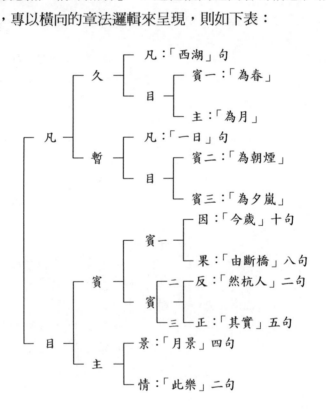

---

20 吳功正主編：《古文鑑賞辭典》（南京市：江蘇文藝出版社，1987 年 11 月一版一
刷），頁 1294-1295。

如果特別凸顯橫向之章法結構，進一步將上舉兩表疊合起來，則成為下表：

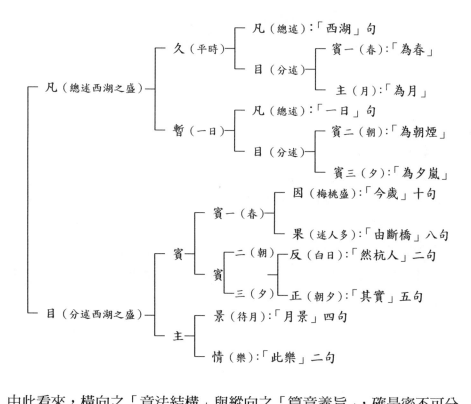

由此看來，橫向之「章法結構」與縱向之「篇章義旨」，確是密不可分的。

（二）直接疊合

由於分解比較繁瑣複雜，通常都略過此一手續，直接以橫向為主、縱向為輔，將它們疊合在一起，以呈現篇章之邏輯結構。如沈佺期的〈雜詩・三首之一〉：

聞道黃龍戍，頻年不解兵。可憐閨裡月，長在漢家營。少婦今春
意；良人昨夜情。誰能將旗鼓，一為取龍城？

　　此詩旨在寫閨怨，從而反映出作者對戰事結束的無限渴望，採「先
平提後側收」的結構寫成。在「平提」的部分裡，先以「先因後果」的
順序，平提兩個重點，即「久不解兵」（因）和「望月相思」（果）。其
中首聯為「因」，頷、頸兩聯為「果」；而「果」的部分，則以頷聯寫
望月、頸聯寫相思。值得注意的是，在此無論是寫望月（即景）或是相
思（抒情），都兼顧了思婦之「實」與征夫之「虛」，也就是說，寫思
婦在「閨裡」望月相思，是「實」；而寫征夫在「漢家營」（黃龍）望
月相思，是「虛」。如此虛實相映，更增添了作品的感染力量。接著以
尾聯，採側收的方式，針對著起聯之「不解兵」，從反面表達出「解兵」
的強烈願望。這種願望如能實現，那麼思婦與征夫就不必再望月相思
了。就這樣環環相扣，收到了「一氣轉折」[21] 之效果。其結構分析表
為：

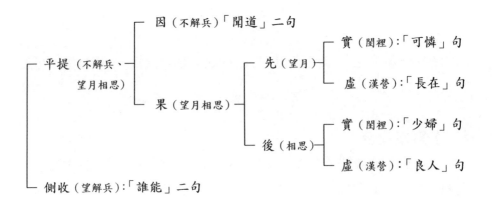

---

21 見高步瀛：《唐宋詩舉要》注（臺北市：學海出版社，1973 年 2 月初版），頁 413。

從上表可知，首層的「平提」與「不解兵、望月相思」、「側收」與「望解兵」，二層的「因」與「不解兵」、「果」與「望月相思」，三層的「先」與「望月」、「後」與「相思」……，是縱橫疊合在一起的。

又如蘇軾〈南鄉子〉詞：

> 東武望餘杭，雲海天涯兩渺茫。何日功成名遂了，還鄉，醉笑陪公三萬場。　　　不用訴離觴，痛飲從來別有腸。今夜送歸鐙火冷，河塘，墮淚羊公卻姓楊。

此詞題作「和楊元素，時移守密州」，作於宋神宗熙寧七年（1074），朱祖謀注：「甲寅九月，楊繪再餞別於湖上作」，可知此詞作於杭州西湖，是採「虛、實、虛」的結構寫成的。它首先在上片，透過設想，將空間移至「密州」、時間推向未來，虛寫別後之相思與重會，為頭一個「虛」。接著以下片「不用」二句，藉眼前之醉酒來寫離腸，把一篇之中心意旨交代清楚，為「實」（分時分地）的部分。末了以結三句，將時間移後，虛寫「送歸」時鐙火之冷與主人之淚，以推深送別之情，為後一個「虛」，這種結構相當罕見。其結構分析表為：

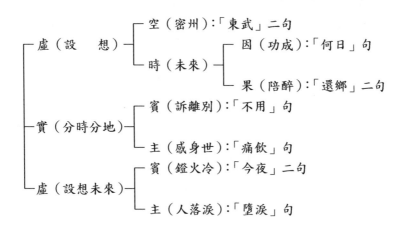

由上表可看出，首層的「虛」與「設想」、「實」與「分時分地」、「虛」
與「設想未來」，二層「空」與「密州」、「時」與「未來」、「賓」與「訴
離別、鐙火冷」、「主」與「感身世、人落淚」，三層的「因」與「功成」、
「果」與「陪醉」，是縱橫疊合在一起的

　　可見一篇文章的篇章結構，如能疊合縱橫向，兼顧「章法結構」與
「篇章意旨」來分析，是最為周全的。但要用「表」來呈現時，由於某
些章法涉及內容，如先後、因果、正反、抑揚、泛具、本末、問答……
等，便是如此，所以很多時候，可捨「縱」而取「橫」；又由於某些內
容，如人事（人）、自然（天）、山（高）、水（低）、景（實）、情
（虛）、理（虛）、事（實）……等，與形式有所關連，因此在某些時
候，捨「橫」而取「縱」，也是可以的。這樣視文章的個別情形，酌予
簡化，則所呈現在「表」上的，必定更能使人一目而了然。

四　篇章呼應

　　一般說來，短篇的辭章，由於所用材料既比較有限，而其結構也比
較簡單，因此用一個結構表即可勝任。而長篇的則所用材料不但比較繁
多，就是結構也相應地比較複雜而龐大，所以其「章法結構」，必須先
用一個總表，以概括全篇，再用幾個分表，來分應各個章節，作為輔
助，使「篇」與「章」產生呼應，以凸顯其「篇章意旨」。就以《孟子‧
養氣》章而言，由於其養氣說，自古以來和其性善論一樣，一直受到眾
多學者的重視，也很自然地對它加以論述的，便相應地多而精[22]，似乎
沒有留下任何空間可談了。不過，若試著從「章法結構」切入去探析，

---

22 各家注疏，如趙岐注、孫奭疏的《孟子注疏》、朱熹《孟子集註》、趙順孫《孟子纂疏》
　　及焦循《孟子正義》等，皆作了梳理；而近、今人，如徐復觀、戴君仁、錢穆、胡
　　簀雲、何敬群、周群振、毛子水、王文欽、楊一峰、程兆熊、王道、左海倫、蔡仁
　　厚、萬先法、曾昭旭、余培林等，也作了精要的闡釋。

則或許在「篇章意旨」上能呈現一些不同的結果，有助於人對孟子養氣說的了解。

（一）「篇」結構

《孟子》的〈養氣〉章，若「篇」來看，則可用下表來呈現：

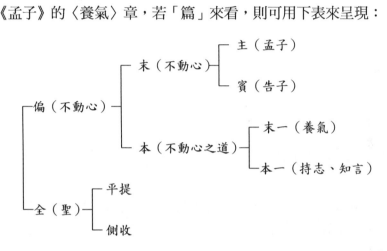

由上表可知，《孟子》的〈養氣〉章，大約可分為兩大部分：先用「先偏後全」[23]的結構組合而成的。其中的「偏」，又由「先末後本」的順序來安排：「末」自「公孫丑問曰」起至「告子先我不動心」止，先提出本章的主題「不動心」，以生發下面的議論；「本」自「曰：不動心有道乎」起至「必從吾言矣」止，具論「不動心」之道，亦即養氣（勇）、持志（仁）、知言（智），乃本章之主體所在。而「全」，則自「宰我、子貢善為說辭」起至「未有盛於孔子也」止，交代了「不動心」

---

23 這所謂的「偏」，是指局部或特例；而「全」，是指整體或通則。作者在創作詩文之際，往往會用「局部」與「整體」、「特例」與「通則」的相應條理來組合情意材料。它雖和本末、大小等法，有一點類似，但「本末」比較著眼於事、理的終始，而「大小」則比較著眼於空間的寬窄與知覺的強弱，和「偏全」比較著眼於事、理、時、空的部分與全部、特殊與一般的，有所不同。參見陳滿銘：〈論幾種特殊的章法〉，頁 176-181。

（養氣、持志、知言）的最終成效，就在於成為一個聖人，也藉此來讚美孔子「仁且智（含勇）」的聖人境界。這樣由「養氣」（持志、知言）而「不動心」，又由「不動心」而「仁且智（含勇）」（聖），其本末終始是極其清楚的。

（二）「章」結構

《孟子》這章文字，既然採「先偏後全」的結構組成，底下便分「偏」和「全」兩個部分加以探析：

1　「偏」的部分

甲、就「末」來看：這個部分的文字是這樣子的：

> 公孫丑問曰：「夫子加齊之卿相，得行道焉，雖由此霸王，不異矣。如此，則動心否乎？」
> 孟子曰：「否。我四十不動心。」
> 曰：「若是，則夫子過孟賁遠矣。」
> 曰：「是不難。告子先我不動心。」

這段文字，通常被視為全文的引子，可用如下結構表來呈現：

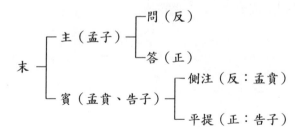

這短短的一段，由公孫丑之二「問」與孟子之二「答」，採「先主後賓」的順序來安排。它首先就「主」（孟子），採「先反後正」的形式，由公孫丑之第一「問」引生孟子之第一「答」，提明「不動心」的一章主題；接著以「先側注後平提」的形式，由公孫丑之第二「問」帶出孟子之第二「答」，指出自己（孟子）要遠過孟賁不難，卻後於告子之「不動心」，藉此將「特例」變成「通則」，從孟子、告子身上推擴到一般情況，以備作進一步之論述。

　　乙、就「本」來看：這個部分主要論「不動心」之道，可依據其「先末（一）後本（一）」的結構，分成兩半：

　　先就「末（一）」來看：這段文字是這樣子的：

　　日：「不動心有道乎？」
　　日：「有。北宮黝之養勇也，不膚撓，不目逃，思以一豪挫於人，若撻之於市朝；不受於褐寬博，亦不受於萬乘之君；視刺萬乘之君，若刺褐夫；無嚴諸侯，惡聲至，必反之。孟施舍之所養勇也，日：『視不勝猶勝也，量敵而後進，慮勝而後會，是畏三軍者也。舍豈能為必勝哉？能無懼而已矣。』孟施舍似曾子，北宮黝似子夏。夫二子之勇，未知其孰賢，然而孟施舍守約也。昔者曾子謂子襄日：『子好勇乎？吾嘗聞大勇於夫子矣：自反而不縮，雖褐寬博，吾不惴焉？自反而縮，雖千萬人，吾往矣。』孟施舍之氣，又不如曾子之守約也。」

此論「不動心」之首要在於「養氣（勇）」，可用如下結構表來呈現：

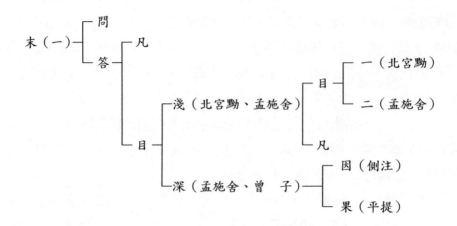

　　這一段文字，由公孫丑與孟子之一問一答所組成，其中孟子之「答」，是採「先凡後目」的順序回答。孟子在此，首先以一「有」字，一面上承公孫丑之「問」作一回應，一面又下啟後面的議論，作一總冒，為「凡」的部分。接著用「先目（一）後凡（一）」的順序，分別論述北宮黝與孟施舍的「養勇」（目一），並加以比較，認為孟施舍較能「守約」（凡一）；這是就「淺」來說的部分。然後以「先側注後平提」的形式，論述曾子有關「養勇」的說法，並和孟施舍加以比較，認為孟施舍在「守約」上又遜曾子一籌，因為孟施舍的「養勇」，只是操持一股無所畏懼盛氣，而曾子卻以義理之曲直為斷；這是就「深」[24]來說的部分。如此一層深一層地來論述[25]，將「養勇」須「守約」的意思，表達得十分明白。

　　再就「本（一）」來看：此段文字是這樣子的：

---

24 「淺」，指「先淺後深」的「淺」。而「先淺後深」為淺深法的結構類型之一，參見《章法學新裁》，頁 327；另參見仇小屏：《篇章結構類型論》（臺北市：萬卷樓圖書公司，2005 年 7 月再版），頁 195-200。

25 萬先法：「孟子講北宮黝等三人之勇，是一層深一層來講的。」見〈孟子知言養氣章釋〉，《中華文化復興月刊》6 卷 2 期（1973 年 2 月），頁 7。

曰：「敢問夫子之不動心，與告子之不動心，可得聞與？」

「告子曰：『不得於言，勿求於心；不得於心，勿求於氣。』不得於心，勿求於氣，可；不得於言，勿求於心，不可。夫志，氣之帥也；氣，體之充也。夫志至焉，氣次焉。故曰：持其志，無暴其氣。」

「既曰：『志至焉，氣次焉。』又曰：『持其志，無暴其氣。』何也？」

曰：「志壹則動氣，氣壹則動志也。今夫蹶者趨者，是氣也，而反動其心。」「敢問夫子惡乎長？」

曰：「我知言，我善養吾浩然之氣。」

「敢問何謂浩然之氣？」

曰：「難言也。其為氣也，至大至剛，以直養而無害，則塞於天地之間。其為氣也，配義與道，無是，餒也。是集義所生者，非義襲而取之也。行有不慊於心，則餒矣。我故曰：告子未嘗知義，以其外之也。必有事焉而勿正；心勿忘，勿助長也。無若宋人然；宋人有閔其苗之不長而揠之者，芒芒然歸，謂其人曰：『今日病矣，予助苗長矣！』其子趨而往視之，苗則槁矣。天下之不助苗長者寡矣。以為無益而舍之者，不耘苗者也；助之長者，揠苗者也；非徒無益，而又害之。」

「何謂知言？」曰：「詖辭知其所蔽，淫辭知其所陷，邪辭知其所離，遁辭知其所窮。生於其心，害於其政；發於其政，害於其事。聖人復起，必從吾言矣。」

看起來，此段文字顯然較為複雜，是由公孫丑與孟子的五問五答，採「先凡後目」的順序加以組合的，可用如下結構表來呈現：

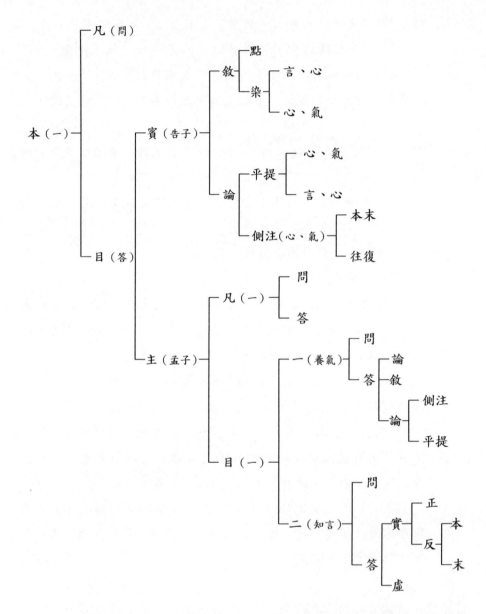

它首先回應到一開端的「不動心」，來談告子與孟子的不同，以統攝底
下的議論；這是「凡」的部分。其次用「先賓（告子）後主（孟子）」

的順序，針對公孫丑之「問」加以回答。其中的「賓」，自「告子曰」起至「而反動其心」止，主要藉告子之說法，在論持志與養氣的關係，是採「先敘後論」的順序加以處理的。它先引告子「言」與「心」、「心」與「氣」之說，為「敘」，再就此生發議論，採「先平提後側注」的順序來呈現，為「論」。其中自「不得於心」起至「不可」止，論述「心與氣」、「言」與「心」，為「平提」；自「夫志，氣之帥也」起至「而反動其心」止，側於「心與氣」上，就其本末、往復的關係加以論述，為「側注」。經過這番論述，「養勇（氣）」必先「持志」的意思，闡釋得很清晰，而「持志」與「守約」二而一的關係，也不言而喻。

至於其中的「主」，自「敢問夫子惡乎長」起至「必從吾言矣」止，主要藉孟子自身之見解，在論「知言」與「養氣」的關係，是用「先凡（一）後目（一）」的形式來組合的。其中公孫丑「惡乎長」之「問」與孟子「我知言」之「答」，提出「知言」與「養氣」的兩個論題，以統括下文，為「凡（一）」；而公孫丑「敢問何謂浩然之氣」之「問」與孟子「難言也」之「答」，為「目（一）」之一；至於公孫丑「何謂知言」之「問」與孟子「詖辭知其所蔽」之「答」，則為「目（一）」之二。

就「目（一）」之一來看，孟子之「答」，是用「論、敘、論」來形成結構的。它的頭一個「論」，自「難言也」起至「勿助長」止，從正面來論「浩然之氣」，指出它「至大至剛」、「配義與道」，而由此以至於「不動心」，是與告子義外的「不動心」，是有所不同的。中間的「敘」，自「無若宋人然」起至「苗則槁矣」止引述宋人揠苗助長的故事，從而帶出下文的議論。而後一個「論」，則自「天下之助苗長者寡矣」起至「而又害之」止，針對宋人的故事，呼應上文的「勿忘」、「勿助長」，從反面來論「浩然之氣」，使人由此掌握「養氣（勇）」的體與用。

就「目（一）」之二來看，孟子之「答」，是以「先實後虛」形成其結構的。其中的「實」，自「言皮辭知其所蔽」起至「害於其事」，又採「先正後反」的順序來安排。所謂「正」，指「詖辭」四句，是就能「知言」者來說的；所謂「反」，指「生於其心」四句，是就本末來說不能「知言」者之害的。而「虛」，則指「聖人」二句，在此，孟子假設後世有聖人復起，就必定會肯定他的言論，以增強說服力。

2 「全」的部分

這個部分，以「聖」（仁且智）[26] 統合上文所論的「不動心」與「不動心」之道（養氣、持志、知言）。其文字是這樣子的：

> 「宰我、子貢善為說辭，冉牛、閔子、顏淵善言德行。孔子兼之曰：『我於辭命，則不能也。』然則夫子既聖矣乎？」
> 曰：「惡，是何言也！昔者子貢問於孔子曰：『夫子聖矣乎？』
> 孔曰：『聖則吾不能，我學不厭而教不倦也。』子貢曰：『學不厭，智也；教不倦，仁也。仁且智，夫子既聖矣。』夫聖，孔子不居。是何言也！」
> 「昔者竊聞之：子夏、子游、子張，皆有聖人之一體；冉牛、閔子、顏淵，則具體而微。敢問所安？」
> 曰：「姑舍是。」
> 曰：「伯夷、伊尹何如？」

---

26 這種至聖的境界，從《孟子·公孫丑上》的一段話裡，可獲得進一步的了解，這段話是：「昔者，子貢問於孔子曰：『夫子聖矣乎？』孔子曰：『聖，則吾不能。我學不厭，而教不倦也。』子貢曰：『學不厭，智也；教不倦，仁也。仁且智，夫子既聖矣！』」這段話明白地指出了孔子是「仁且智」的聖人，這是「仁」與「智」融合的最高境界。參見陳滿銘：〈孔子的仁智觀〉，《國文天地》12卷4期（1996年9月），頁8-15。

曰：「不同道。非其君不事，非其民不使；治則進，亂則退，伯
夷也。何事非君，何使非民；治亦進，亂亦進，伊尹也。可以仕
則仕，可以止則止；可以久則久，可以速則速，孔子也。皆古聖
人也，吾未能有行焉。乃所願，則學孔子也。」

「伯夷、伊尹於孔子，若是班乎？」

曰：「否。自有生民以來，未有孔子也。」

曰：「然則有同與？」

曰：「有。得百里之地而君之，皆能朝諸侯，有天下；行一不
義，一不辜，而得天下，皆不為也。是則同。」

曰：「敢問其所以異？」

曰：「宰我、子貢、有若，智足以知聖人，汙不至阿其所好。宰
我曰『以予觀於夫子，賢於堯舜遠矣。』子貢曰：『見其禮而知
其政，聞其樂而知其德，由百世之後，等百世之王，莫之能違
也。自生民以來，未有夫子也。』有若曰：『豈惟民哉？麒麟之
於走獸，鳳凰之於飛鳥，泰山之於丘垤，河海之於行潦，類也。
聖人之於民，亦類也。出乎其類，拔乎其萃，自生民以來，未有
盛於孔子也。』」

這一大段文字，用「先平提後側收」[27]的結構加以組成，可用下表來呈現：

---

27 辭章中有一種「平提側注」的章法，宋文蔚在《評注文法津梁》裡解釋這種方法說：
篇中有兩項或三項者，如義均平列，則於總提後平分各項，用意詮發；若義有輕
重，或偏重一項，則開首用筆平提，以下或用串說，或用側注，均無不可。又有擇
其最重要之一項，用特筆提起，再分各串項者，尤見用法變化。這是說：將所要論
說或敘述的幾個重點，以平等地位提明的，叫「平提」；而照應題面，對其中的一點
或兩點加以關注的，叫「側注」。這種章法，如單就「側注」的部分而言，則稱為「側
接」或「接筆」；如所提重點只限於兩組，則又叫做「兩義相權」。它無論是形成「先
平提後側注」、「先側注後平提」、「平提、側注、平提」或「側注、平提、側注」等
結構類型，在辭章裡，都隨處可見，沒什麼稀奇。但將所要論說或敘述的幾個重

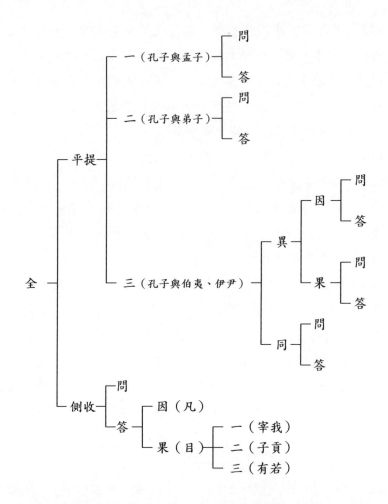

其中「平提」的部分，自「宰我、子貢善為說辭」起至「是則同」止，
用五問五答的形式，分論孔子與孟子、孔子與弟子和孔子與伯夷、伊尹
之間的同異，而重點置於孔子「仁且智（含勇）的聖德，以回應「偏」

點，以同等的地位加以提明，而特別側於其中一點或兩點來收結，卻有回繳整體之
功用的，則很少受到人的注意。見拙作〈談「平提側收」的篇章結構〉《第二屆中國
修辭學學術研討會論文集》（高雄市：高雄師範大學國文系，2000 年 6 月），頁 193-
213。

部分的「不動心」(「養氣(勇)」、「持志(仁)」、「知言(智)」。而「側收」的部分,則自「敢問其所以異」起至「未有盛於孔子也」止,表面上看來,只是側就孔子與伯夷、伊尹之「異」來說,而意思卻概括了孔子與孟子、弟子之「異」。它以「先因後果」的順序,分別舉宰我、子貢、有若之言,來讚美孔子之聖,而由此交代「不動心」(養氣、持志、知言)的終極境界,把〈養氣〉這一章收結得極為圓滿。

(三)從「章法結構」看《孟子‧養氣》章之「篇章意旨」

篇章的內容材料與其邏輯層次,是分割不開的,因為內容材料須靠邏輯層次來呈現,而邏輯層次也要內容材料來支撐,兩者的結構可說是疊合無間的。尤其是從「章法結構」切入,由於它反映的是「客觀的存在」[28],與自然規律相對應,最能凸顯思想情意的條理。所以由「章法結構」來掌握其「篇章義旨」,是最好不過的。以下就以三種篇章結構來探討孟子的養氣思想。

1 從本末結構看

試由全篇來看《孟子‧養氣》章的思想內容,若不考慮其互動、循環而提升的關係,則所形成的是「先本後末」的結構。其中「偏」(起點)是「本」,論的是邁入聖域的基礎——「不動心」,而「全」(終點)則為「末」,論的是「不動心」的最後歸趨——「聖」。孟子所謂的「不動心」,即孔子所說的「不惑」[29];所謂的「聖」(仁且智),即孔子所

---

28 王希杰指出「『章法』一詞是多義的。『章法』,是文章之法,但是,有兩種『章法』:一種是客觀存在的『章法』,它顯然是與文章同時出現的。有文章就有章法,不同的文章有不同的章法,但是沒有完全沒有章法的文章,不過是章法的好和壞罷了。另一種『章法』是研究者的認識和主張,是知識和理論,是文章的研究者的辛勤勞動的成果,它當然是文章出現之後的事情。」見〈章法學門外閒談〉,頁 92-101。
29 朱熹:「四十強仕,君子道明德立之時。孔子四十而不惑,亦不動之謂。」見《四書

說的「從心所欲不踰矩」[30]。《論語・為政》說：

> 子曰：「吾十有五而志於學；三十而立；四十而不惑；五十而知
> 天命；六十而耳順；七十而從心所欲，不踰矩。」

說的便是這個道理。

　　再由「本末」來看它章節的內容，所形成的是「先末後本」的結構。
它先在「末」的部分，先提「不動心」；再由「本」的部分，說明「不
動心」之道就在於「養氣」（勇）、「持志」（仁）、「知言」（智）。這樣
由「不動心」而談「養氣」（勇），由「養氣」而談「持志」（仁），由「持
志」（仁）而談「知言」（智），用的正是「由末而本」的闡釋手法。如
此說來，在這章節裡，「知言」（智）為本，「不動心」為末，而「持志」
（仁）、「養氣」（勇），則是其過程了。《朱子語類》第五十二卷說：

> 孟子論浩然之氣一段，緊要全在「知言」上、所以《大學》許多
> 工夫，全在格物、致知。[31]

集註》（臺北市：學海出版社，1984 年 9 月初版），頁 232。

30　朱熹：「隨其心之所欲，而自不過於法度，安而行之、不勉而中也。」見《四書集
　　註》，頁 61。所謂「安而行之」，指「仁」；所謂「不勉而中」，指「智」；而「仁且智」
　　即為「聖」。

31　《朱子語類》四（臺北市：文津出版社，1986 年 12 月出版），頁 1241。對這一點，
　　戴君仁加以申釋說：「朱子文集裡〈與郭沖晦書〉，有一段話，可當作這章書的提要。
　　他說：『孟子之學，蓋以窮理集義為始，不動心為效。蓋唯窮理為能知言，唯集義為
　　能養其浩然之氣。理明而無所疑，氣充而無所懼，故能當大任而不動心。』拿先儒的
　　學說來比，知言相當於格物致知，養氣相當於誠氣正心。拿後儒的學說來比，程伊
　　川所謂『涵養須用敬』，相當於養氣；『進學則在致知』，相當知言。二者都是如車兩
　　輪，如鳥兩翼，不可缺一。」《戴靜山先生全集》（臺北市：戴靜山先生遺著編審委
　　員會，1980 年 9 月初版），頁 1846。

又說：

> 或問「知言養氣」一章。曰：「此一章專以知言為主。若不知言，則自以為義，而未必是義；自以為直，而未必是直；是非且莫辨矣。」[32]

又說：

> 問：「浩然之氣，集義是用功夫處否？」曰：「須是先知言。知言，則義精而理明，所以能養浩然之氣。知言正是格物、致知。苟不知言，則不能辨天下許多淫、邪、言皮、遁。將以為仁不知其非仁；將以為義，不知其非義，則將何以集義而生此浩然之氣。」[33]

這是極有見地的。《論語‧子罕》說：

> 子曰：「知者不惑，仁者不憂，勇者不懼。」

朱熹注說：

> 明足以燭理，故不惑；理足以勝私，故不憂；氣足以配道義，故不懼；此學之序也。[34]

可見知（智）、仁、勇是有先後之序的。而萬先法也說：

---

32 《朱子語類》四，頁 1270。
33 《朱子語類》四，頁 1261。
34 《四書集註》，頁 115。

　　　　吾謂知言，大智也。集義，大仁也。浩然之氣，大勇也。智以知
　　　　仁，勇以行仁，此儒家三達德之教，固已盡備于本章之旨矣。[35]

由此看來，「不動心」之道是形成本末結構的。

2　從往復結構看

　　所謂「往復」，是往而復來、循環不已的意思。如仁與智，就人為
教上來說，是由智而仁（自明誠）；就天然性分上來說，是由仁而智（自
誠明）。兩者是互動而循環不已，以至於合仁與智為一的。所以《中庸》
第二十一章（依朱子《章句》）說：

　　　　自誠明，謂之性；自明誠，謂之教；誠則明矣，明則誠矣。

這所謂的「明（智）則誠（仁）」、「誠（仁）則明（智）」，說的不就
是「性」（天然）與「教」（人為）互動而循環不已的結果嗎？其實，
這種往復的作用，孟子也曾就「志」與「氣」加以說明過，他說：

　　　　志壹則動氣，氣壹則動志。

朱熹注說：

　　　　言志之所向專一，則氣固從之；然氣之所在專一，則志亦反為之
　　　　動。[36]

35　〈孟子知言養氣章釋〉，頁 13。
36　《四書集註》，頁 234。對這種作用，陳大齊從心理與生理加以解釋說：「我們平常
　　總以為樂了纔笑，悲了纔哭，亦即只知道心理上的變化之會引發生理上的變化。但

《朱子語類》卷五十二也說：

> 持志養氣二者，工夫不可偏廢。以「氣一則動志，志一則動氣」
> 觀之，則見交相為養之理矣。[37]

而徐復觀更說：

> 此二語乃說明志與氣可以互相影響，氣並非是完全被動的地位，
> 二者須交互培養。[38]

所謂「反」、「交相為養」，所謂「互相影響」、「交互培養」，便指出了
這往復的作用。由此將往復的作用，擴而大之，則「知言」（智）與「持
志」（仁）、「持志」（仁）與「養氣」（勇），也應是如此，如上圖，它
們是兩兩交互作用，而形成往復結構的[39]。

亦有心理學家，作相反的主張，謂笑了纏樂，哭了纏悲，以生理上的變化心理上變
化的起因。事實告訴我們：表情確能影響感情，令其有所昇降，愈笑則愈樂，愈哭
則愈悲，忍住不笑不哭，其樂與悲亦逐漸退而卒至消失。孟子已見及此，亦承認生
理上的變化足以引發心理上的變化，所以緊接下去說道：『氣壹則動志也』，並且舉
『今夫蹶者趨者，是氣也，而反動其心』為例證。心理上的變化與生理上的變化，可
以互相影響，可以互為因果。」見《淺見集》（臺北市：臺灣中華書局，1968 年 4 月
初版），頁 227-228。

37 《朱子語類》四，頁 1239。
38 徐復觀：〈孟子知言養氣章試釋〉，《中國思想史論集》（臺北市：學生書局，1975 年
5 月四版），頁 143。
39 陳滿銘：〈從修學的過程看智仁勇的關係〉（上）、（下），《孔孟月刊》17 卷 12 期、
18 卷 1 期（1979 年 8、9 月），頁 33-35、30-34。

3 從偏全結構看

偏全是以本末、往復為基礎的一種結構。這所謂的「偏」，指的是「部」，為起點、過程；所謂的「全」，指的是「整體」，為終點。拿仁與智作為例子，就「全」的觀點來說，說的是大仁與大智；就「偏」的觀點來說，說的是小仁與小智。而大仁與大智，是須經由小智與小仁、小仁而小智，交相作用，逐漸循環、擴充，才能達到的[40]。用這種觀點來看〈養氣〉章，「偏」是指「不動心」和「不動心」之道（知言、持志、養氣）。它們是經由不斷的互動、循環（偏），以至於邁入聖城（全）的。《中庸》第三十章說：

> 仲尼祖述堯舜，憲章文武（成己──仁）；上律天時，下襲水土（成物──智）；辟如天地之無不持載，無不覆幬，辟如四時之錯行，如日月之代明；萬物並育而不相害，道並行而不相悖，小德川流，大德敦化，此天地之所以為大也（配天、配地）。

對這段話，王夫之在其《讀四書大全說》裡，曾總括起來闡釋說：

> 小德、大德，合知、仁、勇於一誠，而以一誠行乎三達德者也。[41]

而唐君毅也以為：

> 所謂「萬物並育而不相害，道並行而不相悖。小德川流，大德

---

40 陳滿銘：〈孔子的仁智觀〉，頁 8-15。
41 《讀四書大全說》（臺北市：河洛圖書出版社，1974 年 5 月臺影印初版），頁 331。

敦化，此天地之所以為大也。」一切宗教的上帝，只創造自然之
萬物。而中國聖人之道，則以贊天地化育之心，兼持載人文世
界，人格世界之一切人生。故曰：「大哉聖人之道，洋洋乎發育
萬物，峻極于天。悠悠大哉，禮儀三百，威儀三千，待其人而後
行。」因中國聖人之精神，不僅是超越的涵蓋宇宙人生人格與文
化，而且是以贊天地化育之心，對此一切加以持載。故不僅有高
明一面，且有博厚一面。「高明配天，博厚配地。」「崇效天，
卑法地。」高明配天，崇效天者，仁智之無所不覆也。博厚配
地，卑法地者，禮義自守而尊人，無所不載也。[42]

足見孔子的偉大，是靠「好學」不已，經由「智」、「仁」、「勇」三者，
在「天」與「人」的互動、循環而提升的螺旋作用[43]下，終於合「智」、
「仁」、「勇」而為「聖」（一誠），而達於配天配地（與天地參）的境界。
孟子會說：「乃所願，則學孔子也。」又說：「自有生民以來，未有孔
子也。」不是由於這個緣故嗎？

　　可見《孟子·養氣》這一章的篇章，雖相當複雜，卻依然有條理可
循。我們試著疊合「章法結構」與「篇章義旨」切入，就「篇」而言，
發現它形成偏全結構；就「章」而言，發現它形成了本末、凡目、因

42　《人文精神之重建》（香港：新亞研究所，1955 年 3 月初版），頁 228。
43　凡相對相成的兩者，如仁與智、明明德與親民、天（自誠明）與人（自明誠）等，
　　都會產生互動、循環而提升的作用，而形成螺旋結構。參見陳滿銘：〈談儒家思想體
　　系中的螺旋結構〉，臺灣師大《國文學報》29 期（2000 年 6 月），頁 1-36。而所謂「螺
　　旋」，本用於教育課程之理論上，早在十七世紀，即由捷克教育家夸美紐思所提出，
　　乃「根據不同年齡階段（或年級），遵循由淺入深，由簡單到複雜，由具體而抽象的
　　順序，用循環、往復螺旋式提高的方法排列德育內容。螺旋式亦稱圓周式」，見《簡
　　明國際教育百科全書》（北京市：新華書局北京發行所，1991 年 6 月一版一刷），頁
　　611。又，相對於人文，科技界亦發現生命之「基因」和「DNA」等都呈現螺旋結構。
　　參見約翰·格里賓著、方玉珍等譯：《雙螺旋探密——量子物理學與生命》（上海市：
　　上海科技教育出版社，2001 年 7 月），頁 271-318。

果、問答、平側、正反、淺深、點染、敘論、平列及往復等大小層級不同的結構，產生篇章呼應的效果。而其中又以「本末」、「往復」、「偏全」三者，對孟子這一章的思想脈絡來說，最關緊要，是可藉以理清「知言」、「持志」、「氣」、「不動心」與「聖」的義理邏輯的。

　　由此可知「章法結構」與「篇章義旨」不可分割，有著互動的緊密關係。

第三節　綜合探討

　　大體說來，就辭章內涵而言，主要含綜合思維的「風格」、「主題」、邏輯思維的「章法」、「文法」與形象思維的「修辭」、「詞彙」、「個別意象」。若按《文心雕龍・章句》篇所分「篇法」、「章法」、「句法」與「字法」來看，則其中的「個別意象」、「詞彙」與「文法」，主要屬於「字句」範疇；而「章法」、「主題」（含義旨與材料，即整體意象）與「風格」，主要屬於「篇章」範疇。如此「內容」與「形式」可概分為「字句」與「篇章」兩大部分，用如下系統簡圖來表示它們的關係：

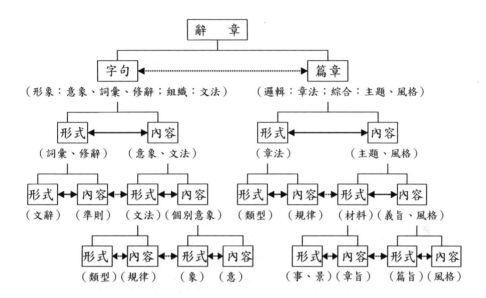

可見「章法結構」所呈現的是「篇章邏輯」，乃「內容的形式」，亦即「篇章義旨」之「組織形式」。對此，王希杰就指出：

> 文章是由內容和形式兩個方面所構成的。其內容是信息和思想，其形式是語言文字和表達方式。兩個方面也都有內容和形式的區別——我閱讀了陳滿銘教授及其弟子的精彩著作之後所得到的印象是，章法學的對象主要是文章的內容，陳滿銘教授說的「材料」就是內容，但是不研究「材料」本身，只研究材料的形式，就是材料同材料之間的關係，所以是（文章的）「內容的形式」——文章內容的「組織形式」。當然文章內容的「組織形式」需要響應的形式來表現它。文章是內容和形式的統一體。[44]

44　王希杰：〈章法學門外閒談〉，頁 53-54。

　　他把「章法結構」視為文章「內容的形式」，並且指出「文章是內容和形式的統一體」，十分有見地。

　　其實，這一問題，在我國早就注意到了，劉勰《文心雕龍‧情采》說：

　　　　情者文之經，辭者理之緯，經正而後緯成，理定而後辭暢，此立
　　　　文之本源也。[45]

關於此，王更生詮釋說：

　　　　歸根究柢，固可說是內容與形式的關係問題，但他能就此問題，
　　　　突破六朝形式主義的文風，落實到情采並重方面來，這不能不說
　　　　是正本清源之論。[46]

所謂「情采並重」就是「內容和形式」之並重，這果然是「正本清源之論」。而鄭頤壽則進一步將縱、橫兩向，扣上「情經辭緯」加以說明：

　　　　陳教授把「情」、「理」、「景」、「物」、「事」為「縱向」，「章法」
　　　　為「橫向」，這與劉勰的「情經辭緯」說是一脈相承的，即把「章
　　　　法」定位在「辭」──「（內容之）形式」上。[47]

---

45 黃叔琳注、李詳補注：《增訂文心雕龍校注》卷七（北京市：中華書局，2000 年 8 月一版一刷），頁 415。
46 王更生：《文心雕龍選讀》（臺北市：巨流圖書公司，1994 年 10 月一版一刷），頁240。
47 鄭頤壽：〈臺灣辭章學研究述評及其與大陸的異同比較〉，《福建省社會主義學院學報》總 43 期（2002 年 4 月），頁 29。

凡此可見「章法結構」與「篇章義旨」，是橫向、縱向與「內容的形式」、「內容的內容」間的關係，是並重的，是一體的。

如就「意象系統」來看，「章法結構」涉及「意象之組織」，凸顯的是意、象之間的邏輯關係；而「篇章義旨」則涉及「意象之統合」，凸顯的是意、象本身的形、質[48]。其中「意象之組織」問題，雖一直有人注意，卻無法獲得圓滿解決。如陳慶輝在《中國詩學》中即說道：

> 應該說意象的組合方式是多種多樣的，上述所舉只怕是掛一漏萬；而且複合意象的構成，作為一種審美創造，是一個複雜的心理過程，用所謂並列、對比、敘述、述議等結構形式加以說明，似乎是粗糙的、膚淺的，其深層的因素和邏輯還有待我們去挖掘和探索[49]。

意象之組織，確乎是一種複雜的心理過程，其中動用了精密的層次邏輯之思維能力，原本就是不易掌握、捕捉的，而且在古典詩詞中，可以幫助確認意象組織的邏輯關係之連接詞常常被省略，因此更加重了探索、挖掘的困難度。而王長俊等的《詩歌意象學》也認為：

> 中國古典詩歌的意象雖然可以直接拼接，意象之間似乎沒有關聯，其實在深層上卻互相勾連著，只是那些起連接作用的紐帶隱蔽著，並不顯露出來，這就是前人所謂的「斷峰雲連」、「辭斷

---

[48] 陳滿銘：〈層次邏輯與意象（思維）系統——以「多」、「二」、「一（0）」螺旋結構作對綜合考察〉，臺灣師大《中國學術年刊》30 期春季號（2008 年 3 月），頁 255-276。

[49] 陳慶輝：《中國詩學》（臺北市：文史哲出版社，1994 年 12 月初版），頁 74。

意屬」。[50]

他所謂的「斷峰雲連」、「辭斷意屬」，指的就是意象組織的問題。由此看來，意象與意象間之隱蔽「紐帶」或「深層的因素和邏輯」，一直未被好好地「挖掘」、「探索」而「顯露」出來過，是公認的事實。而這個難題，似乎可由「內容的形式」（章法結構）、「內容的內容」（篇章義旨）之互動予以解決；這顯然就涉及了「章法學」。王希杰說：

> 章法學不是關於文章內容本身的學問，而是內容材料的關係的學問。文章表現形式是多種多樣的，千變萬化的，但是其內在邏輯結構，卻是很有限的，不過是有限的幾種關係模式。而且這種內在的關係是潛在的。[51]

他所謂的「這種內在的關係是潛在的」，不就是指意、象（內容材料）間的「隱蔽紐帶」或「深層的因素和邏輯」嗎？可見探究「章法結構」是可以挖掘出「篇章義旨」之深層關係的。而這樣用「章法結構」來挖掘「篇章義旨」之深層關係，正是「章法與內容關係論」的重點所在，黎運漢將此與「章法四大規律論」視為「章法理論大廈的兩根堅實支柱」[52]，就是看出「章法結構」，也就是「篇章邏輯」的這種重大功用。

---

50 王長俊等：《詩歌意象學》（合肥市：安徽文藝出版社，2000 年 8 月一版一刷），頁 215。
51 王希杰：〈陳滿銘教授和章法學〉，《畢節學院學報》總 96 期（2008 年 2 月），頁 3。
52 黎運漢：「陳教授的章法四大規律論和章法與內容關係論，揭示了章法學的研究對象，理清了它的範圍，闡明了其分析原則和方法與實用意義，形成了章法理論大廈的兩根堅實支柱，它們有深度、有廣度、有理論開拓性和實踐指導性的品格，為漢語辭章章法學構建起一個較為科學的理論體系奠定了堅實的基礎。」見〈陳滿銘對辭章章法學的貢獻〉，《陳滿銘與辭章章法學》（臺北市：文津出版社，2007 年 12 月初版一刷），頁 56。

　　由於辭章「內容」必須靠「形式」來呈現，而「形式」又得依賴「內容」來支撐，因此就一篇辭章來說，「內容」與「形式」是交互依存，不能分割的。經由上文探討，可知「章法結構」關涉的是「內容的形式」，以凸顯意、象之間的邏輯關係；而「篇章義旨」關涉的是「內容的內容」，以呈現意、象本身的形、質；兩者交互依存，不可偏廢。《文心雕龍・情采》說：「情者文之經，辭者理之緯，經正而後緯成，理定而後辭暢，此立文之本源也。」強調的就是這個道理。由此可見「章法結構」與「篇章義旨」兩者，是彼此「互動」而「重疊」，形成一體的。

第六章
章法結構與篇章風格

摘要

篇章是建立在二元（陰柔、陽剛）互動之基礎上，以呈現其「多、二、一（0）」結構的；而其風格之形成，便與這種由二元（陰柔、陽剛）互動所組織而成之「多、二、一（0）」結構與其「移位」、「轉位」、「調和」、「對比」，息息相關。本章即以古典散文與詩、詞為語料，用這種由二元（陰柔、陽剛）互動所組織成之「多、二、一（0）」的篇章結構與其「移位」（順、逆）、「轉位」（拗）、「調和」、「對比」為依據，對整體「章法結構」之陽剛與陰柔消長的情形，進行探討，試予量化，並將這種模式探索之結果對應於傳統直觀表現之結晶作進一步的觀察。結果發現：透過「章法結構」審辨「篇章風格」時，除必須參考直觀表現之成果外，又嘗試拓展「有理可說」的模式探索空間，將有助於審辨品質之提高，是大有可為的。

關鍵詞：章法結構、篇章風格、剛柔成分、量化、直觀表現、模式探索、「多、二、一（0）」結構

　　一般說來，風格是多方面的，而文學風格更是如此，有文體、作家、流派、時代、地域、民族和作品等風格之異[1]。即以一篇作品而言，又有內容與形式（藝術）風格的不同，即以內容來說，就關涉到主題（主旨、意象），而形式（藝術），則與文（語）法、修辭和章法等有關。而一篇作品之風格，就是結合內容與形式（藝術）所產生有整個機體所顯示的審美風貌[2]，這是合作者之形象思維與邏輯思維為一而形成，可以統攝主題、文（語）法、修辭和章法等種種個別風格，呈現整體風格之美。其中「篇章風格」，由於它涉及篇章之意象內涵（內容材料）及其邏輯組織，即「章法結構」，乃關係到綜合思維，是合形象思維與邏輯思維而為一的。

　　這種「篇章風格」，自古以來大都經由「直觀」加以捕捉，往往涉及主觀表現，因此難免因人而異；而如今辭章之「模式」研究則日新月異，已可試著用此成果進行探索，以補「直觀」之不足。由於風格，從其源頭看，涉及了剛柔，因此本章特聚焦於篇章風格剛柔成分的力度與進紬，凸顯「模式」研究之初步成果，並由此引證一些「直觀」累積之結晶，舉古典散文與詩、詞為例作說明，然後作綜合探討，以見「篇章風格」與「章法結構」之關係於一斑，供辭章家與辭章學家參考。

第一節　相關理論

　　章法結構與篇章風格，涉及「多、二、一（0）」結構之形成與其

1　黎運漢：《漢語風格學》（廣州市：廣東教育出版社，2000 年 2 月一版一刷），頁 3。又見周振甫：《文學風格例話》（上海市：上海教育出版社，1989 年 7 月一版一刷），頁 1-290。

2　顧祖釗：「風格的成因並不是作品中的個別因素，而是從作品中的內容與形式的有機整體的統一性中所顯示的一種總體的審美風貌。」見《文學原理新釋》（北京市：人民文學出版社，2001 年 5 月一版二刷），頁 184。

風格中剛柔成分之量化，茲依次探討其相關理論：

一　「多、二、一（0）」結構之形成

在哲學或美學上，對所謂「對立的統一」、「多樣的統一」，即「二而一」、「多而一」之概念，都非常重視，一向被目為事物最重要的變化規律或審美原則，似乎已沒有進一步探討之空間。不過，「對立的統一」，指的只是「一」與「二」；而「多樣的統一」指的則是「多」與「一」。這樣分別著眼於局部，雖凸顯出焦點之所在，卻往往讓人忽略了徹上徹下之「二」（陰陽）的居間作用，與其一體性之完整結構。

這種「多」、「二」、「一（0）」的螺旋結構，凸顯的乃是古代聖賢探討宇宙萬物創生、含容過程的系統性規律。大致說來，他們是先由「有象」（現象界）以探知「無象」（本體界），逐漸形成「多、二、一（0）」的逆向結構；再由「無象」（本體界）以解釋「有象」（現象界），逐漸形成「（0）一、二、多」的順向結構的。就這樣一順一逆，往復探求、驗證，久而久之，終於形成了他們圓融的宇宙人生觀。而這種宇宙人生觀，各家雖各有所見，但若只求其同而不其求異，則總括起來說，都可以從「（0）一、二、多」（順）與「多、二、一（0）」（逆）的互動、循環而提升的螺旋關係上加以統合。茲以《周易》、《老子》為例，分別加以探討：

首先看《周易》，在《周易》的〈序卦傳〉裡，對這種「多」、「二」、「一（0）」結構形成之過程，就曾約略地加以交代。其六十四卦，從其排列次序看，就粗具這種特點。而各種物類、事類在「變化」中，循「由天（天道）而人（人事）」來說，所呈現的是「（一）二、多」的結構，這可說是〈序卦傳〉上篇的主要內容；而循「由人（人事）而天（天道）」來說，則所呈現的是「多、二（一）」的結構了，這可說是〈序

卦傳〉下篇的主要內容，如此自然就「錯綜天人，以效變化」[3]。《周易・繫辭上》云：

　　是故易有太極，是生兩儀，兩儀生四象，四象生八卦。

據此，其順向歷程顯然就可用「一、二、多」的結構來呈現，其中「一」指「太極」、、「二」指「兩儀（陰陽）」，「多」指「四象生八卦（萬物）」（含人事）。如果對應於〈序卦傳〉由天而人、由人而天，亦即「既濟」而「未濟」之的循環來看，則此「一、二、多」，就可以緊密地和逆向歷程之「多、二、一」接軌，形成其螺旋結構。

　　這種螺旋結構，在《老子》一書中，不但可以找到，而且更完整，如：

　　道生一，一生二，二生三，三生萬物。萬物負陰而抱陽，沖氣以為和。（四十二章）

　　在此，老子的「一」該等同於《易傳》之「太極」、「二」該等同於《易傳》之「兩儀」（陰陽），因此所呈現的，和《周易》（含《易傳》）一樣，是「一、二、多」與「多、二、一」之原始結構。不過，值得一提的是：老子的「道」可以說是「無」，卻不等於實際之「無」（實零），

3　戴璉璋：「韓氏（康伯）在〈序卦傳〉下篇的注文中提到『先儒以〈乾〉至〈離〉為上經，天道也。〈咸〉至〈未濟〉為下經，人事也。』他認為這種說法是錯誤的。因為「夫《易》六畫成卦，三才必備，錯綜天人，以效變化。豈有天道、人事篇於上下哉？」天道人事雖不能機械地按上下經來區分，但是《周易》的作者的主要用心處，卻的確都在這裡，即在〈序卦傳〉，我們也可看出作者那種「錯綜天人，以效變化」的企圖。」見《易傳之形成及其思想》（臺北市：文津出版社，1989 年 6 月臺灣初版），頁 187。

而是「恍惚」的「無」（虛零），以指在「一」之前的「虛理」[4]。這種「虛理」，如勉強以「數」來表示，則可以是「（0）」。這樣，順、逆向的結構，就可調整為「（0）一、二、多」（順）與「多、二、一（0）」（逆），以補《周易》（含《易傳》）之不足，這就使得宇宙萬物創生、含容的順、逆向歷程，更趨於完整而周延了[5]。

　　此種螺旋結構由於屬「普遍性之存在」[6]，所以其適用面是極廣的。就以篇章來看，其四大規律—秩序、變化、聯貫、統一，就完全切合於「多、二、一（0）」的邏輯結構的。其中「秩序與變化」，相當於「多」（多樣），即「多樣的二元對待」；「聯貫」，以其根本而言，相當於「二」（陽剛、陰柔）；而「統一」則相當於「一（0）」。如此由「多樣」（多樣的二元對待）而「二」（剛柔互濟）而「統一」，凸顯了篇章的四大規律所形成的，不是平列的關係，而是「多、二、一（0）」的邏輯結構。由於一篇辭章之節奏與韻律，是由其章法單元或結構單元之「移位」或「轉位」所形成的，因此篇章的四大律與這種「多、二、一（0）」的邏輯結構，也完全適用於其篇章之節奏與韻律之上[7]，也就是說，它們是一而二、二而一的關係。

　　如果將這種「多、二、一（0）」落到「章法結構」[8]或「篇章風格」

4　唐君毅：《中國哲學原論・導論篇》（香港：人生出版社，1966 年 3 月出版），頁 350-351。

5　陳滿銘：〈論「多」、「二」、「一（0）」的螺旋結構——以《周易》與《老子》為考察重心〉，臺灣師大《師大學報・人文與社會類》48 卷 1 期（2003 年 7 月），頁 1-20。

6　王希杰：「陳教授的專長是詩詞學，非常具體。章法學則要抽象多了。這部著作（即《「多」、「二」、「（0）一」螺旋結構論——以哲學、文學、美學為研究範圍》），就更抽象了。……我以為本書很值得一讀，因為這個螺旋結構是普遍性的存在，值得重視。」見王希杰：《吳希杰博客・書海採珠》（2008 年 1 月），頁 1。

7　陳滿銘：〈論章法「多、二、一（0）」結構的節奏與韻律〉，臺灣師大《國文學報》33 期（2003 年 6 月），頁 81-124。

8　已確定的章法有四十多種，見陳滿銘：《章法學綜論》（臺北市：萬卷樓圖書公司，2003 年 6 月初版），頁 17-51。

（含節韻律、境界等）上來說，則所有核心結構[9]以外的其他「章法結構」，都屬於「多」；而其核心結構所形成之「二元對待」，自成陰與陽而「相反相成」，以徹下徹上，形成結構之「調和性」（陰）與「對比性」（陽）的[10]，是屬於「二」；至於辭章之「主旨」或由「統一」所形成之一篇風格（包括韻律、氣象、境界等），則屬於「一（0）」。值得一提的是，以「（0）」來指「篇章風格」（包括韻律、境界等）的抽象力量，是極其合理的。

二　剛柔成分之量化

作為一般術語，風格是指「作風、風貌、格調，是各種特點的綜合表現」，而這種表現是多方面的，有建築風格，雕塑風格、音樂風格、服裝設計風格、藝術風格，文學風格等[11]。即以其中的文學風格而言，又有文體、作家、流派、時代、地域、民族和作品等風格之異[12]。如再就其中之一篇作品來說，則又有內容與形式（藝術）風格的不同，而形式（藝術），更有文法、修辭和章法（含篇法）等風格之別。

從文學風格來看，在我國，自曹丕〈典論論文〉與劉勰《文心雕龍》開始，對風格概念，就探討、發展得很好，這可由傳統有關的許多論著中得知，而所探討的，大體而言，不外是作家風格、作品風格或辭章風格。而對其中之作品風格，大都僅就整體來作綜合探討，卻較少分為內容與形式加以析論，也十分自然地，從文法、修辭和章法等角度來推求

9　陳滿銘：〈論章法「多、二、一（0）」的核心結構〉，臺灣師大《師大學報・人文與社會類》48 卷 2 期（2003 年 12 月），頁 71-94。

10　陳滿銘：《章法學綜論》，頁 341-352。又，仇小屏：〈論辭章章法的對比與調和之美〉，《辭章學論文集》上冊（福州市：海潮攝影藝術出版社，2002 年 12 月一版一刷），頁 78-97。

11　黎運漢：《漢語風格學》，頁 3。

12　周振甫：《文學風格例話》，頁 1-290。

其風格的，便更少見，甚至完全看不到。其中章法風格，就是如此；這是由於一直未注意到篇章或章法是建立在「陰陽二元對待」的基礎之上的緣故。

　　直接由「陰陽二元對待」所形成之母性風格，是「剛」與「柔」。而我國涉及此「剛」與「柔」的特性來談風格，而又強調用它們來概括各種風格的，首推清姚鼐的〈復魯絜非書〉：

> 鼐聞天地之道，陰陽剛柔而已。文者，天地之精英，而陰陽剛柔之發也。……其得於陽與剛之美者，則其文如霆，如電，如長風之出谷，如崇山峻崖，如決大川，如奔騏驥；其光也，如杲日，如火，如金鏐鐵；其於人也，如憑高視遠，如君而朝萬眾，如鼓萬勇士而戰之。其得於陰與柔之美者，則其文如升初日，如清風，如雲，如霞，如煙，如幽林曲澗，如淪，如漾，如珠玉之輝，如鴻鵠之鳴而入寥廓；其於人也，漻乎其如嘆，邈乎其如有思，暖乎其如喜，愀乎其如悲。觀其文，諷其音，則為文者之性情形狀舉以殊焉。且夫陰陽剛柔，其本二端，造萬物者糅而氣有多寡、進絀，則品次億方，以至於不可窮，萬物生焉。故曰：一陰一陽之為道。夫文之多變，亦若是已。

而周振甫在《文學風格例話》中對它作了如下闡釋：

> 在這裡，姚鼐把各種不同風格的稱謂作了高度的概括，概括為陽剛、陰柔兩大類。像雄渾、勁健、豪放、壯麗等都歸入陽剛類，含蓄、委曲、淡雅、高遠、飄逸等都可歸入陰柔類。……陽剛陰柔可以混雜，在混雜中，陰陽之氣可以有的多有的少，有的消有

的長，這就造成風格的各種變化。[13]

可見風格之多樣，是由「剛」與「柔」的「多寡進絀」（多少、消長）而形成的，因此多樣的風格，可以概括為陽剛、陰柔兩大類，以其「剛」與「柔」之「多寡進絀」（多少、消長）而形成各種不同的風格。

　　如上所述，章法與章法結構，既然是建立在「陰陽二元對待」，亦即「剛」與「柔」互動的基礎之上的，當然與「剛柔」風格就有直接之關係。而由章法與章法結構來解釋「剛柔」風格之形成，也自然最為利便。因此要談篇章風格之形成，就必須從章法本身與章法結構之陰陽、剛柔來探討。

　　先就章法本身之陰陽、剛柔來看，由於所有章法，無論是調和性或對比性的，都以「一陰一陽」對待而形成，所以每一章法本身即自成陰陽、剛柔。大抵而論，屬於本、先、靜、低、內、小、近……的，為「陰」為「柔」，屬於末、後、動、高、外、大、遠……的，為「陽」為「剛」[14]。這樣以「陰陽」或「剛柔」來看章（篇）法，則所有以「陰陽二元」為基礎而形成的章（篇）法，都可辨別它們的陰陽或剛柔。譬如：

　　　本末法：以「本」為陰為柔、「末」為陽為剛。
　　　虛實法：以「虛」為陰為柔、「實」為陽為剛。
　　　賓主法：以「主」為陰為柔、「賓」為陽為剛。

13　同前註，頁 13。
14　陳望衡：「《周易》中的剛柔也不只是具有性的意義，它也用來象徵或概括天地、日月、晝夜、君臣、父子這些相對立的事物。而且，剛柔也與許多成組相對立的事物性質相連屬，如動靜、進退、貴賤、高低……剛為動、為進、為貴、為高；柔為靜、為退、為賤、為低。」見《中國古典美學史》（長沙市：湖南教育出版社，1998年 8 月一版一刷），頁 184。

正反法：以「正」為陰為柔、「反」為陽為剛。

因果法：以「因」為陰為柔、「果」為陽為剛。

凡目法：以「凡」為陰為柔、「目」為陽為剛。

以此類推，每種章法都各有其陰陽或剛柔，這樣，對風格之形成，便打好了最佳基礎。

以此為基礎，再配合章法本身之調和性（陰柔）或對比性（陽剛），就可約略推得它們的陰陽或剛柔來。大致說來，在四十多種章法中，除了貴與賤、親與疏、正與反、抑與揚、立與破、眾與寡、詳與略、張與弛……等，比較容易形成「對比」外，其他的，如遠與近、大與小、高與低、淺與深、賓與主、虛與實、平與側、凡與目、縱與收、因與果……等，都極易形成「調和」的關係。

再從章法結構之陰陽、剛柔來看，這就涉及了章法單元與結構單元的「移位」與「轉位」的問題[15]。先就章法單元來說，所謂的「移位」，是指章法二元本身所形成的順向或逆向運動，如「正→反」（順）、「反→正」（逆）或「凡→目」（順）、「目→凡」（逆）等便是；而所謂的「轉位」，是指章法二元本身所形成的往復（合順、逆為一）運動，如「破→立→破」、「主→賓→主」、「實→虛→實」、「果→因→果」等便是。後就結構單元來說，所謂的「移位」，是指章法結構所形成的順向或逆向運動，如「先立後破→先本後末」、「先點後染→先近後遠」、「先昔後今→先抑後揚」等便是；所謂的「轉位」，是指章法結構所形成的往復（合順、逆為一）運動，如「正→反」與「反→正」、「大→小」與「小→大」、「平→側」與「側→平」等便是。

---

15 仇小屏：〈論辭章章法的移位、轉位及其美感〉，《辭章學論文集》上冊，頁117-122。

　　而這種「移位」與「轉位」，雖然二者同是指「力」（勢）的變化，但是在程度上是有所不同的，亦即變化強度較弱者為順向之「移位」，較強者為逆向之「移位」，而變化強度最激烈者為「轉位」之「拗」[16]，也因為這樣，「移位」（順與逆）與「轉位」（拗）所形成的章法風格與所帶出的美感，也是有差別的。而推動這些運動的，是陽剛與陰柔之二元力量，如就全篇之「多、二、一（０）」來看，則都是由其核心結構發揮徹下徹上之作用，逐層予以統合的。

　　這樣看來，章法結構之陽剛或陰柔的強度（「勢」[17]），當受到下列幾個因素的影響：

（一）章法本身的陰柔、陽剛屬性，如「近」為陰柔、「遠」為陽剛，「正」為陰柔、「反」為陽為剛，「凡」為陰柔、「目」為陽剛。

（二）章法結構的調和、對比屬性，如淺與深、賓與主、凡與目等形成調和，而正與反、抑與揚、立與破等則形成對比。

（三）章法結構之變化，如「移位」之「順」、「逆」與「轉位」之「拗」。其中「順」屬原型，「逆」與「拗」屬變型。

（四）章法結構之層級，如上層、次層、三層……底層等。

（五）章法「多、二、一（０）」的核心結構。

---

16 以「轉位」為「拗」，見陳滿銘：〈章法風格論──以「多、二、一（０）」結構作考察〉，《溫州師範學院學報》27 卷 1 期（2006 年 2 月），頁 49-54。

17 涂光社：「他們（按：指藝術家）或隱或顯地把宇宙萬物，尤其是把一切藝術表現對象都理解為不斷運動變化的存在，乃至是與自己心靈相通的有生命有個性的活物。他們總是企求體察和反映出物態中存在的這種靈動之『勢』。」見《因動成勢》（南昌市：百花洲文藝出版社，2001 年 10 月一版一刷），頁 256。

以上幾個因素，對於陰陽、剛柔之「勢」（力量）之「消長」影響極大，而這所謂的「勢」，可用涂光社在《因動成勢》中的說法來說明：

> 「勢」有「順」有「逆」。「順」指其運動方式和取向與審美主體的心理傾向或思維習慣協調一致，能使欣賞者有意氣宏深盛壯、淋漓暢快的感受；「逆」則是其運動方式和取向與審美主體的心理傾向或思維習慣相牴觸、相違背，於是波瀾陡起，衝突、騷動和搏擊成為心態的主導方面。[18]

準此以觀，「順勢」較渾成暢快，「逆勢」較激盪騷動；「拗勢」則自然地，比起順、逆來，更為渾成暢快、激盪騷動。而這些「勢」的本身，雖然也有其陰陽（以弱、小者為陰、強、大者為陽），卻不能藉以確定章法結構之「陰」、「陽」，是完全要看結構內之運動而定的，如結構是向「陰」而動，則加強的是陰柔之「勢」；如「結構」是向「陽」而動，則加強的是陽剛之「勢」了。

　　如果這種推測正確，則可根據以上所述幾種因素所形成的「勢」之大小強弱，約略地推算出一篇辭章剛柔成分之比例來。大抵而言，據上述因素加以推定：

（一）每一結構所形成之陰陽流動，以起始者取「勢」之數為「1」（倍）、終末者取「勢」之數為「2」（倍）。

（二）將「調和」者取「勢」數為「1」（倍）、「對比」者取「勢」之數為「2」（倍）。

（三）將「順」之「移位」取「勢」之數為「1」（倍）、「逆」之「移

---

18 涂光社：《因動成勢》，頁 265。

位」取「勢」之數為「2」(倍)、「轉位」之「拗」取「勢」
之數為「3」(倍);而「拗」向「陽」者取「勢」之數為「1」
(倍)、「拗」向「陰」者取「勢」之數為「2」(倍)。[19]

(四) 將處「底層」者取「勢」之數為「1」(倍)、「上一層」
者取「勢」之數為「2」(倍)、「上兩層」者取「勢」之
數為「3」(倍)……以此類推。

(五) 以核心結構一層所形成「勢」之數為最高,過此則「勢」
之數 (倍) 逐層遞降。

雖然這些「勢」之數 (倍),由於一面是出自推測,一面又為了便於計
算,因此其精確度是不足的,卻也已約略可藉以推測出一篇辭章剛柔成
分之比例來[20]。以下就根據以上五點敘述,且將陰陽之「勢」數基準予
以表格化[21],如表一:

表一　陰陽「勢」數基準表

陰陽勢數 項目(章法)	陰	陽
(1) 起始	1	
(1) 終末		2
(2) 調和	1	
(2) 對比		2
(3) 順移位	1	
(3) 逆移位		2
(4) 陽拗×轉位「勢」		2×3=6

19　「拗」向「陰」或「陽」部分,乃參酌仇小屏與謝奇懿之意見加以增訂。
20　以上見陳滿銘:〈章法風格論──以「多、二、一 (0)」結構作考察〉,頁 49-54。
21　以下表格,由臺灣師大華語文教學研究所碩士蕭蕙茹所繪製。

陰陽勢數 項目（章法）	陰	陽
（4）陰拗×轉位「勢」	1×3＝3	
（5）總和	9	9
百分比	50%	50%

　　由上表可知陰陽「勢」數基準為百分之五十（50%）。也可進一步根據以上數據會製成圖，以觀察陰陽勢數比例變化，如下圖圖一所示：

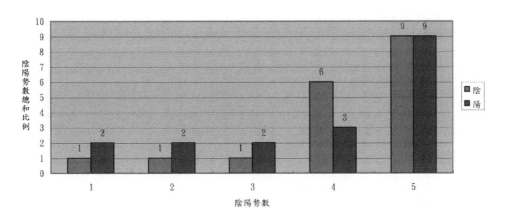

圖一　陰陽勢數基準圖

　　而且大概而言，可由這種剛柔成分比例之高低，分為如下三等：

　　（一）首先為純剛或純柔：其「勢」之數為「66.66%→71.43%」。

　　（二）其次為偏剛或偏柔：其「勢」之數為「54.78%→66.65%」。

　　（三）又其次為剛柔互濟：其「勢」之數為「45.23%→54.77%」。

其中「71.43%」是由轉位結構的陰陽之比例「5/7」推得，這可說是陰

陽之比例之上限；而「66.66％」是由移位結構的陰陽之比例「2/3」推得，這可說是陰陽之比例之中限；至於「45.23％」與「54.77％」是以「50」為準，用上限與中限之差數「4.77」上下增損推得。茲分別表示如下：

（一）　從轉位結構的陰陽比例，來看陰陽比例之上限，如下表表二所示：

表二　轉位結構之陰陽比例

陰陽勢數 項目（章法）	陰	陽
順移位	1	
逆移位		2
陽拗×轉位「勢」	2×3＝6	
陰拗×轉位「勢」		1×3＝3
總和	7	5

由上表得知，陰陽比例之上限為 5/7，約 71.43％。

（二）　從移位結構的陰陽比例，來看陰陽比例之中限，如下表表三所示：

表三　移位結構之陰陽比例

陰陽勢數 項目（章法）	陰	陽
順移位×陰拗「勢」	1×3	
逆移位×陽拗「勢」		2×1
總和	3	2

由上表得知，陰陽比例之中限為 2/3，約 66.66％。

由表二、表三推出陰陽之上限和中限之差為 71.43—66.66=4.77，

又從表一看出陰陽勢數基準為 50，由此可推估陰陽之比例上限、中
限、與下限，此亦為辭章剛柔的成分。如果取整數並稍作調整，則可以
是：

（一）純剛、純柔者，其「勢」之數為「66% → 72%」。

（二）偏剛、偏柔者，其「勢」之數為「56% → 65%」。

（三）剛、柔互濟者，其「勢」之數為「45% → 55%」。[22]

　　據此可用下圖圖二來呈現：

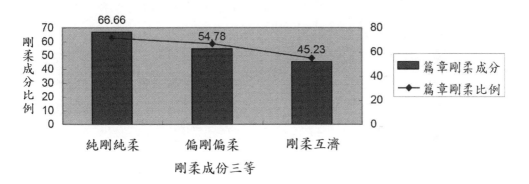

圖二　篇章剛柔比例圖

　　如此初步為姚鼐「夫陰陽剛柔，其本二端，造萬物者糅而氣有多
寡、進絀則品次億方，以至於不可窮，萬物生焉」的說法，作較具體的
印證。

---

22 陳滿銘：〈章法風格中剛柔成分的量化〉，《國文天地》19 卷 6 期（2003 年 11 月），
　　頁 86-93。

第二節　實例舉隅

茲舉古典詩文與宋詞各三首為例，對其「章法結構」與「篇章風格」中剛柔

成分試予量化，並略作說明，以見一斑：

一　以古文為例

在此，首先看《史記・孔子世家贊》：

> 太史公曰：《詩》有之：「高山仰止，景行行止。」雖不能至，然心鄉往之。余讀孔氏書，想見其為人。適魯，觀仲尼廟堂，車服、禮器，諸生以時習禮其家，余低回留之，不能去云。天下君王至於賢人眾矣，當時則榮，沒則已焉。孔子布衣，傳十餘世，學者宗之。自天子王侯，中國言六藝者，折中於夫子，可謂至聖矣！

這篇贊文，採「先點後染」的「篇」結構寫成，「點」指「太史公曰」：而「染」則自「《詩》有之」起至篇末，乃用「凡」（總提：綱領）、「目」（分應）、「凡」（總提：主旨）的「章」結構寫成。其中頭一個「凡」（總提：綱領）的部分，自篇首至「然心鄉往之」止，引《詩》虛虛籠起，以「高山仰止，景行行止」兩句語典形成「象（事）」，由此領出「鄉往」兩字形成「意」（情、理），作為綱領，以統攝下文。「目」（分應）的部分，自「余讀孔氏書」至「折中於夫子」止，以「偏（目一）、中（目二）、全（目三）」的方式，含三「目」來寫：首「目」寫自己「讀孔氏書」與「觀仲尼廟堂」之所見為「象」（事）、所思為「意」（情），

以「想見其為人」與「低回留之，不能去云」句，偏於個人，表出自己對孔子的「鄉往」之情；次「目」特將孔子與「天下君王至於賢人」作一對照，以「一反一正」形成「象」（事），以「學者宗之」形成「意」（理），由「情」轉「理」，由個人推演到孔門學者，表出他們對孔子的「鄉往」之意，並暗示所以將孔子列為世家的理由；三「目」寫各家以孔子的學說為截長補短的標準形成「象」（事），以「折中於夫子」形成「意」（理），依然由「情」轉「理」，又由孔門學者擴及於全天下讀書人，表出他們對孔子的「鄉往」之意。後一個「凡」（總提：主旨）的部分，即末尾「可謂至聖矣」一句，拈出主旨，以回抱前文之意作收。

　　對此文，吳楚才指出：「起手忽憑空極贊，而後入孔氏，既入而又極贊以終之，一若想之不盡、說之不盡也者；所謂觀海難言也。」[23] 而林雲銘則認為：「為夫子作贊，……忽以『至聖』二字作結，而道德之尊，已在其內，何等省力，此極輕極鬆之筆。」[24] 說法可供參考。附其結構表如下：

23　《評注古文觀止》卷五（臺北市：臺灣中華書局，1972 年 11 月臺六版），頁 8。
24　《古文析義合編》上冊卷三（臺北市：廣文書局，1965 年 10 月再版），頁 160。

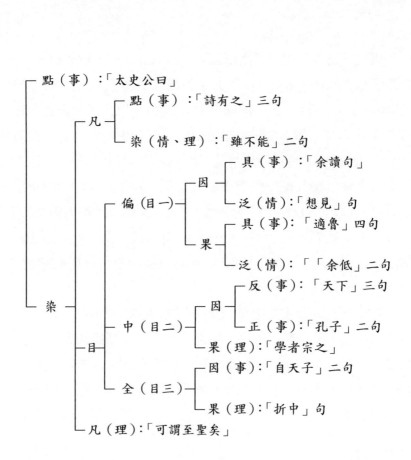

可見此文在「篇」的部分，以「先點後染」（順）的移位性核心結
構[25]，形成調和。但一樣的在調和中卻含有對比的成分，因為就「章」
而言，在「染」的部分，既以「目、凡、目」的轉位結構與「先點後染」
（順）、「偏、中、全」（逆）、二疊「先因後果」（順）、「先具後泛」（逆）
形成了調和；卻以「先反後正」（逆）移位結構形成對比。這樣以「調
和」、「移位」與「轉位」為主、「對比」、「移位」為輔，而且有「順」
有「逆」，使其節奏（韻律）、風格自然就偏於強烈、陽剛。其分層陰

---

25 陳滿銘：〈論章法「多、二、一（0）」的核心結構〉，頁71-94。

陽簡圖如下：

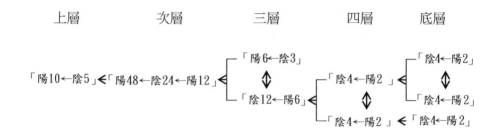

| 上層 | 次層 | 三層 | 四層 | 底層 |

可見此文共含五層結構：底層以兩疊「先具後泛」（逆）與「先反後正」（逆）形成移位結構，在「調和」中有「對比」的變化，其「勢」之數為「陰12陽6」；四層以兩疊「先因後果」（順）形成移位結構，其「勢」之數為「陰8陽4」；三層，以「先點後染」（順）與「偏、中、全」（逆）形成移位結構，其「勢」之數為「陰15陽12」；次層以「目、凡、目」（拈）形成轉位結構，其「勢」之數為「陰24陽60」；上層以「先點後染」（順），形成移位結構，其「勢」之數為「陰5陽10」；這樣累積成篇，其「勢」之數的總和為「陰60陽96」，如換算成百分比（四捨五入），則為「陰38陽62」，乃「偏剛」的作品。

　　如對應於「多 ⟷ 二 ⟷ 一（0）」而言，則此文以「正反」、「點染」（三層）、「偏全」與「因果」、「泛具」各二疊的「移位」性結構，與「轉位」性的「目、凡、目」結構與節奏（韻律），形成了「多」；以「先點後染」（上層）的移位性核心結構與節奏（韻律），自為陰陽對比，是為關鍵性之「二」，藉以統括輔助性結構，徹下徹上，形成一篇規律；以「可謂至聖」之一篇主旨與「偏剛」的風格為「一（0）」。由此可看出「章法結構」與「篇章風格」不可分的關係。

　　其次看韓愈〈送董邵南遊河北序〉：

燕趙古稱多感慨悲歌之士。董生舉進士，連不得志於有司，懷抱
利器，鬱鬱適茲土，吾知其必有合也。董生勉乎哉！

夫以子之不遇時，苟慕義彊仁者，皆愛惜焉。矧燕趙之士，出乎
其性者哉！然吾嘗聞風俗與化移易，吾惡知其今不異於古所云
邪？聊以吾子之行卜之也。董生勉乎哉！

吾因子有所感矣。為我弔望諸君之墓，而觀於其市，復有昔時屠
狗者乎？為我謝曰：「明天子在上，可以出而仕矣。」

此文為一贈序，為送董邵南往遊河北而寫。由於當時河北藩鎮不奉
朝命，送行之人「斷無言其當往之理，若明言其不當往，則又多此一
送」[26]，所以作者就避開河北之「今」，而從其「古」下筆。首先自開
篇起至「出乎其性者哉」句止，以「因、果、因」的結構，說古時之燕
趙〔即河北〕多「慕義彊仁」的豪傑之士，從正面預卜董生此行必受到
「愛惜」而「有合」，以見其當往；其次自「然吾嘗聞」句起至「董生
勉乎哉」句止，說如今燕趙之風俗，或許已與古時有所不同，從反面勉
董生聊以此行一卜其「合與不合」[27]，以進一步見其當往；以上兩段，
直接扣住董生之當「遊河北」來寫，是「擊」的部分。最後以末段，筆
鋒一轉，旁注於燕趙之士身上[28]，採「先泛後具」的結構來表達，要董
生傳達「明天子在上」而勸他們來仕之意，含董生不當往的暗示作
收[29]；這是「敲」的部分。由此角度分析，可畫成如下結構分析表：

26 林雲銘：《古文析義合編》上冊卷四，頁216。
27 王文濡在首段下評注：「此段勉董生行，是正寫。」在次段下評注：「此段勉董生行，
　是反寫。」見《評注古文觀止》卷八，頁36-37。
28 王文濡於「吾因數而有所感矣」下評注：「上一正一反，俱送董生，此下特論燕趙。」
　《評注古文觀止》卷五，頁37。
29 王文濡在篇末評注：「送董生，卻勸燕趙之士來仕，則董生之不當往，已在言外。」
　《評注古文觀止》卷五，頁37。

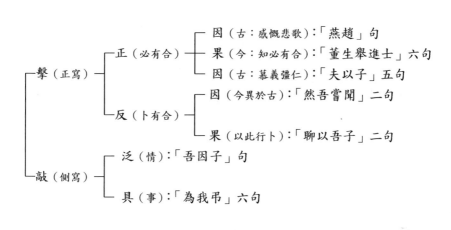

從「篇」來看，它是用「先擊後敲」[30]之結構加以呈現的。這個結構，足以涵蓋此文正面（擊）與側面（敲）的全部內容，可視為核心結構。其中「擊」的部分，先由一疊「因、果、因」（變化）與一疊「先因後果」（秩序）的調和性之輔助結構，以轉位之「變化」（陽剛）與移位之「秩序」（調和）來支撐這「先正後反」之對比性（陽剛）結構，而造成反復與往復之節奏（韻律）；再由此對比性（陽剛）結構來為「擊」的部分作支撐，使得這個部分，一面由「移位」、「轉位」造成明顯而有變化的節奏（韻律），一面由對比與調和形成「剛中寓柔」的強大力量，

---

30 為「敲擊」結構之一種。「敲擊」一詞，一般用作同義的合義複詞，都指「打」的意思。但嚴格說來，「敲」與「擊」兩個字的意義，卻有些微的不同，《說文》說：「敲，橫擿也。」徐鍇《繫傳》：「橫擿，從旁橫擊也。」而《廣韻‧錫韻》則說：「擊，打也。」可見「擊」是通指一般的「打」，而「敲」則專指從旁而來的「打」。也就是說，以用力之方向而言，前者可指正〔前後〕面，也可指側面，而後者卻僅可指側面。依據此異同，移用於章法，用「敲」專指側寫，用「擊」專指正寫，以區隔這種篇章條理與「正反」、「平側」（平提側注）、賓主等章法的界線，希望在分析辭章時，能因而更擴大其適應的廣度與貼切度。大體說來，「敲擊」，主要在用不同事物以表達同類情意時，藉「敲」加以引渡或旁推，來呼應「擊」的部分，與「正反」、「賓主」之彼此映襯或「平側」之有所偏重的，有所不同。見陳滿銘：〈論幾種特殊的章法〉，臺灣師大《國文學報》31期（2002年6月），頁196-202。

有力地帶出「敲」部分。而「敲」部分，則因離開了「送董邵南」的主題，故僅以「先泛後具」的一疊調和性結構來支撐，一面藉移位所造成的簡單節奏，與上個部分的「反復」與「往復」之節奏（韻律）銜接呼應，串聯為一篇韻律；一面藉此調和性結構，適切地表達「董生不當往」的「言外之意」。由此看來，這篇文章「先擊後敲」的核心結構本身，雖性屬調和，卻因隱含對比性極強之「正反」成分，而輔助結構之「多」，又帶有「剛中寓柔」的強大力量，所以上徹至「一（0）」，便足以表達本文頗曲折之主旨，而形成「剛柔互濟」[31]之風格。其分層陰陽簡圖如下：

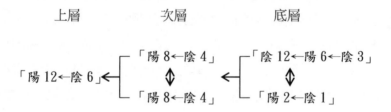

<table>
<tr><td>上層</td><td>次層</td><td>底層</td></tr>
</table>

此文含三層結構：底層以「因、果、因（拟）」形成轉位結構、以「先因後果」（順）形成移位結構，其「勢」之數為「陰 16 陽 8」；次層以「先正後反（順）」、「先泛後具（順）」形成移位結構，其「勢」之數為「陰 8 陽 16」；上層以「先擊後敲（順）」形成移位結構，其「勢」之數為「陰 6 陽 12」；這樣累積成篇，其「勢」之數的總和為「陰 30 陽 36」，如

---

31 指剛與柔之成分十分接近，這種成分可初步透過章法結構之陰陽變動試予量化，見陳滿銘：〈論東坡清俊詞中剛柔成分之量化〉，《畢節師範高等專科學校學報》22 卷 1 期（2004 年 9 月），頁 11-18。而這種量化，涉及章法風格，見陳滿銘：〈章法風格論——以「多、二、一（0）」結構作考察〉，《成大中文學報》12 期（2005 年 7 月），頁 147-164。

換算成百分比（四捨五入），則為「陰45陽55」，乃「剛柔互濟」的作品。

　　如對應於「多 ←→ 二 ←→ 一（0）」而言，則此文以「正反」、「因果」與「泛具」各一疊的「移位」性結構，與「轉位」性的「因、果、因」結構與節奏（韻律），形成了「多」；以「先擊後敲」的移位性核心結構與節奏（韻律），自為陰陽對比，是為關鍵性之「二」，藉以統括輔助性結構，徹下徹上，形成一篇規律；以「董生不該往」之一篇主旨與「開闔變化」的風格為「一（0）」。吳楚才說：「董生憤己不得志，將往河北求用於諸藩鎮，故公作此送之。始言董生之往必有合，中言恐未必合，終諷諸鎮之歸順，及董生不必往。文僅百十餘字，而有無限開闔，無限變化（剛），無限含蓄（柔）。」[32] 這種特色之形成，絕非偶然。

　　然後看王安石〈讀孟嘗君傳〉：

> 世皆稱孟嘗君能得士，士以故歸之，而卒賴其力，以脫於虎豹之秦。
> 嗟呼！孟嘗君特雞鳴狗盜之雄耳，豈足以言得士！不然，擅齊之強，得一士焉，宜可以南面而制秦，尚何取雞鳴狗盜之力哉！
> 雞鳴狗盜之出其門，此士之所以不至也。

　　這篇文章，一開頭就直接以「世皆稱」四句，先立一個案，採「先因後果」的結構，藉世人之口，對孟嘗君之「能得士」，作一讚美，並從中拈出「卒賴其力，以脫於虎豹之秦」，隱含「雞鳴狗盜」之意，以作為「質的」，以引出下文之「弓矢」。再以「嗟呼」句起至末，在此用「實、虛、實」的結構，針對「立」的部分，以「雞鳴狗盜」扣緊「卒

---

32 《評注古文觀止》卷八，頁36-37。

賴其力，以脫於虎豹之秦」，予以攻破。所謂「質的張而弓矢至」，真是一箭而貫紅心，雖文不滿百字，卻有極強的說服力。對此，林西仲指出：「《史記》稱孟嘗君招致任俠姦人入薛，其所得本不是士，即第一等市義之馮驩，亦不過代鑿三窟，效雞鳴狗盜之力，何嘗有謀國制敵之慮！『龍門好客自喜』一語，早已斷煞，而世人不知，動稱『能得士』，故荊公作此以破其說。篇首喝起『世皆稱』三字，是與『龍門』贊語相表裡，非翻案也。百餘字中，有起、承、轉、合在內，警策奇筆，不可多得。」[33] 將此文特色交代得十分清楚。附結構分析表如下：

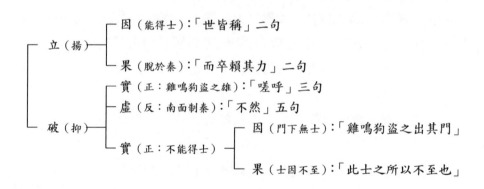

可見此文在「篇」的部分，以「先立後破」的移位性核心結構，形成對比。但一樣的在對比中卻含有調和的成分，因為就「章」而言，在「立」的部分，既以「先因後果」的移位結構形成了調和；在「破」的部分，又先以「實（正）、虛（反）、實（正）」的轉位結構形成對比，再以「先因後果」的移位結構形成調和。這樣以「對比」、「移位」為主、「調和」、「轉位」為輔，其節奏（韻律）、風格自然趨於強烈、陽剛。其分

33　《古文析義合編》上冊，頁 326。

層陰陽簡圖如下：

此文含三層結構：底層以「先因後果」（順）形成移位結構，其「勢」之數為「陰 1 陽 2」；次層以「先因後果（順）」形成移位結構、以「實、虛、實（扣）」形成轉為結構，其「勢」之數為「陰 14 陽 34」；上層以「先立後破（順）」形成移位結構，其「勢」之數為「陰 3 陽 16」；這樣累積成篇，其「勢」之數的總和為「陰 18 陽 42」，如換算成百分比（四捨五入），則為「陰 30 陽 70」，乃「純剛」的作品。

　　如對應於「多 ⟷ 二 ⟷ 一（0）」而言，則此文以兩層移位性的「先因後果」與轉位性的「實、虛、實」結構與節奏（韻律），形成了「多」；以「先立後破」的核心（移位）結構與節奏（韻律），自為陰陽對比，形成了「二」，以徹下徹上；而以孟嘗君「未足以言得士」之主旨與所形成的毗剛風格、韻律，所謂「筆力簡而健」[34]，則形成了「一（0）」。這篇短文之所以有極強之氣勢與說服力，與這種「章法結構」有著密切之關係。

---

34 郭預衡：《中國散文史》中（上海市：上海古籍出版社，2000 年 3 月一版一刷），頁 485。

二　以古詩為例

在此，首先看陶淵明〈飲酒詩 之五〉：

> 結廬在人境，而無車馬喧。問君何能爾，心遠地自偏。採菊東籬
> 下，悠然見南山；山氣日夕佳，飛鳥相與還。此中有真意，欲辨
> 已忘言。

陶淵明有〈飲酒〉詩二十首，皆歸自彭澤所作。雖總題為「飲酒」，實則藉以抒懷，寄託深遠。此為其第五首，旨在寫處於喧世能閒遠自得的意趣。它首先提明「心遠地自偏」的意思，再敘寫玩賞大自然的悠然心情，然後結出「得意而忘言」（《莊子・齊物》）的真趣。其中起二句，寫自己雖處於世間，卻不受世俗應酬的困擾，以領出下面問答之辭。三、四兩句，先設問，再應答，寫精神超脫了世俗的束縛，則雖置身於喧境，也如同居於偏遠之地，由此拈出「心遠」作為一篇之骨，以貫穿全詩。五、六兩句，寫採菊之際，無意間舉首而見南山，一時曠遠自得，悠然超出於塵俗之外；這是作者「心遠」的自然結果。七、八兩句，寫山氣與飛鳥，將「一任自然，適性自足」的自然景象，作生動的描摹；這又是「心遠」的另一番體現。末二句，寫此時此地此境，無法用言語來形容；這更是造自「心遠」的無上境界。吳淇在《六朝詩選定論》中說：「『意』字從上文『心』字生出，又加上『真』字，更跨進一層，則『心遠』為一篇之骨，『真意』為一篇之髓。」而方東樹在《昭昧詹言》裡也說：「境既閒逸，景物復佳，然非『心遠』則不能領略其『真意味』。」可見作者以「心遠」為一篇之骨（綱領）來統括全詩，以「真意」為一篇之髓（主旨）來收束全篇，是極有章法的；也由此使得此詩神遺言外，令人咀嚼不盡。附結構分析表如下：

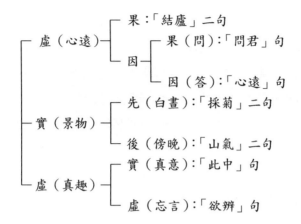

如單以剛柔成分之量化來呈現，則如下表：

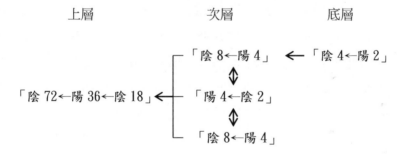

此詩以最上層的「虛、實、虛」（拗、轉位）為其核心結構，且「拗」
向「陰」，其「勢」之數為「陰90、陽36」；其次層以「先果後因」
（逆）、「先先後後」（順）「先實後虛」（逆）之「移位」結構組成，其「勢」
之數為「陰18、陽12」；其底層僅形成「先果後因」（逆）之「移位」
結構，其「勢」之數為「陰4、陽2」。而以此相加，則全詩以「陰
112、陽50」為其「勢」之數；如換算成百分比（四捨五入），則為「陰
69、陽31」。可見這首詩雖然屬「柔中寓剛」之作，但所寓之陽剛成分
是偏低的。

　　如此，對應於「多 ⟷ 二 ⟷ 一（0）」來看，則次層以下之結

構（「因果」兩疊與「先後」、「虛實」各一疊）為「多」，它們由下而上地藉層層結構之陰陽流動與呼應，將「勢」形成層層節奏（韻律），以支撐上層的「虛、實、虛」之結構，而此核心結構即為關鍵性之「二」，它一面徹下以統合「多」，一面又歸根於「一（0）」，以寫「真意」、「忘言」，而呈現「柔中帶剛」的閒逸而高妙之風格。

對此詩，周振甫在其《文學風格例話》中分析說：

> 這首詩的境界是高的。這首詩寫自己辭官歸隱，門無車馬喧，即沒有貴人來。……隱士的門前時常有貴人的車馬到來，淵明是真心歸隱，不肯接待貴人，貴人自然不來了。但他在詩裡，只是說「心遠地自偏」，心思遠於榮利，不接待貴人，他的住處就顯得偏僻，貴人就不來了。這裡顯示出他憎惡當時官場的惡濁，不願與官場中的貴人交往，在躬耕中過艱苦生活的高尚品格。接下來寫他在東籬下採菊，悠然自得中看到廬山。他感到山氣在黃昏時好，看到飛鳥互相回去。這裡講的「山氣」當指山上的雲氣，雲氣和飛鳥又有什麼好呢？這是寫景，景中含情，是情景交融。他從雲的無心出岫，想到自己不為追求榮利，而出來做官，看到鳥的相與飛還，感到自己厭倦官場生活而辭官歸隱。……這種「真意」正是他鄙棄當時官場的惡濁，決意辭官歸隱中流露出來的。這點在詩裡不用說，所以「欲辨已忘言」。這種情景交融的含蓄寫法，正是這首詩的藝術成就，所以它的風格是高妙的。[35]

他透過此詩的內容情意與含蓄寫法，推定它的風格為「高妙」，這與方東樹「閒逸」之說，正可彼此印證。而「高妙」或「閒逸」，其切入角

---

35 《文學風格例話》，頁 79-80。

度雖各異，但指的都是偏於陰柔的風格，如要近一步推它究竟「偏」了多少，則只有從「章法結構與「篇章風格」中去窺得大概了。

其次看王維〈送梓州李使君〉：

> 萬壑樹參天，千山響杜鵑。山中一夜雨，樹杪百重泉。漢女輸橦布，巴人訟芋田。文翁翻教授，不敢倚先賢。

此乃「一首投贈詩，是寫當地（梓州）的風景土俗，並寓歌頌之意」[36]。它採「先實後虛」的結構寫成：「實」的部分，含前三聯，先以開端四句，寫「梓州」遠近之風景，再以「漢女」二句，寫「梓州」特別之土俗。其中「萬壑」二句，一訴諸視覺，一訴諸聽覺，來寫遠景；「山中」二句，藉「先久後暫」的結構，以寫近景；「漢女」二句，用「先正後反」的條理，來寫土俗。而「虛」的部分，則為末二句，以「寓歌頌之意」作結。這樣一路寫來，可說「切地、切事、切人」，十分得法。對此，喻守真詳析云：

> 此詩首四句是懸想梓州山林之奇勝，是切地。同時領聯重複「山樹」二字，即是謹承起首「千山萬壑」而來。律詩中用重複字，此可為法。頸聯特寫「巴人漢女」，是敘蜀中風俗，是切事。有此一聯就移不到別處去。結尾尋出文翁治蜀化民成俗，是切人，以文翁擬李使君，官同事同，是很好的影戤，是切人。這兩句意謂梓州地雖僻陋，然在衣食既足之時，亦可施以教化，不能以人民之難治，就改變文翁教授之政策，想來梓州人民亦不敢倚仗先

36 喻守真：《唐詩三百首詳析》（臺北市：臺灣中華書局，1996 年 4 月臺二三版五刷），頁 147。

賢而不遵使君的命令。[37]

解析得很深入，有助於對此詩的了解。附結構分析表如下：

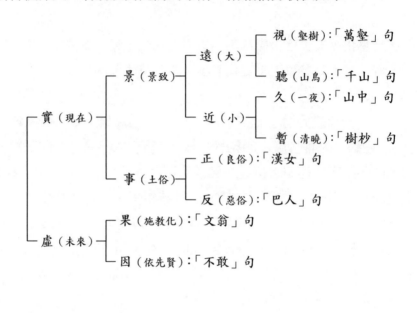

如單以剛柔成分之量化來呈現，則如下表：

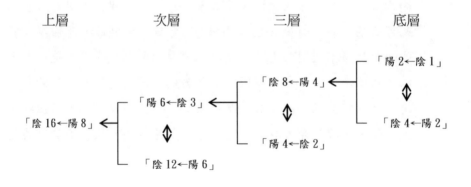

　　此詩之結構由四層重疊而組成：它最上層之「先實後虛」（逆、移位）乃其核心結構[38]，其「勢」之數為「陰 16、陽 8」；次層有「先景後事」（順）、「先果後因」（逆）等兩個「移位」結構，其「勢」之數為「陰 15、陽 12」；三層有「先遠後近」（逆）、「先正後反」（順、對比）等兩個「移位」結構，其「勢」之數為「陰 10、陽 8」；底層有「先視覺後聽覺」（順）、「先久後暫」（逆）等兩個「移位」結構，其「勢」之數為「陰 5、陽 4」。總結起來看，此篇所形成之「勢」，其數為「陰 46、陽 32」，如換算成百分比（四捨五入），則為「陰 59、陽 41」。這是非常接近「剛柔互濟」的「偏柔」風格。

　　如此，對應於「多 ⟷ 二 ⟷ 一（0）」來看，則次層以下之結構（「景事」、「因果」、「遠近」、「正反」、「視聽」、「久暫」等各一疊）為「多」，它們由下而上地藉層層結構之陰陽流動與呼應，將「勢」形成層層節奏（韻律），以支撐上層的「先實後虛」之結構，而此核心結構即為關鍵性之「二」，它一面徹下以統合「多」，一面又歸根於「一（0）」，以「寫當地（梓州）的風景土俗，並寓歌頌之意」，而呈現「柔中帶剛」的風格。關於這點，周振甫分析云：

　　　　對王維這首詩的前四句，紀昀評為「高調摩雲」，許印芳評為「筆力雄大」，可歸入剛健的風格。值得注意的，是許印芳提出王維這類詩，兼有清遠、雄渾兩種風格，就意味講是清遠的，像寫既有萬壑的參天大樹，又有千山的杜鵑啼叫。經過一夜雨，看到山上的百重泉水。這裡正寫出山中雄偉的自然景象，沒有一點塵囂，透露出清遠的意味來。但從自然的景物看，又是氣勢雄渾的。假使不能賞識這種清遠的意味，就不能讚賞這種自然景物，

---

38 陳滿銘：〈論章法「多、二、一（0）」的核心結構〉，頁 71-94。

寫不出雄渾的風格來。這個意見是值得探討的。[39]

內容情意，亦即「意味」，就辭章而言，是決定一切的根源力量，也就是「意象」之「意」；而「景象」則為「意象」之「象」[40]。既然本詩就「意味講是清遠的」、就景象講是「雄渾」的，那麼這首詩就當以「清遠」（陰柔）為主、「雄渾」（陽剛）為輔，也就是說此詩的風格是「清遠中有雄渾」的。假如這種看法沒錯，則由模式探索所推出來的剛柔流動之「勢」，正好可解釋這種現象。大致說來，這首詩雖說偏於「陰柔」，即「柔中帶剛」，卻可算接近於「剛柔互濟」；而「剛柔互濟」，在中國美學中是受到極高之推崇的[41]。

其次看杜甫〈登樓〉：

花近高樓傷客心，萬方多難此登臨。錦江春色來天地，玉壘浮雲變古今。北極朝廷終不改，西山寇盜莫相侵。可憐後主還祠廟，日暮聊為〈梁甫吟〉。

這首詩是作者傷時念亂的作品，他一開始便把一因一果的兩句話倒轉過來，敘先因「萬方多難」而「登樓」，次由「登樓」而見「花近高樓」（樓外春色），末由見「花近高樓」而「傷客心」，開門見山地將一篇之主旨「傷客心」拈出；這是「凡」的部分。接著先以三、四兩句，用「先低後高」的結構，寫「登臨」所見之樓外春色；這是「目」之一；再以五、六兩句，寫「萬方多難」；這是「目」之二。最後藉尾聯，承

39 《文學風格例話》，頁 49。
40 陳滿銘：〈意象「多」、「二」、「一（0）」螺旋結構論──以哲學、文學、美學作對應考察〉，《濟南大學學報‧社會科學版》17 卷 3 期（2007 年 5 月），頁 47-53。
41 陳望衡：《中國古典美學史》，頁 186-187。

「傷客心」，寫「登臨」所感，發出當國無人的慨歎，蘊義可說是極其
深婉的；這是「目」之三。這很顯然的，是在篇首便點明主旨（綱領），
然後依此分述的，所謂「綱舉目張」，條理都清晰異常。對此內容，喻
守真作了如下說明：

> 本詩首四句是敘登樓所見的景色，正因「萬方多難」，故傷客
> 心，春色依舊，浮雲多幻，是用來比喻時事的擾攘。頸連上句是
> 喜神京的光復，下句是懼外患的侵陵，一憂一懼，曲曲寫出詩人
> 愛國的心理。末聯是從樓頭望見後主祠廟，因而引起感喟，以謂
> 像後主的昏庸，人猶奉祀，可見朝廷正統，終不致被夷狄所改變
> 也。末句隱隱說出自己的懷抱，大有澄清天下的氣概。少陵一生
> 心事，在此詩中略露端倪。[42]

他把這首詩的涵義，闡釋得極其清楚。附結構分析表如下：

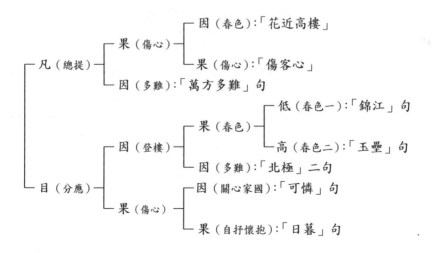

_____

[42] 《唐詩三百首詳析》，頁 233-234。

如單以陰陽結構來呈現，則如下表：

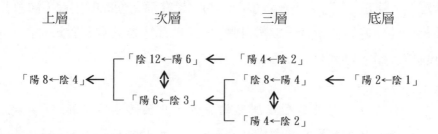

上層　　　　　　　次層　　　　　　三層　　　　　　底層

此詩含四層結構：其底層有「先低後高」（順）的「移位」結構，其「勢」之數為「陰1、陽2」；三層有二疊「先因後果」（順）與一疊「先果後因」（逆）等「移位」結構，其「勢」之數為「陰12、陽12」；次層有「先果後因」（逆）、「先因後果」（順）等「移位」結構，其「勢」之數為「陰15、陽12」；上層以「先凡後目」（順、移位）為其核心結構，其「勢」之數為「陰4、陽8」。總結起來看，此詩所形成之「勢」，其數為「陰32、陽34」，如換算成百分比（四捨五入），則為「陰48、陽52」。顯然比起上一首來，更符合理想中的「剛柔互濟」風格，只不過，杜甫此作是些微偏剛的，與王維詩之稍稍偏柔者有所不同。

如此，對應於「多 → 二 ←→ 一（0）」來看，則次層以下之結構（「因果」五疊、「高低」一疊）為「多」，它們由下而上地藉層層結構之陰陽流動與呼應，將「勢」形成層層節奏（韻律），以支撐上層的「先凡後目」結構，而此結構即為關鍵性之「二」，它一面徹下以統合「多」，一面又歸根於「一（0）」，以表出傷時念亂之情，並抒一己懷抱，呈現了「剛中帶柔」的風格。對此，周振甫以為：

　　　這首詞（詩），從登樓所見，有錦江春色、玉壘山浮雲。從「傷客心」裡聯繫到「萬方多難」，「寇盜」相侵，想到諸葛亮，用思深沈，所以說「雄闊高渾」，高即指用思深沈，而雄渾即屬於

剛健的風格。這首詩，不光「錦江」一聯是剛健的，全詩的風格
也是剛健的。[43]

對應於本詩「陰48、陽52」的「勢」之數來看，所謂「雄渾即屬於剛
健的風格」，指的正是本詩的主要格調，而所謂「深沈」，則屬於陰柔
的風格，指的該是本詩的輔助格調。而經模式探索，卻知道兩者非常接
近，乃屬於「剛柔互濟」之作，這樣來看待這首詩，應是十分合理的。

三　以宋詞為例

在此，也舉三首為例，略作說明，以見一斑。首先看柳永〈雨霖
鈴〉：

> 寒蟬淒切，對長亭晚，驟雨初歇。都門帳飲無緒，方留戀處，蘭
> 舟催發。執手相看淚眼，竟無語凝噎。念去去、千里煙波，暮靄
> 沈沈楚天闊。　　多情自古傷離別，更那堪、冷落清秋節。今宵
> 酒醒何處？楊柳岸、曉風殘月。此去經年，應是、良辰好景虛
> 設。便縱有、千種風情，更與何人說。

這闋詞旨在寫秋日送別之情，是採「先實（現在）後虛（未來）」
的結構寫成的。

「實」（現在）的部分，自篇首起至「竟無語凝噎」句止，用以寫
送別時主客雙方依依不捨的情景。它首先以「寒蟬」三句寫景：「寒
蟬」，是蟬的一種，鳴於秋日，所以此詞雖未在此直接點明季節，卻藉
牠作了交代。由於牠的鳴聲，是稀稀疏疏的，因此由離人聽來，便格外

淒涼哀切了。「長亭」，是供人送別的所在，很自然地暗寓了別情。在此又著一「對」字，巧妙地將正在相對著的亭外之景與亭內之人牽合在一起。而「晚」字，除說此刻已是黃昏，以增添離情外，也藏了依依不捨的意思。接著而來的「驟雨初歇」，由聽覺轉為視覺，不但寫了景外之景，予人以淒清之感，而與首句的「寒蟬淒切」相呼應，也為下面的「蘭舟催發」預作鋪墊。作者就如此透過開頭的三個寫景句，成功地為後面的敘事與移情布置好適當的環境。

其次以「都門」五句敘事，其中「都門」三句，用以泛寫「留戀」；「執手」二句，用以具寫「留戀」。「都門帳飲」，是說在郊外（長亭）擺下酒筵送別，因此時天已晚，陣雨又剛停，於是船夫便催著旅客上船，準備啟航。這就使得主客雙方更是難分難捨，而沒有一點心情來喝離酒了。顯然地，這種「矛盾」，更加強了「留戀」的意味。而「執手」二句，是說主客兩人手拉著手，淚眼對著淚眼，悲痛得使喉嚨像有東西堵塞住一樣，雖有千言萬語待訴說，卻連一句話也說不出來。這就恰到好處地將「留戀」的情狀，作了具體的描繪。

「虛」（未來）的部分，自「念去去」起至篇末，用設想的方式，分三層來敘寫：首層為「念去去」二句，設想船離開當時的情景。這個「念」字，屬去聲，是領字，領起以下三層文字，一直貫到尾，十分有力。而「去去」，是「遠去」的意思，就在此主客「相看」、「凝噎」之際，設想到一會兒船影將消失在水天遙接之處，所要面對的是：一望無際的「煙波」（低）、沉沉的「暮靄」（中），與遼闊的「楚天」（高）。作者就透過這些由低而高的景物拓成一片渺茫的極大空間，進一步地把無限離情烘托出來，而主客兩人也因而更為「凝噎」而不斷地落淚了。

次層為「今宵」二句，設想船離開當夜的情景，乃緊承著「千里」二句而來，想到在面對無邊的煙靄、楚天時，一定會縱酒而醉倒，等到醒了過來，已是次日早晨，而所看到的是輕風吹拂岸柳、殘月掛在天邊

的秋曉之色，像是在那裡為人哀傷似的，這就將離情推深一層，使得主客的眼淚流得更多了。

　　尾層為「此去」四句，設想離開次日以至於漫長歲月的情景，是緊接著「今宵」四句來寫的。「經年」，是過了一年又一年的意思。「風情」，指的是風月情懷，而風月，則代指「良辰好景」；而由「良辰好景」所引生的感觸，便稱為「風情」。就在主客雙方淚眼對著淚眼的同時，又由「今宵」而設想到第二天以後那一串串的日子裡，一定「滿目悲涼」而為之「斷腸」不已，而有此「千種風情」，卻無人訴說，那就更使得主客兩人淚流不止了。

　　用插敘的方式，將一篇之主旨拈出，是很常見的手法。本詞作者即用此手法，將「多情」兩句插在首、次二層之間，點明清秋別恨，以統括三層，甚至全詞。這樣從邏輯層次來看「虛」的部分，就形成「目（分應一）、凡（總提）、目（分應二、三）」的結構。若從內容看來，雖是泛就古今一般情況來說，卻更強化了此次送別之恨。

　　作者如此藉三層虛寫來增強實寫（重心在「執手」二句）的情味力量，以推深秋別之恨的主旨，真是「餘韻不盡」。附結構分析表如下：

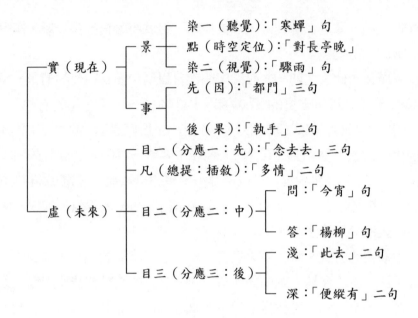

而將其剛柔成分加以量化，可呈現如下圖：

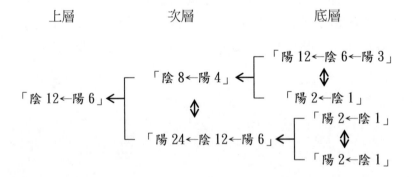

此詞結構含三層：其底層有「染、點、染」（拗、轉位）、「先『先』後
『後』」、「先問後答」與「先淺後深」（順、移位）等結構，其「勢」
之數為「陰9、陽18」；次層有「目、凡、目」（拗、轉位）、「先景後事」
（逆、移位）等結構，其「勢」之數為「陰20、陽34」；上層「先實後虛」
（逆、移位）為此詞之核心結構，其「勢」之數為「陰12、陽6」。三

層加起來，此詞所形成之「勢」，其數為「陰40、陽60」，如換算成百分比（四捨五入），則為「陰40、陽60」。由此可知這闋詞所形成的是偏於陽剛的「剛中寓柔」之風格。

如此，對應於「多 ←→ 二 ←→ 一（0）」結構來看，則次層以下之結構（「點染」、「先後」、「問答」、「淺深」、「景事」與「凡目」各一疊為「多」，它們由下而上地藉層層結構之陰陽流動與呼應，將「勢」形成層層節奏（韻律），以支撐上層的「先實後虛」結構，而此核心結構即為關鍵性之「二」，它一面徹下以統合「多」，一面又歸根於「一（0）」，以呈現「傷別」之情與「剛中寓柔」的風格。

對此，唐圭璋指出：

> 此首寫別情，盡情展衍，備足無餘，渾厚綿密，兼而有之。宋于庭謂柳詞多「精金碎玉」，殆謂此類。[44]

所謂「渾厚綿密，兼而有之」，說的就是此詞兼具陽剛與陰柔的特色。其中的「渾厚」，指的是「陽剛」、「綿密」指的是「陰柔」。而周振甫將此詞與作者另一首〈八聲甘州〉（對蕭蕭暮雨灑江天）詞，先引俞陛在《唐五代兩宋詞選釋》之解釋，再作比較說：

> 從對柳永這二首名作的解釋看，像寫秋景，用「霜風」、「關河」、「殘照」來寫，景中含情，情景相生。再像把「傷離別」跟「冷落清秋節」，跟「楊柳岸、曉風殘月」結合起來，也是情景交融。再像寫分別時，點明「方留戀處」，皆寫「蘭舟催發」，含有依依不捨、無可奈何的感情。寫「相看淚眼」，更寫「竟無

---

44 《唐宋詞簡釋》（臺北市：木鐸出版社，1982年3月初版），頁70。

語凝咽」，雖有千言萬語，只有淚眼相看，無從說起。構成柳永
的風格，是清麗遒勁，婉轉細密的。[45]

他所說的「清麗遒勁」，接近於唐圭璋所說的「渾厚」；所說的「婉轉
細密」，相當於唐圭璋所說的「綿密」。如果對應於〈雨霖鈴〉「陰40、
陽60」的「勢」之數與兩用「轉位」（拗）來看，則此詞之風格，雖也
算「剛柔相濟」，卻稍偏於陽剛的「剛中寓柔」，是「遒勁（渾厚）」中
帶「綿密（婉轉）」的。

其次看蘇軾〈卜算子〉：

缺月挂疏桐，漏斷人初靜。時見幽人獨往來，縹緲孤鴻影。
驚起卻回頭，有恨無人省。揀盡寒枝不肯棲，寂寞沙洲冷。

這首詞題作「黃州定惠院寓居作」，為元豐五年十二月所作，是採
「先底（賓）後圖（主）」的形式寫成的。

「底」（賓）的部分，為開篇二句，用「先天（自然）後人（人事）」
的結構寫成。它先就視覺，寫月缺桐疏之景，此為「天（自然）」；再
就聽覺，寫漏斷人靜之景，此為「人（人事）」。而這種景是極其寂寞
的，正好襯托出作者此刻身無所寄的心境，而且也為「孤鴻」出現，安
排好一個適當的環境。「圖」（主）的部分，為「時見」六句，用「先
點後染」之結構，寫「孤鴻」之寂寞。其中「時見」二句為「點」、「驚
起」四句為「染」。而所謂「幽人」，原為隱士，而在此卻指「孤鴻影」，
因為高飛在空中的孤鴻，被「缺月」投影在沙洲之上，模糊成一團，在
那裡來回移動，人遠遠地看去，很容易誤認為是個隱士，看久了，到最

45　《文學風格例話》，頁 137-138。

後才確定那是孤鴻之影。所以「時見」之主人翁，不是別人，而是作者
自己。既然「幽人」是「孤鴻」之影，便以「影」為媒介，令作者把注
意力由「影」投注到高飛於夜空的「孤鴻」身上。其中「驚起」二句，
用「先具（事）後泛（情）」之結構，寫「孤鴻」有驚弓之恨，交代了
牠所以高飛於空中的理由，這和作者不久前從「烏臺詩案」中撿回一條
命，顯然是有關的，繆鉞以為此詞是：

> 東坡經歷烏臺詩案之後，貶居黃州，發抒其個人幽憤寂苦之
> 情。[46]

這是很有見地的。而結尾二句，則以「先因後果」的結構，進一步寫
「有恨」之「孤鴻」，尋尋覓覓，都不肯棲於寒枝，以致「寂寞」地在
沙洲之上來往高飛。澄波解釋說：

> 牠不願棲息於高寒之枝，而甘願自守在冷漠的沙洲，遺憾的是當
> 牠受驚回首之時，又有誰能理解牠心中隱含的淒恨和苦痛？這是
> 蘇軾當時在官宦生涯中的實際遭遇。寒枝隱喻朝廷高位，沙洲猶
> 如卑荒的黃州，作者以比興的手法出之，形象生動。[47]

解釋得很明白。可見作者乃托鴻以寫自己，這樣透過幽獨之鴻來抒發自
身幽獨之恨，風格會趨於「清俊」[48]，是很自然的事。附結構分析表供

---

46 唐圭璋、繆鉞等：《唐宋詞鑑賞辭典》（上海市：上海辭書出版社，1999 年 1 月一版
十五刷），頁 668。
47 陳邦炎主編：《詞林觀止》上（上海市：上海古籍出版社，1994 年，4 月一版一刷），
頁 286。
48 陳滿銘：〈論東坡清俊詞中剛柔成分之量化〉，《畢節師範高等專科學校學報》22 卷 1
期（2004 年 9 月），頁 11-18。

參考：

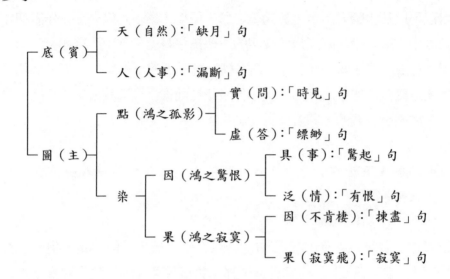

而將其剛柔成分加以量化，可呈現如下圖：

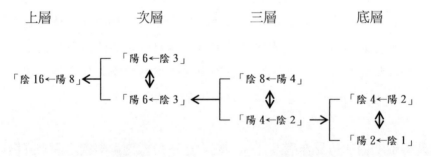

由上圖可知，此詞含四層結構：底層先以「先具後泛」形成逆向的移位結構，其「勢」之數為「陰4、陽2」，再以「先因後果」形成順向的移位結構，其「勢」之數為「陰1、陽2」；三層先以「先實後虛」形成逆向的移位結構，其「勢」之數為「陰8、陽4」，再以「先因後果」形成順向的移位結構，其「勢」之數為「陰2、陽4」；次層以「先天後人」、「先點後染」再形成順向的移位結構，其「勢」之數為「陰6、

陽 12」；上層以「先賓後主」又形成逆向的移位結構，其「勢」之數為「陰 16、陽 8」。這樣累積成篇，其「勢」之數的總和為「陰 37、陽 32」，如換算成百分比（四捨五入），則為「陰 54、陽 46」[49]。

　　如此，對應於「多、二、一（0）」結構來看，則次層以下之結構（「天人」、「點染」、「虛實」、「泛具」各一疊與二疊「因果」）為「多」，它們由下而上地藉層層結構之陰陽流動與呼應，將「勢」形成層層節奏（韻律），以支撐上層的「先賓後主」結構，而此核心結構即為關鍵性之「二」，它一面徹下以統合「多」，一面又歸根於「一（0）」，以「發抒其個人幽憤寂苦之情」，呈現了「清峻」的風格。而這風格，從「陰 54、陽 46」的量化結果看來，此詞中之剛柔成分相當接近，是屬於「剛柔互濟」的作品。繆鉞說：

　　晚近人論詞多以「豪放」為貴，而推蘇軾為豪放之宗。這實在是一種偏見。宋詞仍是以「婉約」為主流，而蘇軾詞的特長是「超曠」，「豪放」二字不足以盡之。這首〈卜算子〉詞以及〈水調歌頭〉（明月幾時有）……〈定風波〉（莫聽穿林打葉聲）等佳什，都是「超曠」之作，同時也不失詞的傳統的深美閎約的特點。[50]

這種以「直觀」為主的看法，與「模式」為依據的結果，是可參照在一起看的，所謂「超曠」（柔）而不失「深美（柔）閎約（剛）」，即「柔中帶剛」的意思，而此「剛」之成分，顯然與繆鉞所謂「發抒其個人幽憤寂苦之情」，是有密切關係的。據「模式」探索之結果，這種「幽憤寂苦之情」所產生的「剛」成分與「超曠」之思所形成的「柔」成分十

49　陳滿銘：〈論東坡清俊詞中剛柔成分之量化〉，頁 11-18。
50　繆鉞評析，見《唐宋詞鑑賞辭典》，頁 668。

分接近，因此視為「剛柔互濟」的作品，是比較合理的。

然後看姜夔的〈暗香〉詞：

> 舊時月色。算幾番照我，梅邊吹笛。喚起玉人，不管清寒與攀
> 摘。何遜而今漸老，都忘卻、春風詞筆。但怪得、竹外疏花，香
> 冷入瑤席。　　　江國、正寂寂。歎寄與路遙，夜雪初積。翠尊易
> 泣，紅萼無言耿相憶。長記曾攜手處，千樹壓、西湖寒碧。又片
> 片、吹盡也，幾時見得。

這闋詞題作「辛亥之冬，余載雪詣石湖。止既月，授簡索句，且徵
新聲，作此兩曲。石湖把玩不已，使工妓隸習之，音節諧婉，乃名之曰
〈暗香〉、〈疏影〉」。乃一首詠紅梅之作，作於光宗紹熙二年（1191），
採「先實後虛」的結構寫成。「實」的部分，自開篇起至「吹盡也」止。
其中先以起首五句，用「先反（昔盛）後正（今衰）」之結構，就梅花
之盛，寫當年梅邊吹笛、喚人攀摘的雅事；這寫的是「反」（昔盛）。
再以「何遜」四句，採「先全後偏」之結構，就梅花之衰，寫如今人老
花盡、無笛無詩的境況；接著以「江國」六句，承「何遜」四句，仍就
梅花之衰，反用陸凱詩意，寫路遙雪深、無從寄梅的惆悵；以上寫的是
「正」（今衰）。然後以「長記」二句，用「先『反』（昔盛）後『正』（今
衰）」之結構，先承篇首五句，透過回憶，藉當年攜遊西湖孤山所見梅
紅與水碧相映成趣的景致，以抒發無限懷舊之情；再以「又片片、吹盡
也」句，就眼前，寫梅花落盡、舊歡難再的悲哀，回應「何遜」十句來
寫。而「虛」部分即結尾一句，將時間伸向未來，發出「不知何時才能
見得著」的感歎作結。作者就這樣以一實一虛、一盛一衰、一昔一今，
作成強烈的對比來寫，將自己滿懷的今昔之感、懷舊之情，表達得極為
婉轉回環，有著無盡的韻味。有人以為此詞托喻君國，事與徽、欽二帝

北狩有關[51]，因無佐證，不予採納[52]。潘善祺以為此詞：

> 雖為憶友，然贈梅、觀梅、落梅，始終貫穿全詞，環繞本題。

並說：

> 此詞由昔而今，又由今而昔，憶盛歎衰，樂聚哀散。回環往復，
> 如蛟龍盤舞，曲盡情意，確是大家手筆。[53]

幾句話就指出了本詞的特色與成就。附結構分析表：

---

51 宋翔鳳：「詞家之有姜石帚，猶詩家之有杜少陵，繼往開來，文中關鍵。……〈暗香〉、〈疏影〉，恨偏安也。蓋意愈切，則詞愈微，屈、宋之心，誰能見之。」見《樂府餘論》，《詞話叢編》3（臺北市：新文豐出版公司，1988 年 2 月臺一版），頁 2503。陳廷焯：「南渡以後，國勢日非。白石目擊心傷，多於詞中寄慨。不獨〈暗香〉、〈疏影〉二章，發二帝之幽憤，傷在位之無人也。特感慨全在虛處，無迹可尋，人自不察耳。」見《白雨齋詞話》卷二，《詞話叢編》4，頁 3797。

52 常國武：「此詞不過是借梅花的盛衰，抒發作者自己由年輕時的歡愉轉入老大的悲涼，以及自己與故人由當年共同賞梅到而今兩地乖隔、舊遊難再的悵惘而已，與亡國之恨毫無瓜葛。」見《新選宋詞三百首》（北京市：人民文學出版社，2000 年 1 月一版一刷），頁 403。

53 《詞林觀止・上》，頁 590。

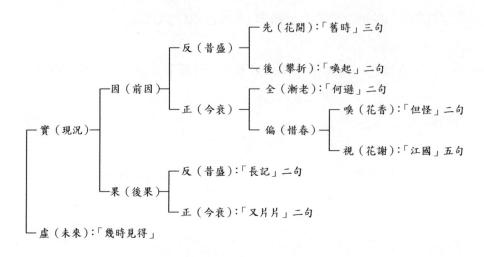

如單以陰陽結構來呈現，則如下表：

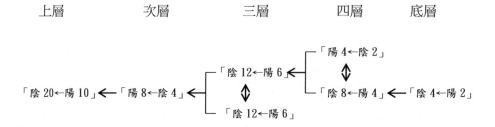

此詞含五層結構：它最上一層之「先實後虛」（逆、移位）為其核心結構，其「勢」之數為「陰20、陽10」；次層為「先因後果」（順）的「移位」結構，其「勢」之數為「陰4、陽8」；三層有「先反後正」（逆、對比）兩疊的「移位」結構，其「勢」之數為「陰24、陽12」；四層有「先先後後」（順）、「先全後偏」（逆）等「移位」結構，其「勢」之數為「陰10、陽8」；底層為「先嗅覺後視覺」（逆）的「移位」結構，其「勢」之數為「陰4、陽2」；將此五層加在一起，其「勢」之數總共為「陰62、陽40」；如換算成百分比（四捨五入），則為「陰61、陽

39」。可見這闋詞所形成的是「柔中寓剛」之偏柔風格，與純陰相當接近。

　　如此，對應於「多 ←→ 二 ←→ 一（0）」來看，則次層以下之結構（「因果」一疊、「正反」二疊與「先後」、「偏全」、「嗅聽」各一疊）為「多」，它們由下而上地藉層層結構之陰陽流動與呼應，將「勢」形成層層節奏（韻律），以支撐上層的「先實後虛」結構，而此核心結構即為關鍵性之「二」，它一面徹下以統合「多」，一面又歸根於「一（0）」，藉詠梅來寫今昔之感、懷舊之情，呈現了「柔中帶剛」的風格。周振甫說此詞：

> 借梅花來懷念伊人，表達了無限深情。句句不離梅花，但又在表達對伊人深切懷念的深情，所以是清空之作，這種感情清雅而富有詩意，所以又是騷雅的。[54]

這種「清空」、「騷雅」之說，源於張炎之《詞源》[55]，「清空」，主要是指風格；而「騷雅」，主要是說「另有寄託」，而劉揚忠指出：

> 白石詞同詞史上柔婉豔麗與雄放豪壯兩大類型皆有不同，他一洗華靡而屏除粗豪，別創一種清疏飄逸、幽潔瘦勁之體，用以抒發自己作為濁世之清客、出塵之高士的幽懷雅韻與身世家國之感。[56]

54　《文學風格例話》，頁 76。

55　張炎：「詞要清空，不要質實。清空則古雅峭拔，質實則凝澀晦昧。……白石詞如〈疏影〉、〈暗香〉、〈揚州慢〉……等曲，不惟清空，又且騷雅，讀之使人神觀飛越。」見《詞源》卷下，《詞話叢編》1，頁 259。

56　《唐宋詞流派史》（福州市：福建人民出版社，1999 年 3 月一版一刷），頁 489。

他所說的「清疏飄逸、幽潔瘦勁」，當等同於「清空」，是指介於婉約與豪放之間的一種風格。姜白石的這種風格，與其說是屬「剛柔互濟」，不如說是「柔中寓剛」的。如以這首〈暗香〉剛柔成分之量化結果來看，這種「柔中寓剛」（「陰60、陽40」）的偏柔風格，就表現得相當明顯。

第三節　綜合探討

綜合以上古典散文與詩、詞共九首，將其剛柔成分加以量化的結果，可分三層作綜合檢討，以見其重要功用：

首先從剛柔成分「消長進絀」之幅度來看，它們可概括成下表：

古典散文、詩、詞篇名	剛柔比例	剛柔類型
司馬遷〈孔子世家贊〉	剛 62%，柔 38%	偏剛
韓愈〈送董邵南遊河北序〉	剛 55%，柔 45%	剛柔互濟
王安石〈讀孟嘗君傳〉	剛 70%，柔 30%	純剛
陶潛〈飲酒詩之五〉	剛 31%，柔 69%	偏柔
王維〈送梓州李使君〉	剛 41%，柔 59%	偏柔
杜甫〈登樓〉	剛 52%，柔 48%	剛柔互濟
柳永〈雨霖鈴〉	剛 60%，柔 40%	偏剛
蘇軾〈卜算子〉	剛 46%，柔 54%	剛柔互濟
姜夔〈暗香〉	剛 39%，柔 61%	偏柔

從上表可看出：上舉九首作品，它們形成風格的剛柔成分，以陽剛而言，介於 31% 與 70% 之間；而以陰柔而言，則相應地介於 30% 與 69% 之間。若以上定「（一）純剛、純柔者，其「勢」之數為『65%→72% 』；（二）偏剛、偏柔者，其「勢」之數為『55%→ 65% 』；（三）

剛、柔互濟者，其「勢」之數為『45%→ 55% 』」之準則加以對照，則這九首作品，除王安石〈讀孟嘗君傳〉一文為「純剛」，而韓愈〈送董邵南遊河北序〉一文、杜甫之〈登樓〉詩與蘇軾之〈卜算子〉詞，屬「剛柔互濟」外，其餘的不是「偏剛」就是「偏柔」之作。

　　其次就影響剛柔成分最大之內容主旨來看，上舉九篇作品的一篇內容主旨列出如下表：

古典散文、詩、詞篇名	內容主旨
司馬遷〈孔子世家贊〉	寫對孔子尊為「至聖」的情、理
王安石〈讀孟嘗君傳〉	寫對孟嘗君僅視為「雞鳴狗盜之雄」的論斷
韓愈〈送董邵南遊河北序〉	寫梓州的風景土俗，並寓歌頌之意、送別之情
陶潛〈飲酒詩之五〉	寫閒逸的真趣
王維〈送梓州李使君〉	寫梓州的風景土俗，並寓歌頌之意、送別之情
杜甫〈登樓〉	寫登樓時自己對家國的關切與深沈之懷抱
柳永〈雨霖鈴〉	寫空闊之景、傷別之情
蘇軾〈卜算子〉	寫高潔的孤鴻來抒發自身寂苦之情
姜夔〈暗香〉	寫對梅的愛惜來表達清雅之懷、思念之情

如就這種內容主旨看它們與剛柔成分之關係，第一篇寫最高的尊仰之情（柔）理（剛），是「偏剛」之作；第二篇寫送行的顯旨（剛）與不當往的隱義（柔），是「剛柔互濟」之作；第三篇寫翻案式的貶抑論斷，是「純剛」之作；第四篇寫隱逸的真趣，是「偏柔」之作；第五篇寫風景土俗、歌頌之意（剛）與送別之情（柔），是「偏柔」之作；第六篇寫關切家國（剛）、懷抱深沈（柔），為「剛柔互濟」之作；第七篇寫

寫空闊之景（剛）、送別之情（柔），為「偏剛」之作；第八篇寫孤鴻
之高潔（柔）、自身之寂苦（剛），為「剛柔互濟」之作；第九偏篇寫
因惜梅所引起的清雅之懷、思念之情偏於陰柔，卻無明顯的內容義旨偏
於陽剛，而成為接近「純陰」的「偏陰」之作。這樣看來，影響篇章風
格的因素雖多，但單從其內容主旨來推測，就已可獲知大概了。直觀捕
捉之所以有好成果，或許與此大有關連，因為內容義旨之捕捉，對直觀
而言，是比較直接的。

　　最後從直觀表現累積與模式探討成果之比較來看，其概略情形如下
表：

古典散文、詩、詞篇名	直觀表現累積	模式探索成果
司馬遷〈孔子世家贊〉	「觀海難言」、「極輕極鬆」	「高深莫測」（剛62％）卻「運筆輕鬆」（柔38％）：偏剛
韓愈〈送董邵南遊河北序〉	「無限開闔，無限變化，無限含蓄」	「開闔」變化（剛55％）中有「含蓄」（柔45％）；偏剛
王安石〈讀孟嘗君傳〉	「警策奇筆」	「警策奇筆」（剛70％、柔30％）：純剛
陶潛〈飲酒詩之五〉	「含蓄」、「高妙」	「含蓄」（柔69％）中有「高妙」（剛31％）：偏柔
王維〈送梓州李使君〉	「清遠」、「雄渾」	「清遠」（柔59％）中有「雄渾」（剛41％）：偏柔
杜甫〈登樓〉	「剛健」含「深沈」	「剛健」（剛52％）中有「深沈」（陰48％）：剛柔互濟
柳永〈雨霖鈴〉「	「渾厚綿密，兼而有之」	「渾厚」（剛60％）中有「綿密」（柔40％）：偏剛

蘇軾〈卜算子〉	「超曠」、「深美閎約」	「超曠」、「深美」（柔 54%）中有「閎約」（剛 46%）：剛柔互濟
姜夔〈暗香〉	「清疏飄逸」、「幽潔瘦勁」	「清疏、飄逸、幽潔」（柔 61%）中有「瘦勁（剛 39%）：偏柔

在我國，自曹丕《典論論文》與劉勰《文心雕龍》開始，對風格概念，就加以探討，而特別涉及「剛」與「柔」的特性來談風格的，則較晚，如南朝梁鍾嶸的《詩品》、唐司空圖的《二十四詩品》、宋嚴羽的《滄浪詩話》等，它們所談的風格，就有與「剛」、「柔」相接近或類似的，卻還沒直接提到「剛」與「柔」；就是明末清初的黃宗羲在〈縮齋文集序〉裡，固然以陰陽之氣論文，與「剛柔」有關，也一樣未直接提到「剛柔」[57]；真正明白地提到「剛」與「柔」，而又強調用它們來概括各種風格的，首推清姚鼐的〈復魯絜非書〉，因此周振甫即指出：「姚鼐把各種不同風格的稱謂，作了高度的概括，概括為陽剛、陰柔兩大類。像雄渾、勁健、豪放、壯麗等都歸入陽剛類，含蓄、委曲、淡雅、高遠、飄逸等都可歸入陰柔類」[58]。這就把前人以「直觀表現」為主的傳統成果作了一個總結，由此可大致看出它的重要性來。當然「直觀表現」與「模式探索」兩者，是不能截然劃分的，也就是說：「直觀」中往往有「模式」、「模式」中往往有「直觀」，這種天、人互動之作用是無法避

---

57 于民、孫通海：「以陽剛陰柔論文之美，早已有之，但大都不甚直接、明確、系統。到了明末至清代中期，這個問題就有了明顯的發展和反映。其代表作家是清初的黃宗羲與清代中期的姚鼐。黃宗羲的觀點……是崇陽而貶陰，以陽為陰制、陽氣突發為迅雷而論至文。」見《中國古典美學舉要》（合肥市：安徽教育出版社，2000 年 9 月一版一刷），頁 962。

58 《文學風格例話》，頁 13。

免的。不過由於「模式探索」，一直以來，還沒達到將其中「剛柔成分」加以「量化」之地步，所以在這一方面便沒有太大的突破。為此，這次大膽地作初步之突破，呈現「模式探索」之現階段嘗試，而又為凸顯此一「突破」，特將前此之成果，直接概括為「直觀表現」，與此次大膽之「模式探索」進行比較。比較結果可看出：「直觀表現」雖對作品風格之「稱謂」有了成果，卻無法確知其剛柔之「勢」的強弱、多寡；「模式探索」雖推知其風格剛柔之「勢」的強弱、多寡，卻無法由此直接推得作品風格之「稱謂」。這樣看來，「模式探索」即使有「有理可說」的好處，卻必須植基於「直觀表現」之上，才能透過「章法風格」對作品之「篇章風格」作更佳的審辯。

綜上所述，可知「篇章風格」之形成，乃奠基於陰陽二元（陰柔、陽剛），經由「章法結構」之「移位」（順、逆）、「轉位」（拗）與「調和」、「對比」之作用，以形成「多、二、一（0）」之篇章結構的。本章即以此為依據，對整體「章法結構」之陽剛與陰柔消長的情形，進行探討，先試予量化，再將這種模式探索之結果對應於傳統直觀表現之結晶作進一步的觀察。結果發現：在透過「章法結構」所作「篇章風格」之審辨上，既要重視後天「模式探索」的成果，也不可忽略先天「直觀表現」的累積。雖然受限於時間與篇幅，只舉古典散文、詩、詞各三首為例加以說明而已，卻所謂「以個別表現一般，以單純表現豐富，以有限表現無限」[59]，尚可藉以看出兩者之互動關係。如此在「直觀」之外開拓「模式」之空間，以求「有理可說」，相信是大有必要，而且將是大有可為的。

---

59 葉朗：《中國美學史大綱》（臺北市：滄浪出版社，1986 年 9 月初版），頁 26。

結語
章法結構與真、善、美
——以多、二、一（0）螺旋結構切入作對應探討

　　「多 ←→ 二 ←→ 一（0）」螺旋結構，是可從《周易》（含《易傳》）與《老子》等古籍中去考察其究竟的。它不但可由「有象」而「無象」，找出「多 → 二→ 一（0）」之逆向結構；也可由「無象」而「有象」，尋得「（0）一 → 二 →多」之順向結構；並且透過《老子》「反者道之動」（四十章）、「凡物芸芸，各復歸其根」（十六章）與《周易・序卦》「既濟」而「未濟」之說，將順、逆向結構不僅前後連接在一起，更形成互動、循環、提升不已的螺旋結構，以反映宇宙人生生生不息之基本規律[1]。而這種規律，是可落到「章法結構」上，對應於「真、善、美」加以檢驗的。所以在此，即從融合《周易》與《老子》思想為一，而特別凸顯「中和」之美的《中庸》切入，鎖定「多 ←→ 二 ←→ 一（0）」螺旋結構先探討其相關理論，再以「章法結構」與「真、善、美」作對應考察，以見其原始性與普遍性，

一　相關理論

　　茲分三層面進行探討：

---

[1] 陳滿銘：〈論「多」、「二」、「一（0）」的螺旋結構——以《周易》與《老子》為考察重心〉，臺灣師大《師大學報・人文與社會類》48 卷 1 期（2003 年 7 月），頁 1-20。

（一）關於真、善、美

「真」、「善」、「美」三者之關係，一直以來都認為是「美與真、善既有聯繫又有區別」的。而在西洋的早期，是將「善」置於「真」之上，當作「神」或「上帝」來看待，帶有神秘色彩；後來「形式論」興起，才認為美和善一樣，都是建立在「真實的形式上面」，而把「善」放在「真」之下，從倫理學的層面加以把握[2]。歐陽周、顧建華、宋凡聖等在《美學新編》中即指出：

> 真是美的源頭和基礎，美以真為內容要素。……善是美的靈魂，美以善為內涵和目的。……雖然真是美的基礎，善是美的靈魂，但不能因而主觀地以為真的、善的就一定是美。這是因為真、善、美分屬於不同的範疇，標誌著不同價值：真屬於哲學的範疇，是人們在認識領域內衡量是與非的尺度，具有認知的價值；善屬於倫理學的範疇，是人們在道德領域內辨別好與壞的尺度，具有實用價值；美屬於美學的範疇，是人們在審美領域內觀照對象並在情感上判斷愛與憎的尺度，具有審美的價值。[3]

這種「認為美與真、善既有聯繫又有區別」的看法，普遍為人所接受，所以辭章學家鄭頤壽也說：

> 在兩三千年的爭論中，西方對真善（誠）與美的關係的認識也逐步辯證。柏拉圖的最大弟子亞里士多德就是其老師偏頗的文藝美學思想的異議者。從文藝復興道 18 世紀的許多美學家、藝術

2　陳滿銘：〈「真、善、美」螺旋結構論——以章法「多」、「二」、「一（0）」螺旋結構作對應考察〉，《閩江學院學報》總 89 期（2005 年 6 月），頁 96-101。
3　《美學新編》（杭州市：浙江大學出版社，2001 年 5 月一版九刷），頁 52-54。

家，如達・芬奇、荷加斯等，其後的柏克、費爾巴哈、車爾尼雪
夫斯基直至馬克思，對美的本質及其與「真」、「善」的關係的
認識逐步科學化了。……莎士比亞有一段關於真、善、美和辭章
的關係，談得十分深刻。他說：「真、善、美，就是我全部的主
題，真、善、美，變化成不同的辭章，我底創造力就花費在這種
變化裡，三題合一，產生瑰麗的景象。真、善、美，過去式各
不相關，現在呢，三位同座，真是空前。」美學家王朝聞談真、
善、美的關係最為科學，他說：「真、善、美，就其歷史的發展
來說，只有當人在實踐中掌握了客觀世界的規律（真），並運用
於實踐，達到了改造世界的目的，實現了善，才有美的存在。但
作為歷史的成果，作為客觀對象來看，真、善、美，是同一客觀
對象的密不可分地聯繫在一起的三方面。人類的社會實踐，就它
體現客觀規律或符合於客觀規律的方面去看是真，就它符合於一
定時代階級的利益、需要和目的的方面去看是善，就它是人的能
動的創造力量的客觀的具體表現方面去看是美。」（《美學概論》）
真、善、美是既有密切聯繫又有區別的。[4]

可見真、善、美就這樣被認識為「既有密切聯繫又有區別的」，也就是
說，真、善、美三者，如從「求同」一面來說，可統合為一；而若從
「求異」一面來看，則可各自分立。就在「求異」一面裡，所謂「真屬
於哲學的範疇」、「善屬於倫理學的範疇」、「美屬於美學的範疇」，所
謂「就它體現客觀規律或符合於客觀規律的方面去看是真，就它符合於
一定時代階級的利益、需要和目的的方面去看是善，就它是人的能動的
創造力量的客觀的具體表現方面去看是美」。

4　《辭章學導論》（臺北市：萬卷樓圖書公司，2003 年 11 月初版），頁 500。

　　而在「求同」一面裡，所謂「真是美的源頭和基礎，美以真為內容要素」、「善是美的靈魂，美以善為內涵和目的」，所謂「只有當人在實踐中掌握了客觀世界的規律（真），並運用於實踐，達到了改造世界的目的，實現了善，才有美的存在」，雖沒有明確指出真、善、美三者的先後，卻含藏了「真、善→美」（或真 ←→ 善→美）或「真→善→美」的邏輯結構。李澤厚說：

> 從主體實踐對客觀現實的能動關係中，實即從「真」與「善」相互作用和統一中，來看「美」的誕生。……符合「真」（客觀必然性）的「善」（社會普遍性），才能夠得到肯定。……這樣，一方面，「善」得到了實現，實踐得到了肯定，成為實現了（對象化）的「善」。另一方面，「真」為人所掌握，與人發生關係，成為主體化（人化）的「真」。這個「實現了的善」（對象化的善）與人化了的「真」（主體化的真），便是「美」。……「美」是「真」與「善」的統一。[5]

雖然切入點不盡相同，但單從其所蘊含的邏輯結構來看，是一致的。

　　這樣看來，從古以來對「真、善、美」涵義的界定，儘管不盡相同，然而所含藏「真、善→美」（真 ←→ 善→美）或「真→善→ 美」等邏輯結構，卻變化不大。因為這種邏輯結構，相當原始，是可適用於宇宙形成、含容萬物「由上而下」之各個層面的。如果換成「由下而上」來看，則正好相反，各個層面所形成的是「美→真、善」（美→善 ←→ 真）或「美→善→真」的邏輯結構。而這種「由上而下」與「由

5　《美學三題議》，《美學論集》（臺北市：三民書局，1996 年 9 月初版），頁 167-168。

下而上」的順、逆向結構，可由後人（如范明生、鄔昆如等[6]）所掌握柏拉圖有關「真、善、美」的義理邏輯裡得到充分證明。又如果把這順、逆向的邏輯結構加以整合簡化，則可表示如下：

$$真 \longleftrightarrow 善 \longleftrightarrow 美$$

意即按「由上而下」的順向來看，它所呈現的是「真 → 善 → 美」的邏輯結構；而依「由下而上」的逆向來看，則它所呈現的是「美 → 善 → 真」的邏輯結構。

（二）關於多、二、一（0）螺旋結構

關於「多」、「二」、「一（0）」螺旋結構，從基本來說，涉及了「陰陽二元」的問題。就以中國哲學中的「理」與「氣」、「有」與「無」、「道」與「器」、「體」與「用」、「動」與「靜」、「一」與「兩」、「知」與「行」、「性」與「情」、「天」與「人」……等，都屬於「陰陽二元」之範疇[7]，它們有本有末，無論是「由本而末」或「由末而本」，均可形成「順」或「逆」的單向本末結構。而一般學者也都習慣以此單向來看待它們，卻往往忽略了它們所形成之「互動、循環而提升」的螺旋關係。

而所謂「螺旋」，本用於教育課程之理論上，早在十七世紀，即由捷克教育家夸美紐斯所提出，顧明遠主編《教育大辭典》解釋說：

6　蔣孔陽、朱立元主編，范明生著：《西方美學通史》第一卷（上海市：上海文藝出版社，1999 年 10 月一版一刷），頁 310。又，鄔昆如：《希臘哲學趣談》（臺北市：東大圖書公司，1976 年 4 月初版），頁 151。

7　葛榮晉：《中國哲學範疇導論》（臺北市：萬卷樓圖書公司，1993 年 4 月初版一刷），頁 1-650。

螺旋式課程（spiral curriculum）圓周式教材排列的發展，十七世紀中捷克教育家夸美紐斯提出，教材排列採用圓周式，以適應不同年齡階段的兒童學習。但這種提法，不能表達教材逐步擴大和加深的含義，故用螺旋式的排列代替。二十世紀六十年代，美國心理學家布魯納也主張這樣設計分科教材：按照正在成長中的兒童的思想方法，以不太精確然而較為直觀的材料，儘早向學生介紹各科基本原理，使之在以後各年級有關學科的教材中螺旋式地擴展和加深。[8]

所謂「圓周」、「逐步擴大和加深」，指的正是「循環、往復、螺旋式提高」，許建鉞編譯《簡明國際教育百科全書》即指出：

螺旋式循環原則（Principle of Spiral Circulation）排列德育內容原則之一，即根據不同年齡階段（或年級），遵循由淺入深，由簡單到複雜，由具體而抽象的順序，用循環、往復螺旋式提高的方法排列德育內容。螺旋式亦稱圓周式」。[9]

可見「螺旋」就是「互動、循環而提升」的意思。這種螺旋作用，可用下列簡圖來表示：

$$二元 \longrightarrow 互動 \longrightarrow 循環 \longrightarrow 提升$$

這是著眼於「陰陽二元」，即「二」來說的，若以此「二」為基礎，徹上於「一（0）」、徹下於「多」，則成為「多 $\longleftrightarrow$ 二 $\longleftrightarrow$ 一（0）」之

8　《教育大辭典》（上海市：上海教育出版社，1990 年 6 月一版一刷），頁 276。

9　《簡明國際教育百科全書》（北京市：新華書局北京發行所，1991 年 6 月一版一刷），頁 611。

系統。而這種系統可從《周易》（含《易傳》）與《老子》等古籍中獲知梗概，它們不但由「有象」而「無象」，找出「多 → 二 → 一（0）」之逆向結構；也由「無象」而「有象」，尋得「（0）一二 → 多」之順向結構；並且透過《老子》「反者道之動」（四十章）、「凡物芸芸，各復歸其根」（十六章）與《周易·序卦》「既濟」而「未濟」之說，將順、逆向結構不僅前後連接在一起，更形成循環不息的「多 ←→ 二 ←→ 一（0）」螺旋結構，以呈現中國宇宙人生觀之精微奧妙[10]。

如此照應「多 ←→ 二 ←→ 一（0）」整體，則「螺旋結構」之體系可用下圖來表示：

動能 ←→ 二元 → 互動 → 循環 → 提升 ←→ 完成
|　　　　　|　　　　　　　　　　　　　|
（「(0)一」）←→（「二」）←→（「多」）

又如果再依其順逆向，將「多」、「二」、「一（0）」加以拆解，則可呈現如下列兩式：

一、順向：「(0)一」 —— 「二」 —— 「多」
二、逆向：「多」 —— 「二」 —— 「一(0)」

而這兩式是可以不斷地彼此循環而銜接而提升，而形成層層螺旋結構，以體現宇宙人生生生不息之生命力的。

很值得注意的是：相對於人文，近年科技界亦發現生命之「基因」和「DNA」等都呈現雙螺旋結構，約翰·格里賓著、方玉珍等譯《雙螺旋探密——量子物理學與生命》以為：

---

10 陳滿銘：〈論「多」、「二」、「一（0）」的螺旋結構——以《周易》與《老子》為考察重心〉，頁 1-20。

生命分子是雙螺旋這一發現為分子生物學揭開了新的一頁，而不是標誌著它的結束。但在我們以雙螺旋發現為基礎去進一步理解世界之前，如果能有實驗證明雙螺旋複製的本質，那麼關於雙螺旋的故事就會更加完美了。[11]

對這種「雙螺旋結構」，歐陽周、顧建華、宋凡聖編著的《美學新編》也作解釋說：

> 從微觀看，由於近代物理學與生物學、化學、數學、醫學等的相互交叉和滲透，對分子、原子和各種基本粒子的研究更加深入，並取得一系列的成果。……特別要指出的是，DNA 分子的雙螺旋結構模式，體現了自然美的規律：兩條互補的細長的核苷酸鏈，彼此以一定的空間距離，在同一軸上互相盤旋起來，很像一個扭曲起來的梯子。由於每條核苷酸鏈的內側是扁平的盤狀碱基，當兩個相連的互補碱基 A 連著 P，G 連著 C 時，宛若一級一級的梯子橫檔，排列整齊而美觀，十分奇妙。[12]

這樣，對應於「多」、「二」、「一（0）」螺旋結構來看，所謂「宛若一級一級的梯子橫檔」，該是「二」產生作用的整個歷程與結果，亦即「多」；所謂「當兩個相連的互補碱基 A 連著 P，G 連著 C」，該是「二」；而 DNA 本身的質性與動力，則該為「一（0）」。至於所謂「兩條互補的細長的核苷酸鏈，彼此以一定的空間距離，在同一軸上互相盤旋起來」，該是一順一逆、一陰一陽的螺旋結構。如果這種解釋合理，

---

[11] 《雙螺旋探密——量子物理學與生命》（上海市：上海科技教育出版社，2001 年 7 月），頁 225。

[12] 《美學新編》，頁 303。

那麼，從極「微觀」（小到最小）到極「宏觀」（大到最大），都可由一順一逆的「多」、「二」、「一（0）」雙螺旋結構加以層層組織，以體現自然「真、善、美」[13]之規律。

可見人文與科技雖然各自「求異」，而有不同之內容，但所謂「萬變不離其宗」，在「求同」上，不無「殊途同歸」的可能。如果是這樣，則「多」、「二」、「一（0）」螺旋結構之「原始性」與「普遍性」，就值得大家共同重視了。

（三）關於真、善、美與多 ⟷ 二 ⟷ 一（0）螺旋結構之對應

以上對「真、善、美」和「多 ⟷ 二 ⟷ 一（0）」螺旋結構兩者之認識，是無法使兩者緊密地接上頭的。因此需要作一些「求同」面的調整：

首先以「真」來說，要等同於「一（0）」，就必須追溯到宇宙創生、含容萬物之原動力來觀察，而這種原動力，由「未形」而「已形之始」，為「一（0）」，其中之「（0）」，就和「至誠」（誠）或「無」有關[14]。朱熹注《中庸》，對所謂「至誠」，雖沒有直接解釋，但在《中庸》二十四章（（依朱熹《章句》），下併同）「至誠如神」下卻以「誠之至極」來釋「至誠」，意即「誠之極致」。而單一個「誠」，則在十六章「誠之不可揜如此夫」下注云：

---

13 陳滿銘：〈「真、善、美」螺旋結構論——以章法「多」、「二」、「一（0）」螺旋結構作對應考察〉，頁 96-101。

14 陳滿銘：〈《中庸》「多」、「二」、「一（0）」螺旋結構論〉，《第三屆中國經學國際學術研討會論文集》（臺北市：「第三屆中國經學國際學術研討會」，臺灣師大國文系，2003 年 11 月），頁 214-265。

誠者，真實無妄之謂。[15]

這個注釋，受到眾多學者的注意與肯定。如果稍加尋繹，便可發現這與
《老子》與《周易》脫不了關係。《老子》第二十二章說：

> 道之為物，惟恍惟惚。惚兮恍兮，其中有象。恍兮惚兮，其中有
> 物。窈兮冥兮，其中又精。其精甚真，其中有信。

此所謂「真」、「信」，即「真實」，因為《說文》就說：「信，實也」。
而此「真實」，指的就是《老子》「無，名天地之始」（一章）、「有生於
无」（四十章）之「無」[16]，亦即「無極」。馮友蘭說：

> 「恍」、「惚」言其非具體之有；「有象」、「有物」、「有精」，言
> 其非等於零之無。第十四章「無狀之狀，無物之象」，王弼注
> 云：「欲言无耶，而物由以成；欲言有耶，而不見其形」，即此
> 意。[17]

因此朱熹以「真實」釋「誠」，該與老子「无」之說有關，而且加
上「無妄」兩字，取義於《周易・無妄》，表示這種「真實而不是虛無
（零）」的特性；看來是該有周敦頤「太極本無極」之義理邏輯在內的。

---

15 《四書集註》（臺北市：學海出版社，1984 年 9 月初版），頁 31。
16 宗白華即引《老子》二十一章云：「道是無名，素樸，混沌。這個先天地而自生的道
　體，它本身雖是具體的，然尚未形成任何有形的事物，所以不能有名字。它是素樸
　混沌，不可視聽與感觸。正是『道常无名樸』（三十二章）。」見《宗白華全集》2（合
　肥市：安徽教育出版社，1996 年 9 月一版二刷），頁 810。
17 《馮友蘭選集》上卷（北京市：北京大學出版社，2000 年 7 月一版一刷），頁 85。

這樣，「至誠」也因此可看作是「先天地而自生的道體」[18] 了。《中庸》第二十六章：

> 故至誠（「0」）無息，不息則久，久則徵（「一」），徵則悠遠，
> 悠遠則博厚，博厚則高明。博厚，所以載物也；高明，所以覆物
> 也（「二」）；悠久，所以成物也（「多」）。

這段文字指出：「至誠」作用不已，先經過「久」的時間歷程，而有所徵驗，成為「（0）一」。再由時間帶出空間，經過「悠遠」的時空歷程，終於形成「博厚」之「地」與「高明」之「天」。而此「天」為「乾元」、「地」為「坤元」，前者指陽氣之始，是「一種剛健的創生功能」；後者指陰氣之始，為「一種柔順的含容功能」，而萬物就在這兩種功能之作用下規律地生成、變化；此為「二」。如此先由「乾元」創生，再由「坤元」含容，萬物就不斷地依循規律，盡其本性而實現、完成自我，以趨於和諧之境界，這就是所謂的「悠久所以成物」，為「多」。可見這段文字所呈現的，就是「『（0）一』（元）、『二』（乾、坤）、『多』（萬物）」的過程[19]，這和《周易》與《老子》的「（0）一、二、多」的順向結構，是兩相疊合的。

因此，「真」歸本到這個層面來說，就是「太極」（本無極）、「道生一」、「至誠無息，不息則久，久則徵」，即「（0）一」。換句話說，就是形成宇宙人生規律的源頭力量。

其次以「善」來說，說得簡單一點，就是「規律」。《周易·說卦傳》說：「立天之道，曰陰與陽；立地之道，曰剛與柔；立人之道，曰仁與

---

18 《宗白華全集》2，頁 810。
19 陳滿銘：〈《中庸》「多」、「二」、「一（0）」螺旋結構論〉，《第三屆中國經學國際學術研討會論文集》，頁 227-238。

義；兼三才而兩之。」而這所謂「兼三才而兩之」的「陰陽」、「剛柔」、「仁義」，就是萬事萬物形成「規律」發展、變化之憑據。因此，人生的規律（禮），是對應於自然（天地）的規律（理）的。易言之，無論人生或自然的種種，只要在「至誠無息」的作用下，發揮「剛健」與「柔順」兩種最基本之創生、含容功能，必能依循「規律」發展、變化，而合乎人情（禮）天理（理），達於「善」的要求。《中庸》第二十六章說：

> 天地之道，可一言而盡也：其為物不貳，則其生物不測。天地之道，博也，厚也，高也，明也，悠也，久也。今夫天，斯昭昭之多，及其無窮也，日月星辰繫焉，萬物覆焉；今夫地，一撮土之多，及其廣厚，戴華嶽而不重，振河海而不洩，萬物載焉；今夫山，一卷石之多，及其廣大，草木生之，禽獸居之，寶藏興焉；今夫水，一勺之多，及其不測，黿鼉蛟龍魚鱉生焉，貨財殖焉。

在這段話裡，《中庸》的作者首先告訴我們：天地之道是可以用一句話來概括的，那就是「其為物不貳，則其生物不測」，這所謂的「為物」，猶言「為體」，指的是天地「運行化育之本體」[20]；而「不貳」，義同「無息」、「不已」，乃「誠」的作用[21]。這是《中庸》的作者透過「內在的遙契」、「通過有象者以證無象」所獲致的結果[22]。了解了這點，那就無

---

20 王船山：「其為物，物字，猶言其體，乃以運行化育之本體，既有體，則可名之曰物。」見《讀四書大全說》卷三（臺北市：河洛圖書出版社，1974 年 5 月），頁 96。

21 王船山：「無息也，不貳也，也已也，其義一也。章句云：『誠故不息』，明以不息代不貳。蔡節齋為引申之，尤極分曉；陳氏不察，乃混不貳與誠為一，而以一與不貳作對，則甚矣其惑也。」見《讀四書大全說》卷三，頁 312。

22 牟宗三在〈由仁、智、聖遙契性、天之雙重意義〉一文中，曾引《中庸》「肫肫其仁」一章，對「內在的遙契」作說明，見《中國哲學的特質》（臺北市：學生書局，1976 年 10 月四版），頁 35。又，唐君毅：「中國先哲，初唯由『人之用物，而物在人前亦呈其功用』、『物之感人、而人亦感物』之種種事實上，進以觀天地間之一切

怪他在說明了天道之「為物不貳」後，要接著用聖人「至誠無息」之外
驗來上貫於天地，而直接說「博厚」、「高明」、「悠久」就是「天地之
道」，以生發下文了。很明顯地，這所謂「高明」指的就是下文「日月
星辰繫焉，萬物覆焉」的天德；所謂「博厚」，總括來說，指的就是「載
華嶽而不重（山），振河海而不洩（水），萬物載焉（山和水）的地德；
分開來說，指的乃是「草木生之，禽獸居之，寶藏興焉」的山德與「黿
鼉蛟龍魚鱉生焉，貨財殖焉」的水德；而「悠久」，指的則是天光及於
「無窮」（高明）、地土及於「博厚、山石及於「廣大」、水量及於「不測」
（博厚）的時、空歷程。《中庸》的作者透過此種天的「高明」與「地」
（包括山、水）的「博厚」，經由「悠久」一路追溯上去，到了時、空
的源頭，便尋得「斯昭昭」、「一撮土」、「一卷石」、「一勺水」等天地
的初體，以致終於洞悟出天地會由最初的「昭昭」或「一」而「多」而
「無窮」、「不測」，以至於「博厚」、「高明」，即是至誠在無息地作用
所形成的規律性「外驗」，也就是「生物不測」的結果。

　　由於《中庸》所說「博厚，所以載物也；高明，所以覆物也；悠
久，所以成物也。博厚配地，高明配天，悠久無疆」這幾句話，和《周
易》「乾元」、「坤元」的道理是相通的。因此在這裡把「天」（陽）、「地」
（陰），對應於「（0）一、二、多」的結構，看成是「二」（陰陽），該
是不會太牽強的。既然「天地」可視為「二」，而它們是「為物不貳」
的，所以能「無息」地發揮「剛健」與「柔順」兩種最基本之創生、含
容功能，以創生、含容萬物，經過「悠久」之時空歷程，所謂「不見而
章，不動而變，無為而成」，自然就達於「生物不測」的地步了。

萬物之相互感通，相互呈其功用，以生生不已，變化無窮上，見天道與天德。而此
亦即孔子之所以在川上嘆『逝者之如斯，不舍晝夜』，而以『四時行，百物生』，為
天之無言之盛德也。」見《哲學概論》上（臺北市：學生書局，1985 年全集校訂版），
頁 108-109。

最後以「美」來說，「至誠」由不息而使天地發揮「剛健」與「柔順」兩種最基本之創生、含容功能，化生萬物，形成規律，便為和諧的至善之境構築了堅實的橋樑。而這種和諧的境界，便是所謂的「中和」，也就是「美」。《中庸》首章說：

> 中也者，天下之大本也；和也者，天下之達道也。致中和，天地位焉，萬物育焉。

這裡所謂的「中和」，本來是指人的性情而言的，因為在這一節話之前，《中庸》的作者即已先為此二字下了定義說：「喜怒哀樂之未發，謂之中；發而皆中節，謂之和」，對這幾句話，朱熹曾作如下解釋：

> 喜怒哀樂，情也；其未發，則性也，無所偏倚，故謂之中。發而皆中節，情之正也；無所乖戾，故謂之和。[23]

可見「中」是以性言，屬「陰」；而「和」則以情言，屬「陽」。指的乃「無所偏倚」和「無所乖戾」的心理狀態，亦即至誠的一種存在與表現。很明顯地，先作了這番說明之後，《中庸》的作者才好接著就「性」說「中」是「天下之大本」、就「情」說「和」是「天下之達道」。這「大本」和「大道」的意義，照朱熹的解釋是：

> 大本者，天命之性、天下之理皆由此出，道之體也；達道者，循性之謂，天下古今之所共由，道之用也。[24]

---

23 朱熹：《四書集註》，頁 21。
24 同前註，頁 22。

　　「大本」既是天命之性、天下之理之所從出，而「大道」則為天下古今之所共由，那麼，一個人若能透過至誠之性（仁與智）的發揮，而達到這種是屬「大本」和「大道」的中和狀態，則所謂「天地萬物，本吾一體，吾之心正（中），則天地之心亦正矣；吾之氣順（和），則天地之氣亦順矣」[25]，不僅可藉「仁」之性以成己（盡其性、盡人之性），造就孝、悌、敬、信、慈等德行，以純化人倫社會；也可藉「智」之性以成物（盡物之性），使「萬物並育而不相害」（《中庸》第三十章），以改善物質環境[26]。於是《中庸》的作者便又接著說：「致中和，天地位焉，萬物育焉」，這三句話，從其涵義來看，顯然與《中庸》「誠者非自成己而已」（二十五章）、「唯天下至誠，為能盡其性」（第二十二章）的兩段話，是彼此相通的，因為誠能盡性，則必然可以「致中和」，所以我們可以把這兩段話說成：

　　　　誠者，非自致其中和而已也，所以致物之中和也。

以及

　　　　唯天下至誠，為能致其中和；能致其中和，則能致人之中和；能
　　　　致人之中和，則能致物之中和；能致物之中和，則可以贊天地之
　　　　中和；可以贊天地之中和，則可以與天地參矣。

這樣，意思是一點也不變的。而這裡所謂「中和」，若換個角度說，就是「和諧」，就是「美」。而有此「誠」（真）的動力，則所謂「人類在

25　同前註，頁31。
26　陳滿銘：〈《中庸》的性善觀〉，臺灣師大《國文學報》28 期（1999 年 6 月），頁 1-16。

社會實踐活動中所追求的有利、有益、有用的功利價值」，才能因時因地作靈活的調整，以適應實際的需要，做到「善」，進而臻於「贊天地之中和」的和諧，亦即「至美」之境界。

由此看來，「真」、「善」、「美」與「多」、「二」、「一（0）」之螺旋結構，可製成下圖，以表示其對應關係：

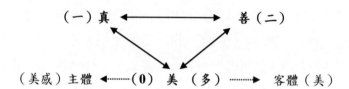

這種螺旋結構，如落在辭章上來看，則：

（一）創作（順向──寫）：

美感（**0**）→真（一）→善（二）→美（多）

（二）鑑賞（逆向──讀）：

美（多）→善（二）→真（一）→美感（**0**）

從創作（寫）面看，所呈現的是由「意」下貫到「象」的過程；從鑑賞（讀）面看，所呈現的是由「象」回溯到「意」的過程[27]。這種流動性的雙向過程，無論是創作或鑑賞，都是經互動、循環而提升的作用，而形成「意→象→意」或「象→意→象」的螺旋關係的。

而其中的「（0）」，在美學上，指主體之「美感」，而這主體可以

---

27 陳滿銘：〈論章法結構與意象系統──以「多」、「二」、「一（0）」螺旋結構切入作考察〉，《浙江師範大學學報·社會科學版》30 卷 4 期（2005 年 8 月），頁 40-48

指作者，也可以指讀者；在辭章上，指風格、境界等[28]。「一」，在美學上，指「真」；在辭章上，指作者所要表達的核心情、理，即一篇「主旨」。「二」，在美學上，指「規律」，「包括自然界發展的規律，也包括人類社會發展的規律」；在辭章章法上，指兩相對待之「陰陽二元」，一篇之核心結構與各輔助結構即由此而形成，以呈現一篇「規律」，而其中居於徹下徹上的關鍵性地位的，即核心結構[29]。「多」，在美學上，指客體之「美」；在辭章章法上，指由「陰陽二元對待」所形成之各輔助結構，藉以組合各個別意象或材料。可見「真」、「善」、「美」也可形成可順可逆的螺旋結構，與哲學或辭章章法的「多」、「二」、「一（0）」之螺旋結構，是互相對應的。

這樣將「真、善、美」落在辭章上來認識，從大的方面而言，東西方是一致的。

二 實例舉隅

眾所周知，自來在美學上，十分強調「多樣的統一」。而這種主張，如對應於「多」、「二」、「一（0）」螺旋結構來說，則指的是「多」與「一（0）」之融合。就在此「多」與「一（0）」之間，就層次邏輯系統來看，是有「二」充當徹下徹上之媒介的[30]。而這個「二」即「二元」，乃使形神、內外產生「對稱」，以獲得基本美感的主要動力。宗

---

28 顧祖釗：「風格的成因並不是作品中的個別因素，而是從作品中的內容與形式的有機整體的統一性中所顯示的一種總體的審美風貌。」見《文學原理新釋》（北京市：人民文學出版社，2001 年 5 月一版二刷），頁 184。

29 一篇辭章之「情」或「理」，亦即主旨，是決定一篇辭章內容與形式，以至於風格、境界等的最主要因素。所以認辨核心結構，也要以此為準，換句話說，就是要以「一（0）」與「多」作審慎之認定。見陳滿銘：〈論章法「多、二、一（0）」的核心結構〉，臺灣師大《師大學報・人文與社會類》48 卷 2 期（2003 年 12 月），頁 71-94。

30 陳滿銘：〈辭章「多」、「二」、「一（0）」螺旋結構論〉，中山大學《文與哲》學報 10 期（2007 年 6 月），頁 483-514。

白華在其《藝術學》中說：

> 有謂節奏為生理、心理的根本感覺，因人之生理，均兩兩相對，
> 故於對稱形體，最易感入。[31]

說的就是這個道理。也唯有藉著這個「二」的動力，才能徹下徹上，以
形成完整的「多」、「二」、「一（0）」螺旋結構，以引起人的「審美注
意」。李澤厚在其《美學四講》中說：

> （審美注意）長久地停留在對象的形式結構本身，並從而發展其
> 心理功能如情感、想像的滲入活動。因之其特點就在各種心理因
> 素傾注在、集中在對象形式本身，從而充分感受形式。線條、形
> 狀、色彩、聲音、時間、空間、節奏、韻律、變化、平衡、統
> 一、和諧或不和諧等形式、結構的方面，便得到了充分的「注
> 意」。讓感覺本身充分地享受對對象形式方面的這些東西，並把
> 主觀方面的各種心理因素如感情、想像、意念、願望、期待等
> 等，自覺或不自覺地投入其中。[32]

這雖然是針對造型藝術來說，卻一樣適用其他事物，甚至辭章的章法結
構與規律之上。其中所謂「時間、空間、節奏、韻律」，便關涉到章法
局部的「移位」與「轉位」[33]、「調和」與「對比」[34]與整體的「多」、

31　《宗白華全集》1，頁 506。
32　《美學四講》（天津市：天津社會科學院出版社，2001 年 11 月一版一刷），頁 158-
　　159。
33　仇小屏：〈論章法的移位、轉位及其美感〉，《辭章學論文集》上冊（福州市：海潮攝
　　影藝術出版社，2002 年 12 月），頁 98-122。
34　仇小屏：〈論章法的對比與調和之美〉，《第四屆中國修辭學國際學術研討會論文集》

「二」、「一（0）」結構，而「變化、平衡、統一、和諧」，則涉及到章法的四大律（秩序、變化、聯貫、統一）[35]。

既然事物之結構或規律，容易引起人之「審美注意」，那就必然也可容易地獲得美感效果。邱明正在其《審美心理學》中說：

> 在這（審美心理活動）一過程中，主體通過求同、求異性探究，把握對象審美特性，使主客體之間、主體審美心理要素之間的矛盾、差異達於和諧、統一，獲得美感；或保持主客體的差異、矛盾、對立，以確保自己審美、創造美的獨立性、自主性和獨特個性。這一過程，是種有著內在節奏的的有序運動的過程。[36]

經過這種「有著內在節奏的的有序運動的過程」，人（主體）之對於各種結構體（客體），自然可以「獲得美感」；而辭章就是其中相當重要的一環。

因此「多」、「二」、「一（0）」之螺旋結構落於辭章上，是主要由形成篇章邏輯組織之「章法結構」來呈現的。而章法「多 ⟷ 二 ⟷ 一（0）」螺旋結構，如單著眼於鑑賞一面作章法之分析，則所呈現的是「多 → 二 → 一（0）」的逆向結構。這種結構相應地也可形成「美（客體）、善、真（主體——美感）」，它們的關係可呈現如下圖：

（臺北縣：輔仁大學「第四屆中國修辭學國際學術研討會」，2002 年 5 月），頁 118。

35 陳滿銘：〈章法四律與邏輯思維〉，臺灣師大《國文學報》34 期（2003 年 12 月），頁 87-118。

36 《審美心理學》（上海市：復旦大學出版社，1993 年 4 月一版一刷），頁 92。

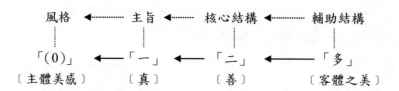

　　而這種結構很普遍地可從不同文體之作品中獲得檢驗。茲分古典散文、詩與詞，各舉一首為例說明如下：

　　首先看古文，如孟子〈齊人一妻一妾〉：

> 　　齊人有一妻一妾而處室者，其良人出，則必饜酒而後反。其妻問所與飲食者，則盡富貴也。其妻告其妾曰：「良人出，則必饜酒肉而後反。問其與飲食者，盡富貴也，而未嘗有顯者來。吾將瞷良人之所之也。」
>
> 　　蚤起，施從良人之所之，遍國中無與立談者。卒之東墦間，之祭者乞其餘；不足，又顧而之他。此其為饜足之道也。
>
> 　　其妻歸，告其妾曰：「良人者，所仰望而終身也；今若此！」與其妻訕其良人，而相泣於中庭。而良人未之知也，施施從外來，驕其妻妾。
>
> 　　由此觀之，則人之所以求富貴利達者，其妻妾不羞也而不相泣者，幾希矣。

　　此章文字凡四段，可分為「敘」（因）與「論」（果）兩截。其中前三段為「敘」（因），末段為「論」（果）。「敘」（因）一截，先以「齊人有一妻一妾」三句，泛敘齊人常「饜酒肉而後反」以「驕其妻妾」之事，作為故事的引子；這是「點」的部分。再以「其妻問」句起至「驕其妻妾」句止，具體敘述其妻、妾由起疑、跟蹤，以至於發現、哭泣，

而齊人卻一無所覺的經過；這是「染」的部分；而「點」是「因」、「染」
是「果」。「論」（果）一截，即末段四句，依據上述的故事，發出感慨，
以為人追求富貴利達，很少人不像齊人那樣寡廉鮮恥，很充分地將諷喻
的義旨表達出來。依此篇章條理，可將其結構表呈現如下：

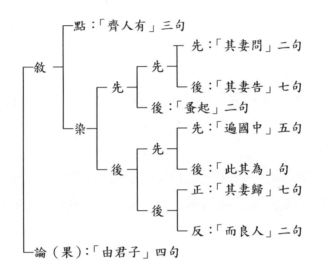

可見此文，經過「邏輯思維」的安排布置，在「篇」以「先敘後論」
形成其條理；而「章」則以「先點後染」、「先昔（先）後今（後）」、「先
因後果」、「先正後反」等形成其條理，而這些結構都是屬於調和性的。
其分層簡圖如下：

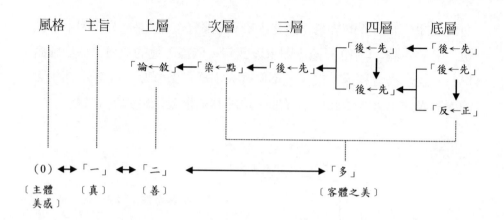

　　如對應於「多 ←→ 二 ←→ 一（0）」與「美、善、真」而言，則此文以一疊「點染」、五疊「先後」與一疊「正反」的「移位」性結構與節奏（韻律），形成了「多」，以呈現客體之「美」；以「先敘後論」的移位性核心結構與節奏（韻律），自為陰陽作調和，是為關鍵性之「二」，藉以統括輔助性結構，徹下徹上，形成一篇規律，以呈現「善」；以諷論人「為求富貴利祿不可寡廉鮮恥」之一篇主旨與「簡鍊生動」的風格為「一（0）」，以呈現「真」（含主體之美感）。盧元以為「全文雖只有二百餘字，可是含有辛辣而深刻的諷刺意味。」[37] 很能道出本文特色。

　　其次看唐詩，如杜甫〈旅夜書懷〉：

　　細草微風岸，危檣獨夜舟。星垂平野闊，月湧大江流。名豈文章著，官應老病休。飄飄何所似？天地一沙鷗。

37 盧元評析，見陳振鵬、章培恆主編：《古文鑑賞辭典》上冊（上海市：上海辭書出版社，1997 年 12 月一版二刷），頁 99。

此詩為泊舟江邊、觸景生情之作。起聯藉孤舟、風岸、細草，寫江邊的寂寥；頷聯藉星月、平野、江流，寫天地的高曠；這是寫景的部分，為「實」。頸聯就文章與功業，寫自己事與願違、老病交迫的苦惱；尾聯就旅舟與沙鷗，寫自己到處飄泊的悲哀；這是抒情的部分，為「虛」。就這樣一實一虛地產生相糅相襯的效果，使得滿紙盈溢著悲愴的情緒[38]。其結構分析表為：

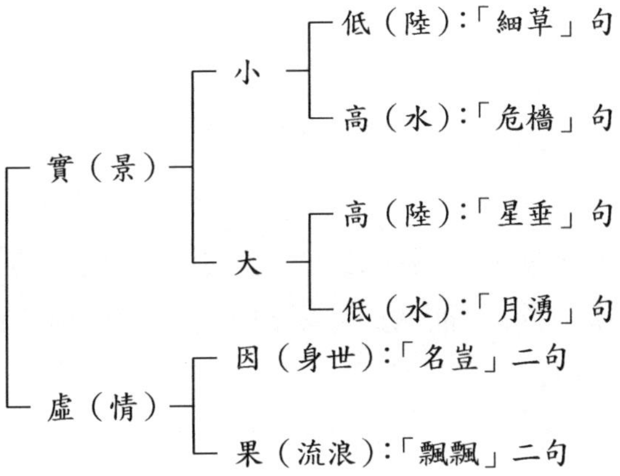

由上表可看出，作者寫這首詩，主要是用「虛（情）實（景）」、「大小」、「因果」、「高低」（二疊）等章法來組織其內容材料，以形成其篇章結構的。其分層簡圖如下：

38 傅思均評析，見蕭滌非等主編：《唐詩大觀》（香港：商務印書館香港分館，1986 年 1 月香港一版二刷），頁 564。

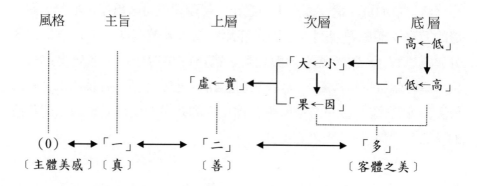

如對應於「多 ⟷ 二 ⟷ 一（0）」與「美、善、真」來看，則由「大小」、「因果」各一疊與「高低」二疊所形成之移性結構，可視為「多」，以呈現客體之「美」；由「虛實」自為陰陽徹下徹上所形成之調和性結構，可視為關鍵性之「二」，藉以統括輔助性結構，形成一篇規律，以呈現「善」；而由此呈現的「身世之感與流浪之苦」的主旨與「含蓄不露，律細筆深，情景交融，渾然一體」[39]之風格，則可視為「一（0）」，以呈現「真」（含主體之美感）；而老杜此時之心境，也可由此探知。

然後看宋詞，如蘇軾〈醉落魄〉：

蒼顏華髮，故山歸計何時決。舊交新貴音書絕。惟有佳人，猶作殷勤別。　離亭欲去歌聲咽，蕭蕭細雨涼吹頰。淚珠不用羅巾裛。彈在羅衫，圖得見時說。

這首詞題作「蘇州閶門留別」，當是熙寧七年（1074），由杭州赴

---

39 劉風萍評析，見孫育華主編：《唐詩鑑賞辭典》（北京市：北京燕山出版社，2000 年11 月一版三刷），頁 439-440。

密州時，途經蘇州而作。它一開篇即置重於虛時間，以「蒼顏」二句，把時間推向未來，發出不知何時才能歸鄉的感嘆，為下敘的別情蓄力。接著置重於實空間，採「主、賓、主」的順序，先以「舊交」四句，敘寫美人唱離歌殷勤送別的場景，以襯出別情，這是「主」；再以「蕭蕭」句，寫不斷吹頰的蕭蕭細雨，以景襯情，此為「賓」；末以「淚珠」句，寫美人淚滴羅衫的情狀，以加重別情，這又是「主」。然後又置重於虛時間，以結句應起，將時間推向未來，用「淚」作橋樑，設想未來見面時的情景，一面藉以安慰「美人」，一面藉以推深別情。如此以「虛（時）、實（空）、虛（時）」的結構呈現，很富於變化。依此可畫成結構分析表如下：

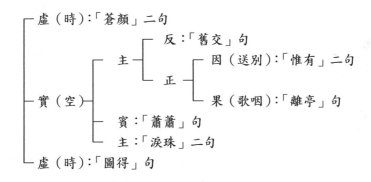

由上表可看出，作者此詞，經過「邏輯思維」的安排布置，先在底層以一疊「先因後果」（移位）的調和性結構，造成第一層節奏，以支撐一疊「先反後正」（移位）之對比性結構，造成第二層節奏。再由此「正反」結構來支撐一疊「主、賓、主」（轉位）的變化結構，造成第三層節奏。然後又由此「賓主」結構來支撐一疊「虛、實、虛」（轉位）的核心結構，既造成第四層節奏，以連接為整體之韻律；又由這「虛

實」的核心結構，徹下於「多」，以統合各層節奏、上徹於「一（0）」，
一面從篇外逼出主旨（別情），一面則由於這「虛、實、虛」之結構，
與次層之「主、賓、主」，將「順」與「逆」雙向合用，產生兩層「轉位」
作用，而頭一個「主」更作成「正反」對比型態，使得節奏、韻律更趨
於起伏有致，這對作品風格之所以「柔中寓剛」、情意之所以深沉來
說，是有極大影響的。其分層簡圖如下：

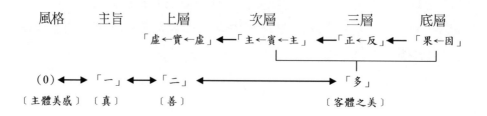

　　如對應於「多 ⟷ 二 ⟷ 一（0）」與「美、善、真」來看，則
此詞以「賓主」、「正反」、「因果」等輔助性結構，形成「多」，以呈
現客體之「美」；以「虛實」自為陰陽、徹下徹上所形成之變化性結構，
可視為關鍵性之「二」，藉以統括輔助性結構，形成一篇規律，以呈現
「善」；而由此充分地將「身世之感和政治懷抱」藉由離情加以抒發之
一篇主旨與「幽怨纏綿」之風格凸顯出來，是為「一（0）」，以呈現
「真」，使人獲得美感。如此看待此詞，很能凸顯它的特色。湯易水、
周義敢說：「蘇軾任杭州通判之後詞作漸多，到了離杭州赴密州前後，
更大量創作詞篇的，自此一發而不可收。他注意學習前人的經驗。沿用
晚唐五代以來婉約詞的某些寫作技巧來寫歌妓，但不寫淺斟低唱，不涉
艷冶風情，而是以幽怨纏綿的手法，表達身世之感和政治懷抱。」[40] 所

40 湯易水、周義感評析，見唐圭璋、繆鉞等：《唐宋詞鑑賞辭典》（上海市：上海辭書

謂「以幽怨纏綿的手法，表達身世之感和政治懷抱」，道出了本詞之特色。

　　上舉之例可看出，這種「多 ⟷ 二 ⟷ 一（0）」或「美、善、真」之結構，就相當於一棵樹之合其樹幹與枝葉而成整個形體、姿態與韻味一樣，是一體的，是密不可分的。

　　綜上所述，「真、善、美」與「多 ⟷ 二 ⟷ 一（0）」螺旋結構，是可兩相對應的，這可在美學或哲學上找出它們相關的理論基礎。而它們落在辭章之上，以創作（寫）而言，所形成的是：「美感（0）→ 真（一）→ 善（二）→ 美（多）」的順向結構，由此呈現出由「意」而成「象」的歷程；以鑑賞（讀）而言，所形成的是：「美（多）→ 善（二）→ 真（一）→ 美感（0）」的逆向結構，由此呈現出由「象」而溯「意」的歷程。而此「真、善、美」與「多 ⟷ 二 ⟷ 一（0）」螺旋結構兩者，必須同時兼顧才能深入辭章之底蘊，獲得圓滿的結果。所謂「文章就是小宇宙」，從這裡可獲得初步證明；而「章法結構」與「真、善、美」的關係，也可清晰地從中看出來。

出版社，1999 年 1 月一版十五刷），頁 721。